ウンメイト
百舌涼一
Ryoichi Mozu
Discover

ウンメイト

目次

カバーイラスト　スケラッコ
装幀　bookwall

九段下でリミット

波がきている。

こいつは大きい。ビッグウエーブの予感がする。いくつもの大波を乗り越えてきたボクだが、この波はなかなかの荒々しさだ。下手をすると飲み込まれてしまう。

握りしめられたボクの両手の中はぐっしょりと汗をかいている。正直に言おう。ボクは恐怖していた。この波に立ち向かう勇気がいまのボクにはなかった。ただ、背を向けてこの波から逃げ出すという選択肢もボクには残されていなかった。

ボクが手に汗握っているのは、湘南の稲村ヶ崎でもハワイのノースショアでもない。逃げ場などない四角い鉄の箱、東京メトロ半蔵門線の電車の中だ。

ボクのおなかの中ではいま、大規模な熱帯低気圧が発生していた。腸内環境の急激な変化。うねりとともにボクのおなかに波を起こしている。「嵐がくるぞ」この言葉に顔を紅潮させ、一枚の板を手に海へと駆け出すサーファーたち。改めて彼らはどうかしていると思う。嵐がきたら身を隠すべきだ。安全な場所でやりすごすべきなんだ。しかし、残念ながら、この嵐は直撃を避けられそうもなく、地下鉄の車内は決して安全な場所でもなかった。

――もうダメだ。

思わず口に出てしまったかと思うほどの心の叫びだった。目的地まではまだ五駅あるが、仕方ない。次の駅で途中下車だ。

「次は、九段下、九段下」

車内アナウンスがかかると、ボクはおなかの波が少しひいているのを確認して、タイミングよく立ち上がった。「波乗り」の素人はこういうとき、ホーム到着ぎりぎりまで着座を貫こうとするのだが、それは愚策だ。なぜなら電車のドアが開いた瞬間におなかの波がきて立ち上がれなくなってしまうこともある。また、乗車しようとする客に押し戻され、降車のタイミングを逃してしまうこともある。そうなれば、さらなる地獄への突入だ。次の駅まで脂汗をかきながら、必死におぼえてもいない円周率を読み上げることになってしまう。

ボクはドアに近づき、開閉部分のゴムパッキンの黒い垂直線に、自分のからだの中心線をきっちりあわせて立つ。鼻先はもはやそのゴムパッキンに軽く触れている。気持ちだけはもう車外。さあ、ドアが開いた瞬間、最短で外に飛び出す準備はできた。

キュー、グ、ガ、ガタン

この電車の運転手はあまり上手な方ではなかったらしい。ブレーキの反動が大きく車体を揺らす。この揺れはいまのボクには致命傷になりかねない。脱出体勢を崩されたボクは、足で踏ん張らず、ドア横の手すりをつかみ上半身だけで持ちこたえた。いまここで踏ん張って、おなかに力を入れるわけにはいかない。

——あぶなかった。

なんとか揺れも波もしのいだ。ドアが開く。三十センチほどの隙間ができた瞬間、ボクは右肩を前につきだし、半身になった。するりと隙間をすりぬけ、ホームへと降り立つ。おそらく背後では、まだ完全に開ききらないドアの前で、他の乗客たちがボクのなめらかすぎる降車にあっけにとられていることだろう。

ボクはまっすぐ目の前のエスカレーターを目指す。最悪のタイミングでの嵐だったが、唯一の救いは、ここが九段下駅だったということだ。ボクが乗っていた車両は、目の前がエスカレーター。なおかつ、そのままあがっていけばトイレに最短ルートで到着できる。

自慢ではないが、このような急な嵐に出くわすことは初めてではない。むしろ、普通のひとよりもはるかに多くの修羅場を経験していると言っていいだろう。そんなボクのあたまの中には一度でも降りたことのある駅ならどこにトイレがあるかばっちりと記憶されていた。「途中下車」イコール「トイレ下車」の確率が九割を超えるからだ。

まだ次の波はこない。慎重に、かつ、迅速に、ボクは歩を進めていく。エスカレーターももちろん右側を駆け上がらせてもらう。マナーなど、この際目をつむっていただくしかない。駅構内で大の大人が大を撒き散らす方がよっぽどマナー違反だろう。

ボクのおしりの最終防衛ラインは、幾度もの経験よって鍛えられた括約筋の兵士たちに護られている。彼らはここから先は命にかえても通さない、という強い覚悟を持っている。

だが、今回の嵐はその覚悟すら一瞬で吹き飛ばしてしまいそうな大きさだ。

――ヤバい。

また波が近づいてくる。まだ最大のウエーブではなさそうだが、油断はできない。ボクはトイレまでのラストスパートを「モデルモード」で進むことにした。モデルモードとは、おしりに適度な力を入れ、「シュー、シュー」と特殊な呼吸法でおなかを刺激しないように内股で進むウォーキング方法だ。いつかテレビで、モデル出身のトレーナーが実演しているのを観て思いついた。ボクには過去、このウォーキングでいくつもの危機を乗り越えてきた実績もある。

トイレが見えた。

——いける！

目指す先には、多目的トイレがある。車イスの方に、お子さま連れの方に。わかっている。平時ならボクも喜んでお譲りしましょう。しかし、いまボクのおなかはまさに有事の際。「だれでもトイレ」。その別名を良心の支えに、ボクは「シュー、シュー」とモデルモードで近づいていく。

「使用中」のランプはついていない。よかった、空いている。と、安心した瞬間。恐れていた最大の波がボクのおなかを襲った。しかも、残念なことにボクの予想は見事に的中。いままでに体験したことのない大きな波だ。飲み込まれる。その恐怖が足をもつれさせる。呼吸も乱れ、トイレが急に遠くに感じられる。

——あきらめるな！

ボクの中でもうひとりの自分が弱気なボクを叱咤《しった》する。極限状態のときによくやる別人格手法だ。自分を俯瞰《ふかん》してみることで、便意からも解放される、気がする。そんな精神論的作戦だ。たかが精神論、されど精神論。この作戦で大波を押し返すことまではできなかったが、少しの間踏みとどまらせる効果はあったようだ。まだいける。

ボクは、今一度冷静になってカウントダウンを始める。ここからの一挙手一投足が今後の命運をわける。最短最速の動きをイメージし、その通りにゴールまでいけるよう集中力を高めた。

おしりの防衛ラインでは、兵士たちがすでに限界を超えてがんばってくれている。

——5

「開」の丸スイッチを、まるでクイズ番組の解答者のように勢いよく叩く。スイッチの押下《おうか》から〇・五秒。センサーの反応が鈍いのも計算のうちだ。静かにゆっくりとドアが開き始める。

——4

電車を降りるときと同じように、右肩をぐいと前に突き出す。同時に右足を開き始めたドアの隙間にすべりこませる。右手と右足を同時に出すこの動きは「ナンバ」と呼ばれ、日本の古武術にも活かされている無駄のない動きらしい。ボクは「達人」の動きで音もなくするりとトイレの中に侵入した。

——3

「閉」の丸スイッチを探す。見つからない。以前利用したときと様子が違う。改装だろうか。焦る。頬《ほほ》を粘っこい汗がゆっくりと滑り落ちる。おなかの中では高くせりあがった波が、「パイプライン」をつくり始めている。サーファーだったら夢のシチュエーションだろうが、生憎《あいにく》、ボクはサーファーでもないし、おなかの中はハワイでもない。

——2

見つけた。「閉」スイッチを叩き、ドアがゆっくりと施錠されるのを確認する。前に向き直り、ベルトのバックルに目をやる。歩を進めつつも両手でベルトをはずす。

——1

顔をあげ、あとは便器《ゴール》にまっしぐら。と思ったらボクは左ふとももを何かにぶつけてしまう。思わずその痛みで一線を越えてしまいそうになった。

――くうっ。

ボクがぶつかったのは、多目的トイレにたまに設置してある折りたたみ式のベッドだった。気分の悪いひとが利用したり、赤ちゃんのおむつを替えたりに使うものだ。誰かが使用したままにしていたのか、とボクは思い、そのベッド全体に目をやる。ボクは間違えていた。「使用したまま」ではなく「使用しているまま」が正しい表現だった。なぜならそこにはひとりの女性が横たわっていたから。

――なんで中にひとが？

ボクはトイレに駆け込んだ五秒前まで記憶を遡《さかのぼ》る。「使用中」のランプは消えていたはずだ。施錠もされていなかった。しかし、事実目の前には女性がおり、その女性はまばたきをすれば消えてしまうような幻ではなく、手をのばせば触れることのできる確かな存在感を放っていた。

女性は目をつむっている。しかし、目をつむった状態でもその顔は整っていて美しいことがわかる。どれくらい整っているかと言うと、ここがトイレで、ボクは運命のカウントダウンの「1」を数えてしまったことさえも瞬間忘れて見とれてしまうくらい美しく整っていた。

――ゼロ
しかし、ボクが忘れていても、ボクのおなかはしっかりとおぼえていた。いま、嵐のまっただ中にいるということを。おしりの最終防衛ラインは限界を超えたがんばりをしてくれた。お礼を言いたい。ありがとう。そして、さようなら。

ボクは目の前で横たわっている女性と同じように、目をつむった。そして、悟りを開いた。

――川の流れを無理にせきとめれば澱《よど》みが生まれるだけさ。

ボクのおしりからは堰《せき》をきったように土砂が流れ出す。氾濫《はんらん》した茶色い川は容赦なくボクのパンツを、ボクのズボンを濡らしていく。ボクは目をつむって、ただひたすら嵐がすぎ去るのを待った。

ベージュの綿パンの後ろ側がすっかりブラウンに染まったところで、嵐は去った。ボクはゆっくりと目を開けた。長い長い夢を見ていたのならよかったのだが、そこは変わらず二・五メートル四方の多目的トイレの中で、目の前にはギリシア彫刻のように整った顔の女性が横たわっている。すべてを出し切った後、途端にボクは冷静になり、そして心配になってきた。

――この女性は、寝ているのか。倒れているのか。

あまりにも美しい顔で目をつむっているので、眠っているものとばかり思っていたが、気絶している可能性もある。それどころか最悪の場合、すでに息絶えているかもしれない。とりあえず、生死の確認をせねば。

ボクは自分の下半身が最悪の事態になっているのを置いておいて、横になっている女性に一歩近づいた。

顔ばかりに気をとられていたが、女性はスタイルも抜群によかった。着崩れてはいたが、品の良いグレーのスーツに身を包み、ジャケットの下にはオフホワイトのカットソーを着ていた。

胸のふくらみは、理想的なカーブを描き、あお向けになっているにもかかわらず、重力に逆らい「我ら、ここにあり」と双子の半球が主張をしていた。

タイトめのスカートからはすらりと長い足が生えていて、ストッキングなどを履いていないはずなのに、つやつやと輝いて見えた。

——見とれてる場合か。

ボクは意を決して女性に声をかけた。

「あ、あの。大丈夫ですか？」

まずは、無事に目覚めてくれることを願うしかない。

「ん？」

反応がある。よかった。とりあえず、生きているようだ。女性はゆっくりと目を開け、まぶしそうに何度かまばたきをした後、ボクの存在に気づいた。

「あ、あ、あー！」

女性はボクの顔を見るなり驚いて飛び起きた。

——まずいぞ、この流れは。

ボクの頭の中には瞬時に「痴漢冤罪《えんざい》」の四文字が浮かぶ。「だって、カギはかかってなかったんです」「トイレで寝ている方がおかしいと思いませんか」「あの便意を我慢しろだって？そんな酷《むご》い話がありますか！」法廷で声高く訴えているボクの姿が脳裏に浮かぶ。そして、そのあとの「有罪」という冷たく乾いた裁判長の声も。

ボクはあわてて女性の叫びを遮《さえぎ》り、弁明に走る。

「ちょ、ちょ、ちょっと待ってください。ボクは痴漢でも怪しいものでもありません！」

ボクの必死の声に、彼女はとりあえずボクの顔を指さしながら叫ぶのはやめてくれた。しかしまだいぶかしそうにボクの顔をまじまじと見つめてくる。

「いや、確かに、トイレに入ったら見たこともないくらいの美人さんがいるな～とは思いましたけど、断じて変な気を起こしたりはしてませんから」

ボクは自分でも何を言っているんだと呆れる。こんなことだから会社でも「お前の言ってることは全然わかんねーよ」と上司にいつも叱られるのだ。

しかし、このへたくそな言い訳が効いたのか、女性は「ふ～ん」と言ってベッドから降りた。

「まあいいわ。信じてあげる。酔っ払ってここで寝ちゃってたワタシも悪かったしね」

――助かった。

せっかくの休日に出勤する羽目になったうえに、その途中でおなかを下して、なおかつ痴漢に間違えられたのでは、踏んだり蹴ったりな上にちぎられたり燃やされたりするほどの仕打ちだ。ボクは自分が灰になってしまわないことに胸をなでおろした。

「それに、痴漢するほどの余裕があなたにあったとはとても思えないし」

そのときボクはやっと自分が何の目的でここにいるのかを思い出した。そして、ボクは痴漢をするのとは別の意味で、ひとの道にはずれた失態を犯してしまっていることも思い出した。湿ったズボンとパンツの感触が気持ち悪い。

途端にボクは、こんな恥ずかしい状態で個室に異性とふたりっきりの状況がつらくなってきた。

——とりあえず家に帰ろう。

「ちょっと、待ちなさいよ」

ふり返って「開」スイッチを押そうとしていたボクを再びふり返らせた彼女は、トイレ内の鏡でメイクが崩れていないかのチェックをしながら、その鏡越しにボクに話しかけてきていた。

「なんですか？」

「ワタシの家、ここからすぐだから、シャワーあびていきなよ、ゲーリー」

——ゲーリー？

誰のことだ？　でも、この小さな密室の中には彼女のほかにはボクしかいなかった。

記憶喪失のフェータリスト

ボクが九段下の多目的トイレで出会った女性の家は、本当に駅からすぐだった。まさに「直《す》ぐ」で、彼女のマンションは駅のエレベーターに直結していた。ボクらはそのエレベーターに乗って、オフィスビルのロビーのようなところに出てから、別のエレベーターに乗り換えてそのまま最上階へと向かった。

トイレを出る前、彼女を先に外に出して茶色くなった綿パンと下着をとりあえず水道で洗ったボクだったが、それでも我が下半身は結構なにおいを発していた。そんな歩く「におい兵器」と化したボクと、エレベーターという密室でふたりきりだというのに、彼女はイヤな顔ひとつしなかった。それどころか、おおきなあくびをしたり、首をコキコキと左右に倒したあと深呼吸をしたりしていた。

「二日酔いって、いつになったら正式に病気として認められるのかしらね」

ボクの方に顔を向け、まるで「この世から醜い争いがなくなる日はくるのかしら」という遠大な疑問でも投げかけているかのような真面目な顔で彼女は言った。

――いまは醜い争いより、臭いにおいの方が気になりますけど、ボクは。

もしかしたらこのひとには嗅覚というものがないのかもしれない。顔の真ん中には、美容整形クリニックに「理想の鼻」と書いて写真が貼ってありそうなほどの完璧なかたちの鼻がちゃんとついているのだが。クレオパトラの鼻が一センチ低かったら歴史が変わっていただろうと言われるが、彼女の鼻が一センチ低かったら未来が変わってしまいそうな気がする。そんな時代を左右してしまいそうなほど整った鼻を、彼女はごしごしと人さし指で乱暴にこすっていた。

価値のあるものを持っているひとほど、そのすばらしさを理解していないというのはよくあることだ。

同じように、彼女は自分の住んでいる部屋の価値も正しく理解していないようだった。

「さ、入って」

そう言って彼女が玄関の扉を開けると、すーっと長い廊下がまっすぐリビングまで続き、その先の全面窓ガラスの向こうには東京タワーがそびえ立っていた。思わず「おお」と感嘆の声がもれるほどの圧巻の眺めだ。しかし、前を行く彼女はボクと同じ方向を見て軽く舌打ちをした。

「なんか、あの赤い昭和の象徴みたいなのに見張られてる気がして落ち着かないのよね」

おそらく、この眺望だけで、何万円もの家賃が上乗せされているだろうに、彼女はその価値を理解するどころかマイナス要素として捉えているようだった。ならなぜこの部屋を借りたのだろうか。ボクは疑問に思わざるを得なかった。

さて、「入って」とは言われたものの、おそらく月の家賃がボクの月収三ヵ月分を軽く超えてしまうだろう部屋に、こんな状態のボクが入るのは、気がひけるどころの話ではなかった。やはり家に帰ろう。そう思ってボクが玄関の前で踵《きびす》を返そうとすると、彼女が振り返ってボクの履きつぶしたスニーカーを指さして言った。

「あ、靴ね？　そのままでいいから。ここは日本じゃなくて、ニューヨークかどこかだと思って」

そうか土足でいいのか。なら、遠慮なく。とは、いくはずもないのだが、なぜだかボクの足は帰るほうではなく、部屋の中へと向き直っていた。彼女の口から発せられる言葉には不思議な説得力、いや、強制力がある。駅のトイレで「シャワーをあびていけば」と言われたときも、あたまでは「ありえない」と拒否する決定がくだされていたにもかかわらず、結果としてボクは彼女についてきてしまった。

　ボクは、自分が暮らしている部屋と同じくらいの広さのバスルームに通され、そこで汚れた下半身をシャワーできれいに洗った。こういうおしりの決壊事故にたびたび遭遇するボクは、常に鞄の中に替えの下着を用意している。ただ、今回のような大規模な嵐はさすがに想定外で、ズボンの替えまでは持ってきていなかった。

　すると、彼女はどこぞのマフィアのボスが着ていそうな茶色で厚手のガウンを貸してくれた。お風呂あがりに着るバスローブではなく、寝巻きの上に着るガウン。まだ、夏の盛りをすぎたばかりの季節にガウンはちょっと暑かった。しかし、シャワーを借り、着るものまで借りて文句をいうのはそれこそ厚かましい。ボクは、持てる限りの語彙《ごい》すべてを使って彼女へ感謝の意をあらわそうと、ガウンにそでを通して、バスルームを出た。

　彼女はリビングのソファで、一リットルサイズのミネラルウォーターのペットボトルを右手に持って、くつろいでいた。そう、ボクの着ているガウンと形こそ似ているけれど、その用途はむしろバスルームから出してきたボクにこそふさわしいバスローブを着て。

「バスローブ……」

　せっかく考えていた謝辞を発する前に、ボクの口から出たのはその一言だった。

「ん？　バスローブ？　あ、『これ』ね。水をラッパ飲みするとさ、たいてい口のはしからこぼれるじゃない？　だから、タオルっぽい『これ』を着てたらこぼれてもふく必要がないからラクなのよ」

だったらこぼれないように飲めばいいじゃないか、と考えてからボクは首を横に振った。いやいや、この際バスローブとガウンの違いはどうでもいい。ボクがしなければならないのは正しい欧米文化の布教ではない。

「あの、ほんとにいろいろありがとうございました。ズボンが乾いたら失礼しますので」

やっとまともなお礼が言えた。彼女の価値観も一般的なものさしではかることはできなそうだが、ここまでお礼の一言も言わなかったボクも一般的な常識のある人間とは言いがたい。

「ねえ、ゲーリー。ピザ頼むけど、あなた、何がいい？」

また出た「ゲーリー」。さきほど、トイレの中でもそう呼ばれたが、彼女はもしかして、ボクが下痢をしてもらしたから「ゲーリー」と呼んでいるのだろうか。だとしたらなんと安直なことか。いや、それ以前に、たとえ目の前におもらし男子がいたとしても、初対面の人間にそのあだ名はあまりにも思いやりにかけるネーミングではないだろうか。とはいえ、それはボクの思い込みで、実は別の意味があるのかもしれないし、彼女なりの思慮があるかもしれない。

一応、確認だけはしておいた方がいいだろう。

「あの、そのゲーリーってボクのことですよね？　なんで、ゲーリーなんですか？」

「え？　それマジで聞いてる？」

「いや、まあ、なんでゲーリーなのかな、って」

彼女はミネラルウォーターを口に含む。白く細いのどに水が流し込まれていくのがわかる。意味深な「間」をとり、彼女はふっと吐いた息の後に容赦のない言葉を続けた。

「そんなの、下痢してもらしたからに決まってるでしょ」

――やっぱり、そのまんまだった。

特に深い意味も新しい発見もなかったことに、ボクはがっくりと肩を落とした。しかし、事実とはいえ、ちょっとセンスがずれているひととはいえ、もう二度と会うことはないだろうとはいえ、こんな美人に下痢男と認識されたままこの場を去るのは男としてあまりに情けなさすぎる。

「あ、あの、ボクの名前は……」

「え、いいよ、名前なんて。ゲーリーでよくない？」

ボクの自己紹介を遮って彼女は続けた。

「あ、そうだ。あなたがゲーリーなら、ワタシのことはナタリーって呼んでよ」

「はい？」

「ナ・タ・リ・イ。ナタリー・ポートマンのナタリー」

「ナタリー・ポートマン？」

「『レオン』よ『レオン』。名作映画でしょ」

「え？　レオン？」

ボクはタイトルを聞いてもどんな映画かわからなかった。

「知らないの？　ジャン・レノが主演の」

「ああ。ジャン・レノは知ってます」

日本のテレビCMにもたまに出ている俳優だ。ボクはそのひとの顔は浮かんだ。

「DVD貸すから今度観てみなさい」

「はあ」

「観たらわかるけど、その映画の中に、ノーマン・スタンフィールドって悪徳警官が出てくるの。クスリでキメちゃってる演技がサイコーにイケてる」

ボクはナタリーの話を聞きながら自分のスマホを取り『レオン』と検索した。

「ああ、その悪徳警官がヒロインの子の仇役《かたき》なんですね」

あらすじを斜め読みしながらボクは答える。

「そうそう！　その悪徳警官やってたのがゲーリー・オールドマンで、ヒロインの女の子、マチルダを演じてたのがナタリー・ポートマン」

「ああ！　だから、ナタリー」

「そ。あの子、当時二千人以上の中からオーディションで選ばれたのよ。すごいスター性だと思わない？　せっかくあなたがゲーリーなら、ワタシはそのスター性にあやかってナタリーって呼ばれてみたいの」

もうすでに十分なスター性を自分が保持していることに気づいていないのが、このひとのすごいところかもしれない。ボクは彼女の価値観のずれにもはや感動すらおぼえていた。

ただ、『レオン』情報を文字で確認中のボクから一言彼女に言いたかったのは、「ゲーリー・オールドマン」ではなく、「ゲイリー・オールドマン」だということ。ご本人の名誉のためにも、そこはしっかりと訂正しておきたい。しかし、その訴えを、彼女、ナタリーは聞かなかったフリをして見事にスルーした。

「で、ゲーリー、あなたのズボンが乾くまでと、遅い朝食代わりのピザが届くまで、もう少し時間があるから、とりあえず座ったら？」

ボクは訂正をあきらめてL字になったソファの短辺の方にきちんとひざをそろえて丁寧に腰をかけた。高級家具店にしかないような革張りの立派なソファに、こんなに縮こまって座る人間など、ボクくらいのものだろう。分不相応なものには恐怖すら感じてしまう小市民。それがボクだ。また、どっかりと大胆に座ってしまうとパンツが丸見えになってしまうおそれがあった。なぜなら、ボクは本来パジャマのうえに羽織るはずのガウンを、パンツのうえに直接着ているからだ。

ボクがそんな心配をしているのをまったく気にせず、ナタリーはL字ソファの長辺の方に深々と腰をしずめ、足を組んで座っている。彼女の方こそ、バスローブのしたに何か着ていてほしかったのだが、どうやらこちらは正しい着方をしているらしい。

すらりと伸びた足の根元のほうにちらりちらりと黒い三角地帯が目に入り、ボクはまともにナタリーの方を見ることができなかった。会ったばかりの男を部屋にあげ、シャワーを浴びさせ、あげく、目の前に挑発的な姿で座る超絶美人。このひとには、嗅覚だけではなく、警戒心や想像力もないんではなかろうか。あるいは貞操観念か。

ボクの黒目が白目の海でスイミングをしているとき、ナタリーがからだを起こし、ぐっとボクに顔を近づけてきた。

「ねえ、ゲーリー。ちょっとお願いがあるんだけど」

——近い！　近い！

ナタリーの顔がボクの顔の二十センチそばまで近づいてきた。あわててボクは顔をそらす。

「ちょっと、ちゃんとこっち向きなさいよ」

ボクはナタリーと逆の方をむいたまま、おしりをずらしながら、ソファのはしまで移動した。彼女との距離が十分に離れたことを確認してから、ナタリーの方に向き直った。

「すみません。ちょっと近くて」

「あ、ごめん。まだ酒臭かった？」

「いや、それは全然大丈夫なんですけど」

もらしたにおいに一言も文句を言わなかった女性の酒臭さに不平を言うほど、ボクはひどい男ではないつもりだ。

「ちょっと、女性に免疫がなくて」

正直に理由を話す。ボクは女性とつきあったこともなければ、まともに女性と会話したことすらなかった。

「なによ、免疫って。まるでワタシがバイキンみたいじゃない！」

――そうとるか！

特殊な表現をしたつもりはなかったが、ナタリーには意味がちゃんと伝わっていないようだ。

「まあいいわ。ゲーリーにお願いがあるんだけどさ」

「何ですか、お願いって」

いますぐワタシを抱いてほしいの、とナタリーが目の前でバスローブを脱ぎ捨てる、そんなセクシャルな妄想が頭をかけめぐる。これは、ボクが女性に飢えている非モテ男子だからというだけでは決してないと思う。テレビでも観たことのないくらいの美人がバスローブ一枚で顔を近づけてきている状況において、健康的な男子にエッチなことを考えるなというほうが無理だと思う。

「ひとを探してほしいの」

妄想に悶々《もんもん》とするボクの耳に届いたその願いごとは、健全な男子代表としてのボクの期待に応えてくれるものではなかった。

「はい？　ひと探し？」

「そ、ひと探し」

「いやいや、無理ですよ、そんなの」

「どうして？　ひとが三毛《みけ》ってヒントだけで特定の猫を探したり、犬がにおいだけで犯人を探したりするより、ひとがひとを探すほうがよっぽど簡単だと思わない？」

「思いませんよ。いや、百歩譲って簡単だったとしても、それはひと探しのプロだったらでしょ。ボクは探偵でもなんでもないですし」

「あら、じゃあ、あなた、何してるひとなの？」

「え、あ、ボクはSE《エスイー》です。システムエンジニア」

「なんだ、じゃ、ちょうどいいくらいじゃないの？」

「は？　ちょうどいいってどういうことです」

ボクはナタリーの言っている意味がわからない苛立ちから、少々とげとげした声で聞き返してしまった。しかし、そんなボクの声色の変化など、彼女にとってはなんら意に介すべきことではないようだ。

「だって、運命のひとを探すのに、探偵にまで頼むのは大げさじゃない？」

「運命のひと？」

そのフレーズがあまりに乙女チックで彼女の容貌《ようぼう》と違和感があったため、ボクはオウム返しで聞き直した。

「そ、運命のひと」

ナタリーなら、異性などより取りみどりだろう。世のハイスペックな男性たちが、自分の地位や富や名声を捨ててでもナタリーの「運命のひと」という称号を手に入れようと躍起になるのではないかと思われた。でも、ナタリーは至って真面目な顔で話を続ける。

「ワタシの人生をめちゃくちゃに狂わせてくれそうな、そんなひとに会いたいの」

こんな美人でも「恋に溺れたい」という欲求があるのか。ボクは残念ながら水たまりほどの深さの恋にも出会ったことがないので、恋の泳ぎ方も溺れ方も習得してこなかった。

「で、まずは昨日会ったひとが運命のひとだったかどうかを確かめたいのよね」

ボクがまだ手伝うとも言っていないのに、話が具体性を帯びて先に進もうとしている。

「ちょ、ちょっと待ってくださいよ。だからSEにひと探しなんて……」

「できないかどうかやってみないとわからないでしょ」

最後まで言葉を発する前にナタリーに続きを奪われ、さらに結論も変えられてしまった。

強引でマイペースなひとだな、とボクは心の中で思っていたが、その強気な態度にはなぜか無意識に従ってしまいたくなる。きっと生まれながらにして支配者の資質というものを備えているに違いない。その資質が本物ならボクの会社のダメ上司と替わってほしい。いや、ナタリーが上司になってもボクの境遇は好転しないか。

典型的な被支配者気質のボクは、あきらめてナタリーを手伝うことにした。このまま断り続けても結果的には言うことを聞かされている未来が予知できたからだ。

「その昨日会ったひと、連絡先とか聞いてないんですか？」

ボクは探偵のまねごとらしく、まず基本的な情報から収集を始めた。

「連絡先どころか名前もおぼえてないわ」

「は？」

それでよく運命のひとかもなんて思えるもんだ。

「どういうことですか？」

「ワタシ、お酒を飲むと記憶がなくなっちゃうのよ。でも、昨日バーに行ったのはおぼえてるから、たぶん出会うとしたらそこじゃないかな」

「え〜と、顔はさすがにおぼえてますよね？」

「う〜ん、たぶん、イケメンだったんじゃない。ワタシ、かっこいいひと好きだし」

「おぼえてないじゃないですか！」

「だから、飲んだら記憶がなくなるって言ってるじゃない。あ、でも、本当は記憶がなくなるんじゃなくて、最初から記憶されてないだけなのよ。脳の記憶器官への接続が不十分になって、会話や行動はできてるんだけど、その記憶は脳の方にうつらないようになってるの」

「ああ、ボクも聞いたことありますよ。パソコンは起動してて、デスクトップ上で、アプリケーションは動かせるけど、ハードディスクとつながらないから、メモリに情報が残せないみたいなもんだって」

「さすが、システムエンジニアね」

「いや、それほどでも。って、じゃ、手がかりはほぼゼロじゃないですか」

「ま、そういうことになるかな」

「『なるかな』じゃないですよ。ノンメモリの状態じゃ、スパコンだって何もできませんよ」

ボクは会話の流れでつい、パソコンにたとえてナタリーを非難してしまった。しかし、ナタリーは、非難されたことを気にするどころか、ボクの言葉の中から何か宝ものでも見つけたかのようなうれしそうな顔をしている。

「いいわね、それ」

「それ？」

「ノンメモリ」

「ああ、記憶がないから、ついノンメモリって……」

「ノンメモリのナタリー。う～ん、リズムが悪いわね。ノンメモリーのナタリー！　いいじゃない、これ！」

「なに喜んでるんですか」

「記憶喪失のナタリーとか、ちょっといやじゃない？　ワタシ、これからは自己紹介のときに、ノンメモリーのナタリーですって、言うことにするわ」

このひとは本気で言っているのだろうか。そして、ナタリーは本気でその行きずりのイケメンを探す気があるのだろうか。あまりに緊張感のないやりとりに、ボクは彼女の真意を疑った。

「ほんとにそのひとともう一度会いたいんですか？　顔すらおぼえてないんでしょ」

「でも、運命のひとかもしれないじゃない」

ナタリーはまったくひく気配がない。これはボクが折れるしかないのだろう。そう確信しつつも、ボクはささやかな抵抗の意味で、その男性を見つけることの難しさを主張した。

「でも、出会ったバーくらいしか手がかりがないし」

「じゃ、そのバーに行きましょ」

「え？」

「決まり！　そこに行けば手がかりが見つかるかもしれない。運がよければ、また彼がきてるかもしれないし」

ボクは彼女のシンプルすぎる思考回路に呆れてしまった。

――でも、現場に戻るのはいいアイデアかもしれない。

そう思い直して、すでに探偵気取りの自分がいることに気づき、ボクは自分に呆れた。

ピンポーン

そのときチャイムが鳴った。どうやらピザが届いたようだ。

軽薄者のセレクト

てっきりよくある普通の宅配ピザだと思っていたら、イタリアンのお店が特別に配達してくれたピザだった。石釜で焼いたらしい本格的なピザは、いままでボクの舌の上に乗ったことのないものだった。

「ピザってこんなにおいしいものだったんですね」

ボクがピザを食べるときはたいてい会社で深夜残業をしているときだ。上司が食べた残りをつまむので、いつも冷めていて、チーズが乾いた絵の具のように固い。ピザなんておいしいと思ったことがなかった。

「ゲーリー、ピザ食べたことないの?」

「いや、ピザは食べたことありますけど、こんな熱々でおいしいピザを食べるのは初めてです」

「冷たくておいしくないピザなんてものがもし存在するなら、それはもうピザを名乗る資格はないわね。ヒザよ、ヒザ」

自分の冗談がおもしろかったのか、ピザにのったドライトマトや厚切りベーコンの欠片《かけら》を口から飛ばしながら、ひざを叩いて目の前の美女は大笑いをしている。

——ちっともうまくないけどね。

とはいえ、これこそがピザなんだ、という意見には賛成できた。ボクが日ごろ、仕事のせいで食生活すら貧しいものになっているということもよくわかった。

ピザを食べ終わると、ボクはナタリーの家の高級乾燥機のおかげですっかりふわふわに乾いたズボンをはいて、一旦家に帰ることにした。本当は今日、休日出勤で会社に行く予定だったのが、ナタリーの一言でその気も失せてしまった。

「いいこと、ゲーリー。成功しているひとは普通のひとの何倍も働いてるってよく言うけど、あれは、量じゃなくて質の話よ。ひとが働いていない休みの日にまで働くなんて、成功者の真逆もいいとこ。量ばかりこなして、質を重視しない愚か者のすることよ」

すべての成功者が休日出勤をしたことがないかどうかはわからなかったけど、妙な説得力にボクは素直に感心してしまった。

今日は、うるさい上司も出勤していないし、ボクの個人的作業なので、また月曜日にがんばって残業すればいいや、と結局成功者と真逆の方向に進んでいることに気づかず、休日出勤をとりやめた。

「じゃ、今夜八時にここにきてちょうだい」

ナタリーが表も裏も黒塗りの名刺をボクに手渡す。表には銀色の文字で【nudiustertian】とオシャレな書体で小さく記されている。

「ぬ、ぬでぃうす、てり、てりちあん?」

「ヌディウスターシャン。【おととい】って意味よ」

「【おととい】って意味の店名なんですか、このバー」

「そ。『おとといきやがれ』ってメッセージが強気でいいでしょ。気に入ってるの、ここ」

裏には住所が記されている。英字ではあったが、これは広尾のあたりだとわかった。ボクはシャワーと、ガウンと、ピザと、乾燥機のお礼を丁寧に述べて、ナタリーの部屋をあとにした。

「じゃ、夜にね」とソファに座ったまま手を振るナタリーは、ボクがこのままバー【おととい】に訪れない可能性など微塵《みじん》も考えていないようだった。そして、ボクもなぜだか夜八時にはバー【おととい】に行っているだろうと思っていた。

九段下の多目的トイレで、片や酔っぱらって爆睡、片やその場で大をおもらし、というまともじゃない状況での出会いだったのに、この出会いをそのままなかったことにしてしまう気分にはどうしてもなれなかった。これは、ナタリーが、超がつくほどの美人であること以外にも理由があるような気がする。

ボクは、ナタリーの部屋のドアを閉め、一応部屋番号のプレートを確認した。もしかしたら、本名が書いてあるかもしれないと思ったからだ。しかし、そこには無機質な部屋番号が刻印されているのみだった。

夜八時。約束の時間ぎりぎりにボクは【nudiustertian】と書かれた小さな看板が掛かったドアの前にいた。

――インターネットに甘えすぎてた。

ボクは、店名と住所さえわかれば容易に目的地にたどり着けると思っていた。いまの時代、グルメサイトに載っていないお店などないと思っていたし、地図アプリでたどり着けない場所もないと思っていた。

だから、本当の意味での「隠れ家的」なお店というのが、どれだけ身を隠しているのかということを想像すらできていなかった。

約束の地、バー【おととい】は、どのグルメサイトにも載っていなかった。個人のブログも調べてみたが、ヒットはゼロ件。検索している最中何度も実在しないんじゃないだろうかという不安がよぎった。ボクの中ではリアルよりもネットの方が信頼できる存在になっていることを改めて実感した。

——サイトがダメならアプリだ。

ボクはスマホの地図アプリに名刺の住所を打ちこんだ。広尾周辺の地図が表示される。目的地をあらわすポイントカーソルは路地裏を指している。広尾駅を出たボクは、そのカーソル目指して、スマホの画面を睨《にら》みながら、進んだ。

右へ、左へ、北へ、南へ。何度袋小路につかまったかわからない。土地勘もまったくない広尾の路地裏はボクにとって迷宮に等しかった。かなりの精度だと言われているＧＰＳの地図アプリも、ひとがすれ違うのもやっとの路地が網の目に交差しているような場所では誤差によるミスリードが出てしまう。

超高層セレブマンションに住むナタリー行き着けのバーで、所在地が広尾だから、すべからくオシャレな場所に位置しているはず、と思い込んだのがよくなかったようだ。

実際にバー【おととい】が位置していたのは古びた木造の住宅が建ち並ぶ細い路地の終着点だった。途中、いかがわしい映画のポスターや、井戸水を汲む手押しポンプなどがあったのにはびっくりした。

――ここは本当に平成のセレブタウン広尾だろうか。

ボクの持っている情報やイメージがいかに表面的なものか気づかされる。

そんな苦難があっただけに、ボクは【nudiustertian】の前に立ってからもしばらくドアを開けることができなかった。やっとたどり着いたという感動の余韻を味わっていたのもあるが、こんなに探しても見つからないような店にわざわざきているようなひとはまともじゃないひとばかりなんじゃないだろうか、という恐怖心のせいが大きかった。

しり込みをしていると、中からバーテンダーの格好をした初老の男性がすっとドアを開けてくれた。

「いらっしゃいませ。お連れ様はすでに奥でお待ちでございます」

ボクが「待ち合わせで」と発する前に、初老のバーテンダーさんは、L字になったカウンター長辺の中央に座るナタリーに視線を向け、ボクを店内に誘い入れてくれた。

「迷ったでしょ？」

ナタリーはうれしそうにボクに声をかける。

「どうぞ」

ボクを案内してから、カウンターの中に戻った初老のバーテンダーさんがおしぼりを手渡してくれる。「おといきやがれ」的な対応は絶対にしないであろう、「気品」という言葉を擬人化したようなバーテンダーさんだ。

ボクはおしぼりで手をふきながら、改めて店内を観察する。入口から奥に向けて細長い形をした空間には、六席ほどのカウンターと、ふたりがけのテーブルがひとつあるだけだった。カウンター内側の壁には見たこともないお酒のボトルがずらりと並び、本格的でこだわりに満ちたバーであることがボクにも一目でわかる。

店員もバーテンダーさんしかいない。となると、このひとがマスターということになる。マスターはボクの方を見つつも、視線を少しずらしたまま、やさしい声でファーストドリンクは何がいいか尋ねてきた。

お酒は正直得意じゃない。カクテル一杯くらいが限界だ。飲みすぎて性格が変わったり、ナタリーのように記憶をなくしたりするわけではないのだが、おなかがゆるくなってしまうのだ。

「グレープフルーツジュースで」

ボクはこういうお店でソフトドリンクを注文するのは格好悪いなと思いながら、そして、となりに座るナタリーからの「バーでジュース？」という非難も覚悟しながら、おずおずと頼んだ。

「かしこまりました」

マスターがボクらに背を向けドリンクの準備を始める。ナタリーからは何もない。彼女は先にきて、すでに飲み物を頼んでいた。

「やるわね」

「へ？」

「ここで、グレープフルーツジュースを頼むなんて、なかなかやるじゃないってこと」

「すみません。お酒にしなきゃとは思ったんですけど」

「ん？　イヤミじゃないわよ。ここのグレープフルーツジュースは最高においしいから、いきなりそれを頼むなんて、いい勘してるなって素直に感心したのよ」

そう言って、彼女は自分が飲んでいる細長いグラスをすっとボクに見えるように近づけた。

「スプモーニよ。これもグレープフルーツ果汁を使ってるの」

オレンジ色のそのカクテルの名前はボクでも聞いたことがあった。ただ、その香りがすばらしくフレッシュで、顔を近づけていないのに、柑橘《かんきつ》系の爽やかな芳香がボクの鼻をくすぐる。

「ここのマスターはカクテルやジュースに使う果物にもすごくこだわってて、特にグレープフルーツは日本ではほとんど輸入物しか出回ってないのに、わざわざ紀州の農家から国産のグレープフルーツを取り寄せてるのよ」

確かに南国感あふれるグレープフルーツに国産のイメージはなかった。同時に、ナタリーがお酒に関してこんなに饒舌《じょうぜつ》になるイメージもなかった。「うんちくなんて大キライ。おいしけりゃいいのよ」とか言ってしまいそうだと、まだ出会って一日も経っていない中でボクは勝手にナタリー像をつくりあげていた。

「お待たせしました」

ナタリーのグレープフルーツに関する説明が終わり、ボクがその説明を理解した瞬間にピタリとあわせて、マスターはグレープフルーツジュースを出してきた。ナタリーのスプモーニと軽く乾杯をし、さっそく一口いただく。

――うわっ、何これ⁉

想像を超えるおいしさだった。ピザといいグレープフルーツジュースといい、ボクがいままで口にしていたものはなんだったんだ。ボクが感動の渦に巻き込まれているところに、ナタリーが本題を切り出した。

「で、手がかりは見つかりそう？　名探偵ゲーリーさん」

探偵は大げさとか言っていたくせに、ここにきて急に名探偵呼ばわり。何度も言うが、ボクはシステムエンジニアで、探偵との共通点は、依頼者の言うことは絶対、ということとくらいしかない。

「手がかりって言っても……」

ボクはふたたび店内を見回す。マスターが客と撮ったツーショット写真を貼るようなお店でもないし、ボトルキープの名札がじゃらじゃらとかかっているようなお店でもない。ただ、ひとつ希望があるとしたら、これくらいの知るひとぞ知るお店なら、マスターがお客ひとりひとりを記憶している可能性があるということだった。

「あ、あの、マスター」

ボクがそう言いかけると同時に、マスターがナタリーの方にすっとクレジットカードをさし出した。

「昨夜ごいっしょだった方のものでございます。お会計のあと、カードをお返しする間もなくおふたりともすぐにお店を出て行かれてしまって……」

ナタリーがカードをめくる。裏には「広瀬光輝」とサインが記されていた。

「これだ！」

ボクは思わず大声を出してしまった。マスターのまゆがほんの少しぴくりとゆがんだ。このお店で大声を出すのはどうやらあまり好まれないらしい。ボクは声のトーンを落としてナタリーに言った。

「これこそ手がかり中の手がかりじゃないですか。クレジットカードなら、カード会社に問い合わせれば連絡先くらい教えてくれるかもしれないし、そもそもなくしたことに気づけばここに取りにくるかもしれない」

「はい。さきほど、広瀬《ひろせ》様からお電話がありまして、いまからカードを取りにいらっしゃるそうです」

一流のバーのマスターは客の会話の流れを読む力に長《た》けているのだろうか。ボクがほしかった情報をベストなタイミングで提供してくれる。

「よかった。まさか、こんな簡単に見つかるなんて。ボクがひと探しなんて絶対無理だと思っていたのに」

ボクは、ほとんどマスターの手柄であることを脇に置いておいて、ナタリーのお願いに応えることができそうで安心していた。しかし、当のナタリーはクレジットカードの裏のサインを見ながら渋い顔をしている。ただ、渋面《しぶづら》でも美人であることには変わりない。いったいどうなっているのだろう、彼女の顔の組織は。

「うんん～？」

「どうしたんです？」

「ダメだ。名前を見ても、全然ピンとこない」

「ほんとですか？　ひと違いってことは？」

「それはないみたいね。マスターの顔見てみなよ」

ボクはマスターの方を向く。マスターはグラスを丁寧に磨きながら微笑を浮かべている。自らアルコール摂取時のノンメモリーをカミングアウトしているナタリーと、常連客のナタリーをカウンターからしらふで眺めているマスター。どちらを信じるかは、考えるまでもなかった。

「記憶ってそんなにキレイさっぱりなくなるもんなんですね？」

お酒があまり飲めないボクは、むしろナタリーを尊敬した。ナタリーが「変なイヤミ言わないでよ」と右手をひらひらさせながら、もう一口スプモーニを飲んだ瞬間、バーのドアが開いた。

「あの、さーせん。先ほど電話した……」

「広瀬様、お待ちしておりました」

ボクらの探しびとの登場だ。広瀬は三十歳前後という感じの顔をしていたが、その格好は若々しかった。やや茶色がかった髪もおそらく地毛の色でないだろう。今日は土曜で、一般企業はまだクールビズのシーズンだろうに、首もとまできっちりとネクタイを締め、太めのストライプが入ったネイビーカラーの高そうなスーツを着ていた。

――普通の会社員じゃないんだろうな、この店を知ってるくらいだし。

「あ！」

広瀬は店内に入るとすぐにナタリーに気づいた。

一方のナタリーは、運命のひとかもしれないと言っていた割には、広瀬の顔を見ても、まだピンときてないようだ。ナタリーの言っていた通り、男のボクが見ても、結構イケメンの部類に入ると思うのだが。

「うんんん〜？」

「昨日はあざっした」

広瀬はナタリーに近づき、軽薄な感じで、お礼、らしきものを述べた。

「うんんん〜？」

「あれ……？」

いまだ難しい顔をしているナタリーに、広瀬も違和感があったようだ。自分のあご先に人さし指をつけて、一歩ボクらの方に近づいた。

「昨日ここでいっしょに飲んだ、広瀬光輝《ひろせこうき》っスけど」

「うん、それはたぶんそうなんでしょうけど」

ナタリーの顔は美しくゆがんだままだ。

「たぶん？」

今度は広瀬の顔がさみしそうにゆがむ。そりゃそうだ。こんな美人とお酒をともにして、次に会ったらいぶかしげな顔をされたら、それはつらい気分にもなる。たまらず、ボクは割って入った。

「あの、彼女、飲んでるときのことは忘れてしまうんですよ」

そのとき広瀬は初めてボクの存在に気づいたようだ。それもたいがい失礼だとは思うが、超絶美人の存在感に、貧相な小男の存在感が打ち消されてしまうのは仕方のないことかもしれない。

「あんたは？」

広瀬に「フーアーユー？」と尋ねられて、ボクは困ってしまった。ナタリーとの関係をどう説明すればいいかわからなかったからだ。トイレで出会いました。シャワーとガウンを借りました。朝食をいっしょに食べました。どう説明しても話がこじれてしまいそうだ。

「探偵のゲーリーよ」

──正しくは、探偵ごっこをさせられているシステムエンジニアで、下痢になりやすい男、ゲーリーです。

ボクは心の中で補足した。しかし、このときちゃんと声に出して伝えておかなかったことを激しく後悔することになる。

「へえー、探偵。じゃ、ゲーリーは業界での通り名的な？」

「そんなとこよ」

ナタリーは自慢気に答える。

──通り名じゃなくて「トイレ名」ですけど。

ボクは心のなかでツッコむ。

『レオン』だったら、悪徳警官だけどね」

広瀬は「なんのこっちゃ」という顔をしている。おそらく映画などほとんど観ないのだろう。

観るとしても女性とデートのときにムードを出すためのアイテム的な扱いだろう。軽薄な態度と派手なスーツの印象で、ボクは勝手にそう決めつけていた。

「で、いまゲーリーにワタシの運命のひとを探してもらってるのよ」

「マジで!? それ、絶対オレっすよ」

広瀬は何の断りもなしにナタリーのとなりに座ると、図々しいことを言い出した。

「って、違うか！」

広瀬はひとりで自分にツッコんで、爆笑している。ちらりとマスターを見ると、無表情のままだが、まゆがぴくりとゆがんでいる。どうやら、広瀬はマスターに認められたわけではなく、どちらかというと、「おととい きやがれ」な客のようだ。

ナタリーも無表情のまま「なんで笑ってるの」という顔をしている。たまらず、ボクが口をはさむ。

「いや、冗談じゃなくて、本当にあなたが運命のひとかもしれないんですよ」

「は？ つか、探偵さん、無口キャラじゃなかったんスね」

また自分のコメントで笑っている。ナタリーはよくこんな男に「運命」を感じたな。ボクはげんなりしながら、続けた。

「昨夜、彼女といっしょに過ごしたでしょ？」

「ん？　ええ。会社のパイセンから広尾に超隠れ家なバーがあるからって言われて、六本木で女の子ひっかけてからこようと思ったら、その日はうまくいかなくて。ひとりで寄ったんスけど、超絶美人が飲んでるから、ダメ元で声かけたら『ＯＫ』出たから、いっしょに飲んだっス」

「で、告白とかしました？」

「『告白』って、探偵さん、超かてー。超ウケる。つか、あんな話したあとで告るとか、オレそこまで空気読めない系じゃないんで」

「あんな話って？」

今度はナタリーが割って入ってくる。

「え？　おぼえてないんスか？　マジで？　オレ、超感動したのに」

――さっき記憶をなくすって説明したじゃないか。

本来ならそんな大事な話を忘れているナタリーの方を責めるべきなのだが、広瀬の軽薄な態度に、思わず怒りの矛先を彼の方に向けてしまう。

「いや、さっき言ったじゃないですか。彼女は飲んでるときの記憶がないんです！」

気づけば、ナタリーはスプモーニを飲み干し、黒と緑のオリーブをつまみに、赤ワインを飲んでいた。もしかして、いまのこの話も明日にはおぼえてないとか言わないよな。

「マジでか～！　凹むわ～」

「ごめんね♥　もう一回聞かせてくれる」

ナタリーは急に甘いかわいい声を出した。そっと広瀬の肩に手を置いている。こんな美人にこんな仕草をされたら誰だって許してしまうだろう。ただ、重ねて言うが、このとんでもない美人は、すでに酔っ払っている。

「ま、まあ、仕方ないッスね。オレも激しいパーティーのあととかは、記憶とぶことありますし」

そう言うと広瀬は、昨夜のことを話し出そうとした。その前に、マスターが広瀬にすっとカクテルを出した。

「『スノーボール』という卵のリキュールを使ったカクテルです。この卵のリキュールは『アドヴォカート』といってオランダ語で弁護士を意味します。これを飲むと弁護士のように弁舌がなめらかになるとか、ならないとか」

マスターの粋なはからい。本当は、昨夜の一部始終を聞いていたマスターに話してもらってもいいのだが、そこは一流のバー。客のプライバシーにむやみにふみこまないのがルールなのだろう。

「あざっス」

スノーボールを一口飲むと、広瀬は「六本木で女の子をひっかけようと」のところから話し出そうとした。

「そこはもういいわ」

ナタリーがすかさず割愛を命ずる。

「あ、そうスか」

広瀬が、改めて昨日ナタリーにした話を始めた。

広瀬はボクでもその名を知っている大きな広告代理店に勤めていた。営業としてだ。世界でもトップクラスの売り上げを誇るこの代理店の営業はとんでもない高給取りだと聞く。高そうなスーツを着ているのも頷《うなず》ける。広瀬は聞いてもいないのに、このスーツはアルマーニで、この時計はブレゲで、と本筋に関係ない話もちょいちょいはさみこんでくる。ボクはそのへんの自慢話はスルーすることにして続きを聞いた。

その広告代理店の中でも、広瀬はトップクラスの営業成績をあげていた。国内でも有数の女性用下着メーカーのメイン担当だかららしい。よくわからないが、確かにその下着メーカーのテレビCMは男のボクでも、よく観るな、という印象だ。実際ものすごい量の広告を出しているのだろう。何十億、何百億のお金が動いていそうだ。その営業のメインなら、それは成績もいいに違いない。

と、ここまで自慢気に話していた広瀬の顔が次第にくもる。

「ほんとはオレの実力とかじゃないんス」

聞くと、その下着メーカーの女社長は男好きで有名らしいのだ。毎年春になると国内の大手広告代理店の若手営業マンを社長室に呼んで、「品定め」をするらしい。その女社長が気に入った営業マンのいる会社がその年の広告を一手に引き受けるという、このご時勢にそんなことがあるのか、というシステムで仕事が決まっていた。

「要は、マクラ営業っスね」

広瀬は自信満々の態度から一転、自嘲気味に言った。ナタリーは「マクラ営業」の意味がわからなかったのか、首をかしげている。ボクがこそりと意味を伝えると、ぎょっとした顔をしたあと、かわいそうにという顔をした。

「昨日もその表情してたっスよ」

広瀬が苦笑いをしながら、話を続けた。

広瀬は新入社員の頃にその営業マン「オーディション」を受け、そこから七年間、他社の若手たちに負けず、王座を防衛し続けているらしい。

「愛人というかペットっスね。おかげで会社からはいい給料もらってるし、社長からは毎月おこづかいもらえてるし、こっちでは不満はまったくないんスけどね」

広瀬は、親指と人さし指で輪っかをつくり、おかしいのか、かなしいのかわからない無理矢理な笑顔をつくった。

「でも、こんな裏技で結果だしてもいいことないっスよね」

広瀬がいまの自分の状況を素直に喜べなくなったのはある縁談がもちあがったことにある。

広瀬の会社の副社長が、自分の娘の婿に、広瀬を指名してきたのだ。おそらく、若くして社内トップクラスの成績をあげているその実力に目をつけたのだろう。

外資のコンサルタント会社から引き抜かれてきた副社長は、下着メーカーの「オーディション」の事実を知らない。想像だにしていないだろう。いまどき、そんなことで何百億の契約が動くなんて。

「で、副社長にはその娘しか子どもがいないんスよね」

広瀬にとってもこの縁談はおいしい話だった。しかし、素直に受けるわけにはいかなかった。なぜなら、副社長が広瀬を気にいっている理由でもある彼の実績は、女社長のペットをすることでつくりあげたものだ。身を削ってといえば聞こえはいいが、ひとり娘を任せるには、少々誠実さに欠ける。また、女社長と縁をきり、身をきれいにして結婚をするという手もあるが、そうなると広瀬には不安が残る。

「新入社員のときからマクラで結果だしてきたんスよ。いまさら、普通の方法で営業なんて、やり方がわかんないっス」

——知るか！

ボクは正直そう思ったが、意外にナタリーは神妙な顔をして聞いていた。こういうやつは女の敵ではないのだろうか。しかし、このナタリーが女性を代表して、女の敵と闘うような仲間意識の強い人間には見えなかった。むしろ、彼女の方が、同性の女子たちから煙たがられそうだ。美人すぎるし、自信がありすぎる。

「で、あなたはどっちの女を選ぶの？」

「そう！　キタソレ！　昨日と同じ質問」

広瀬は両手の人さし指をたてて、ナタリーの方に向ける。広瀬は、昨日もこの問いに面食らったそうだ。

「この選択は、どっちがおいしいかであって、どっちの女が魅力的かってことじゃないと思ってたっスから」

広瀬の補足説明を半ば聞き流しながらナタリーは続けた。推察するに、おそらく昨日とまったく同じことを言っているのだろう。さすがノンメモリー。

「自分が歩く道を選ぶなら、自分の足が向いた方にすればいいわ。でも、どっちの果実を食べるかは、本能や食欲で決めちゃダメ。自分が選ばなかった果実がそのあと、腐って、カラスにつつかれる運命にあることにもあなたは責任を負わなきゃいけない」

「重い！」

思わずボクは口に出していた。しかし、このセリフは誰かとユニゾンになっていた。広瀬だ。彼もボクと同時に「重い！」と叫んでいた。

「でも、昨日も同じこと言われて気づいたんスよね。オレは、その女社長も副社長の娘も女として見てなかったことに。たとえ、ペット扱いでも、たとえ、出世目当ての見合いでも、関係を結ぶ相手をちゃんと見てなかったってのはずいぶんひどい話だな、と」

広瀬の意見は意外だった。もっとドライにビジネスライクに、そして軽薄にこの手のことは割り切るタイプだと決め付けていたからだ。案外素直で純朴な人間なのかもしれない。百戦錬磨の女社長が七年間もそばにおいているのは、広瀬の内面も評価しているからなのかも。

「で、オレなりに真剣に向き合おうと思ったんスよ」

以上が、昨日広瀬がナタリーに話した内容だった。

「終わりですか？」

「え？　ああ、そうスけど」

ここまでの話で、ナタリーと広瀬が結ばれそうな気配はひとつもなかった。ノタリーは何をもってこの男を運命のひと候補と考えたのだろうか。しかし、ナタリーにはナタリーなりの運命のひとアンテナがあるらしかった。

「見直したわ、広瀬！　その果実の選択肢にワタシも入ってあげる！」

ナタリーが突然広瀬の手をぎゅっとにぎりしめて、広瀬の顔を見つめながら言った。昨夜ももしかしたらこういうやりとりがあったのかもしれない。しかし、ナタリーの日の焦点は合っていない。どうやら、すでに泥酔状態のようだ。気づけば、赤ワインは、ウイスキーのグラスに変わっていた。

「いや、昨日も言いましたけど。これ以上オレの悩みを増やさないでって話っスよ」

広瀬は昨夜もナタリーの誘いをちゃんと断ったようだ。しかし、ナタリーの中では、「見直した」という感動だけが残っていたのではないだろうか。記憶をなくしてもその手の感情はなんとなく刻まれているものなのかもしれない。それが、「運命のひと」かもと錯覚させるに至った原因ではないかとボクは探偵らしく推理してみた。

これにて一件落着。と思いきや、広瀬の話はまだ終わっていなかった。

「実は、悩みはこれだけじゃなくて」

聞くと、副社長の娘との縁談が出てきたあたりから、監視されているような気がしてならないと言う。

「ねえ、探偵さん。こういうの専門っしょ。どうすればいいスか？」

「探偵」と言われて、即座に自分のことだと判断できなかった。「え？　ボク？」という顔で広瀬の方を向くと、すがりつくような顔でこちらを見ている。

「気持ち悪くて仕方ないんスよ。ほんと、どこにいても、見られてる感じがするんス」

「いや、ボクは探偵なんかじゃ……」

と両手を胸の前でふりながらも、広瀬の言葉が気になった。

「どこにいてもって、ほんとにどこにいてもですか？」

「え？　ああ。出張とかで地方に行っておねえちゃんと遊んでるときもなんか尾《つ》けられてる感じがして。あ、この前ラブホに行った帰りには、あやうく轢《ひ》かれそうになったっス！」

ボクは少し心当たりがあったので、探偵ではないと弁明をする前に、ひとつだけ試してみたいことがあると広瀬に言った。

「広瀬さん、スマホもってます？」

「え、ああ。三台あるけど、どれがいいスか？」

ボクは呆れた。

——三台も持ってるのか。

「ちょっと、ぜんぶ見せてもらっていいですか」

ボクは広瀬からスマホを三台とも受け取ると、非表示設定にされているアプリも含めて、すべてのソフトウェアをチェックした。

「あった！」

「なになに、なにがあったんスか？」

ボクは三台のうち一台のスマホ画面を広瀬に見せる。非表示になっていたアプリを起動してある。そこには、広尾の地図が表示され、この店のある位置にマーカーポイントがついている。

「うえ？　なんスかこれ？」

「これ、ちょっと前にはやったマルウェアです。つまり、不正なアプリ。このアプリをダウンロードしたスマホの位置情報、通話記録、電池残量、アプリ一覧を遠隔操作で登録者がチェックできる仕組みになってます」

「マジで？　じゃ、オレの行動がぜんぶ筒抜けだったたってことッスか？」

「まあ、そうなりますね」

「激ヤバじゃん、それ。オレ、そんなのダウンロードしたおぼえないスけど。あ、もしかして社長が？　エッチのあととか、オレスマホ、ベッド脇に置きっぱだし」

広瀬は下着メーカーの女社長を疑っているようだ。

「たぶん違うと思います。何かのインタビュー記事で読んだんですけど、確かあの下着メーカーの社長さんって、パソコンとかデジタル機器が嫌いじゃなかったでしたっけ？」

「あ！　そうだ。ガラケーすら嫌がってあんま持たないんスよ。秘書に困るって泣きつかれて、最近やっとしぶしぶ持つようになったけど」

「そういう方にはこれの操作は難しいと思います。部下に頼むにしても、社長さんくらいの方ならこういう市販に出回っていたアプリなんかを使わなくても、広瀬さんの居場所をつかむ方法くらいご存じだと思います」

「じゃあ誰なのよ？」

ナタリーがぼんやりと眠そうな目でボクに尋ねてきた。ノンメモリーになる上に、最終的には寝てしまうタイプの酔っ払いらしい。

「おそらく、副社長の娘さんかと」

「マジ？　でも、なんでわかんスか？」

広瀬は副社長の娘が自分のスマホをいじれるかどうかについては言及してこなかった。おそらく、そういうシチュエーションに心当たりがあるのだろう。

「広瀬さんは、スマホを三台持っていて、そのうち一台が、キャラクターとコラボしたモデルです。これ、若い女性にめちゃくちゃ売れた機種なんですよ」

「あ、そういえば。合コンとかナンパでも女子ウケがいいんで、あえて買ったやつっス」

「娘さんも、同じ機種をお持ちなんでしょう。だから、操作方法がわかった。他の二台はOS自体が違いますし、全部のスマホに入れたくても、そこまでの操作知識も、時間もなかったんでしょう」

「にゃるほろね」

ナタリーはすでに呂律《ろれつ》が回っていない。しかし、副社長の娘の動機は的確に突いてきた。

「うりぇた果実よりも、あおい果実のほうが、嫉妬深かったってことにぇ」

広瀬はスマホの画面を見ながら黙って考え込んでいた。

「オレの自分勝手な態度が、この子にこんなストーカーまがいのことをさせちゃったってことか。ダセーっスね、オレ」

ボクは何も言えなかった。アプリを消去する方法を教えたが、広瀬は大丈夫だ、と言った。

そして、ナタリーに悩みを聞いてもらったお礼と、マスターにクレジットカードとスノーボールのお礼と、ボクに探偵のお礼を言ってバー【おととい】をあとにした。

「あざっス」

最後まで軽薄な感じではあったが、そこにはしっかりと感謝の気持ちがこもっていたように思えた。

マスターがグラスを磨きながら、にっこりとボクにほほ笑みかけてくれた。

「じゃあ、帰るわにょ」

ナタリーは残ったウイスキーをぐっと一気に飲み干すとふらりと立ち上がった。

「ゲーリー様、またのお越しをお待ちしております」

マスターに丁寧に見送られる。どうやら、ボクは「おとといきやがれ」にはならなかったようだ。

ボクはナタリーを送って帰ったが、九段下の駅でおなかが痛くなり、あの多目的トイレに駆け込んだ。ナタリーは「またね～、ゲーリー」と手をひらひらと振りながら駅直結の高層マンションへと帰っていった。

王者のノックアウト

土曜日に休日出勤をしなかったせいで、月曜日の今日は、猛烈絶賛残業中だった。現在、夜の九時だが、終電までに帰れる気が全然しない。ボクはいまさらながら、ナタリーといっしょにバーに行ったことを悔やんでいた。

もらしてしまったのは仕方ない。そこで、ナタリーと出会ってしまったのも、まあ、運命の悪戯《いたずら》だと考えよう。しかし、シャワーや乾燥機、あとピザもあるが、その恩に報いようと探偵ごっこにまでつきあうことはなかった。しっかりとお礼を言ってその場を去り、会社にきて仕事をしていれば、いまこんな目にあうこともなかった。

前の席では、上司が週刊誌を読みながらボクの仕事のあがりを待っている。彼はごくごく一般的な上司だ。自分の仕事を部下に押し付け、自分のコーヒーも部下に買いに行かせ、大きな声で部下を罵倒《ばとう》することが何よりのたのしみという、ブラック企業によくいるごくごく一般的な上司だ。

何かで読んだことがあるが、「理想の上司」というのは、ある図鑑には「ユニコーン」や「ドラゴン」などと同じページに記載されているらしい。つまり、「理想の上司」とは、「空想上の生き物」であるというジョーク。笑えないジョークだ。このことからも、ボクは目の前に座る彼に何ら上司としての期待など抱いてはいなかった。

ただ、ボクの上司は、世間一般のこういう肩書きを持っているひとの中でも特に人間ができていない方の部類に入ると思われた。

「なあ！」

ボクを呼んでいるのはわかっているが、とりあえず一回は仕事に集中しているフリをして無視してみる。

「なあ、おい！　聞こえてんのか？」

上司の声に軽く怒気が混じる。これ以上の無視はよろしくない。

「はい！　ボクですか？」

「他にこんな時間まで残って仕事してる愚図がいんのか？」

いないわけではない。システムエンジニアという職種は残業が本業と揶揄《やゆ》されるほど、遅くなることが多い仕事だ。その証拠に、ボクらの働くフロアでも、まだカチャカチャとキーボードを叩く音があちらこちらで響いている。しかし、彼にとって、自分のチームのことでなければ、全くよその星で起きていることのように感じられるらしい。

「おまえはさあ、なんで毎日毎日こう残業しないと気が済まないの？」

——好きで残業してるわけじゃない。うちの会社は残業代だって出ないのに。

「オレには何でも本音でぶつかってきてくれていいから」このチームに配属が決まったときにそう言われて、バカ正直に本音で接したら、「生意気だ」とめちゃくちゃ怒られた。

そんな過去から、ボクは思ったことをそのままこの上司に伝えることを控えている。

「すみません。仕事が遅くて」

「だよな〜。ほんとおまえ、仕事遅いよな。オレだったらたぶんお前の半分の時間で終わらせられるぜ」

——あなたが自分で手を動かしてるのを見たことないですけど。うちの会社の女子社員にすぐ手を出すってのは聞いたことありますが。

と思っていても、そのままは口にしない。

「大峰《おおみね》さんは仕事できるから」

世の中には流行語大賞というものがあるらしいが、「心にもない言葉」大賞というのがあれば、いまのはノミネート確実の金言だ。

「うるせーよ。当たり前のこと言ってねーで、手を動かせよ」

自らの名誉のために言っておくが、ボクはこのひとに話しかけられる前から五時間、トイレ以外でこの両手の動きを一瞬たりとも止めたりはしていない。もちろん、この会話の最中もキーボードはすごい勢いで打撃音を発している。ボクがボクサーだとしたら、全ラウンド猛ラッシュを続けているようなものだ。世界チャンピオンだってそんな闘い方はしない。でも、ボクがここまでやっても、相手は倒れる気配がない。

そのラッシュ音を遮るように、ボクのスマホが「ブーブブー」と鳴った。正確にはマナーモードにしているので、バイブの振動でデスクが鳴ったのだ。スマホの画面に『いまなにしてるの?』とメッセージがポップアップで現れる。断っておくが、ボクに彼女はいない。そして、このメッセージはそんなかわいいものではない。語尾に絵文字をつけるとしたら「ハートマーク」ではなく、「ドクロマーク」がふさわしい。

——ナタリーだ。

土曜日、広瀬光輝と出会う前、ピザを食べながら、半ば強制的にボクはメッセージアプリの「ＦＩＮＥ」をダウンロードさせられ、同時にナタリーを「友だちに追加」させられていた。

頻繁に連絡をとり合う友だちなどいないボクにはこの手のアプリは不要なのだが、ナタリーのせいでついに「ＦＩＮＥ」デビューしてしまった。しかし、それはナタリーもあまり変わらない状況のようで、友だちリストにはまだボクしかいなかった。だからなのか、アカウント名も本名ではなく「ナタリー」にしていた。ナタリーもそのとき初めてアプリをダウンロードしたに違いない。

しかし友だちがいるいないに関係なく、いまこの状況のボクには、無料メッセージアプリ「ＦＩＮＥ」はただの迷惑でしかなかった。キーボードを叩くラッシュの手をゆるめることなく、ボクはナタリーからのメッセージを無視する。

すると一分後、ふたたびボクのスマホがデスクを震わせる。

『お』

一文字だけ表示されている。間髪いれずに「ブーブブー」と次のメッセージ。

『と』

この時点で目の前の上司が週刊誌から目を離し、こちらを睨んでいるのが空気でわかる。すぐに次の一手。

『と』

もうナタリーの言いたいことはわかった。わかったからもうメッセージを送ってこないでくれ。しかし、そう返信をする間もなくナタリーはたたみかけてくる。

『い』

上司が声を張り上げる。

「こるぁ、うるせーぞ！」

バイブもオフにしようと左手をスマホに伸ばす。

『き』

間に合わない。

『や』

上司の怒号が頭上にふってくる。

『が』

ボクは左手にスマホをにぎり、トイレに駆け込むため、腰を浮かす。

『れ』

ボクの背中で上司が何かわめいている。いいや、後で怒られよう。というか、すでに現在進行形で怒鳴られている。

ボクはフロアのトイレに駆けこみ、個室に入る。便意はなくても、ズボンを下げて座ってしまうのはボクの脊髄反射である。

便利なのか迷惑なのか、「ＦＩＮＥ」には無料でメッセージを送れるだけでなく、無料で通話できる機能もついている。ナタリーから最悪のタイミングで電話がかかってくる前に、こちらからきちっと言っておかねばならない。

「もしもし、ゲーリー？」

ボクが十秒ほどコール音を聞きながら待つと、ナタリーは意外という感じの声で電話に出た。

「どうしたの？　電話なんかしてきて」

「そっちがメッセージ送ってきたんでしょうが」

一瞬の間がある。

「あ、そうだった。いま、【おととい】で飲んでるのよ。きなよ」

「無理です」

「無理かどうかは、自分で決める問題ではない」

声のトーンを落として、髭の軍人が話すような声マネをしてナタリーが返してくる。

「なんですか、それ？」

「昔誰かに聞いたのよ。えっと、誰だっけ？」

「知りませんよ」

「ま、いいや。ともかく、無理なんてすぐ決めつけるのはあなたの悪いクセよ。いいから、早くきなさいよ」

——会って三日しか経っていないのに、ボクのクセを決めつけないでよ。

ボクはそう思いながらも、思ったことをそのまま口には出さなかった。あの上司との会話が染み付いてしまっている。こっちは本当にボクのクセだ。

「ごめんなさい。ほんとに仕事が大詰めで。この電話をしてるのだって、結構なタイムロスなんです。今日は勘弁してください」

「ゲーリー」

ナタリーは、小学校の教頭先生が言うことを聞かない児童を諭《さと》すような声のトーンにきりかえた。

「休日出勤のときも言ったけど、質より量を重視するなんて、愚か者のすることよ。残業なんてその最たるもの。あなたの仕事ってピエロだったっけ？」

「違いますけど、違いません」

正直ピエロの方が、まだ自分の意思を持って生きられる職業のように感じた。ピエロの友人はいないので、その真意を聞いたことはないが。

「なによ、禅問答？　生意気ね」

生意気と言われるほど、ボクはナタリーより年下なんだろうか。そんな疑問が頭をよぎった。

「美人の年はわからない」。いま思いついた言葉だが、これ、結構な名言だなとボクは思った。

「ともかく、今日は行けませんから」

精一杯の主張を繰り返す。しかし、そもそもボクがナタリーに、我を通すという行為で勝てるわけがなかったのだ。

「でも、あなたがこないとワタシは、ここから帰りませんから」

きっとこのやりとりを聞きながら、マスターは困った顔をしているであろう。恋人でもない男を待つ女のために一晩中店を開けておくのは、いくら一流といえど、バーテンダーの仕事の範疇《はんちゅう》には入っていないだろうから。

——仕方ない、マスターのためだ。

ボクは折れることにした。

「その代わり、確実に終電がなくなった後になりますよ。それでもいいんですね？」

「いいわよ。タクシー代くらい出してあげる」

「そういうことじゃないんですけど」

「じゃ、待ってるからね」

そう言ってナタリーは電話をきった。

このあとボクのすることは決まっている。空想上の生き物ではなく、現実に月の前に存在している理想の真逆をいく上司の痛い視線を受けながら、一分でも早く仕事を片付けることだった。ボクのラッシュはますます早く、強くなっていった。全盛期のマイク・タイソンのようだ、とボクは思った。ほとんどボクシングのことなど知らないのだが。

結局ボクがバー【おととい】に到着したのは、夜中の一時をすぎた頃だった。

——この時間に行ったら絶対ナタリーはノンメモリーだろ。

店内に入ると、ナタリーはいつもの席に座っていた。ただ、となりには見知らぬ男が座っていた。その男は、色が黒く精悍《せいかん》な顔つきをしている。顔つきだけでなく、からだつきも雄々《おお》しい。ジャケットの上からでもわかるほど、肩や二の腕の筋肉が発達している。なんらかのスポーツをしているか、最近CMでよく観るスポーツジムに通っているひとかどちらかだろう。

ふたりは熱心に話し込んでいるので、とりあえず、ナタリーから離れた席に腰をおろす。マスターがすっとおしぼりを渡してくれた。いっしょに、コースターも差し出される。海外ビールのブランド名が入った厚紙のコースター。飲み物も出てきていないのになぜだろうと不思議な顔をしていると、マスターがこそりと「裏をご覧ください」と言った。

——裏？

ボクはそっとコースターを裏返す。そこにはややふらついた文字で、短いメッセージが綴《つづ》られていた。

『この男性が運命のひとかどうかメモリーせよ　　by　ナタリー』

——なんだそりゃ!?

なんとか仕事を片付けて、タクシーで駆けつけてみれば、また探偵ごっこの続き。いや、今回はひと探しでもなく、単純に目の前のふたりの様子を記憶しておくだけだ。ボクはお酒を飲むとノンメモリーになってしまうナタリーの「外付けハードディスク」の役割をさせられようとしているのだ。

——ふざけてる。

生来、反抗心など欠片《かけら》も持ち合わせていない性格のボクでも、長時間「反」理想的な上司からのプレッシャーに晒《さら》され続けたあとに、こんな仕打ちを受ければ、他者からの圧力に反発のひとつもしたくなる。

おしぼりをまるめて、席を立とうとすると、マスターが小声でボクを制した。

「ゲーリー様、お待ちください。お食事、まだじゃありませんか？」

ボクはマスターの一言で、夕食も食べずに急いでここにきたことを思い出した。おなかをさすると確かに、ひどい空腹感だ。

「ええ、確かに」

「ナタリー様から、ゲーリー様のお食事代もいただいております。いまはあんな状況ですが、あの男性がこられるまで、随分長くゲーリー様をお待ちだったんですよ」

そう言って、生ハムとピクルス、軽くトーストしたバゲットを出してくれた。続いて、すぐに飲み物を出してくれた。紅色に輝く美しいカクテルだった。

「『キール』です」

マスターはいつの間にか、エプロンをまとっている。知らなかったが、カウンターの奥の方にちょっとした調理スペースがある。本当に、おつまみだけではなく、何か食事を用意してくれそうだ。

マスターは足元にある冷蔵庫から塊のベーコンを取り出すと、それを片手に、いま出してくれたカクテルの説明をしてくれた。

「キールは、白ワインとカシスリキュールでつくったお酒です。ちなみに、ゲーリー様は、花言葉というのをご存じで？」

突然の質問にびっくりした。「花言葉」というものは知っていたので、首をたてに振ったが、直後、具体的にどの花がどんな花言葉を持っているかはまったく知らないことに気づき、すぐに首をよこに振り直した。

しかし、ボクが花言葉を知っているかどうかは、マスターにはどうでもよかったようだ。その証拠に、質問した瞬間から、視線はベーコンの方に注がれており、右手にはいつ装備したのか、よく研がれているのであろう包丁の刃紋がきらりと輝いていた。

「花に花言葉があるように、カクテルにも『カクテル言葉』というものがあるんです」

それはまったく初耳だった。とりあえず、キールを一口飲んで、「へえ」と間抜けな合いの手をうつ。

「そのキールのカクテル言葉は『最高のめぐり逢い』だそうです。ナタリー様はゲーリー様とお会いできた縁を非常に喜んでおられましたよ」

――まさか。

ボクはマスターの言葉が信じられずに、ミニサイズのきゅうりのピクルスをかじりながら、顔の前で手をひらひらと振った。

「本当でございます。その証拠に、ナタリー様がゲーリー様以外で誰かをこの店にお連れになったことはございません」

マスターの口調はいたって真剣だ。そもそも冗談を言うひとにも見えない。会った瞬間、ひとに最悪なあだ名をつけ、自分の本名も名乗らず、あろうことか、そのあだ名で呼ぶことを、行きつけのバーのマスターにも強要するような女性ではあったが、ボクはナタリーがボクとの出会いを悪くないものだと思ってくれていることがうれしかった。美人だったからというのもないわけではないが、純粋に誰かとつながりを持てたということがボクにはうれしかったのだ。

「ありがとうございます」

ナタリーの想いに対してと、それを伝えてくれたマスターに、ボクはお礼を言った。

「私も、ゲーリー様とお会いできてうれしく思っております」

一流のバーテンダーは話の流れに便乗したお世辞も上手でなければならないようだ。しかし、たとえセールストークであったとしても、ボクは心からほほ笑まずにはいられなかった。

マスターがカルボナーラをつくってくれようとしているのだろうというのは、ロングパスタと、卵、生クリームが出てきたあたりでやっとわかった。ボクは普段料理をしないが、レシピサイトのレビューシステムを構築したことがあり、そのときいくつかの料理のつくり方をおぼえてしまった。カルボナーラもそのひとつだ。

「だから、オレは会長に言ってやったんよ。そないな複雑な合図、試合中におぼえてられへんって」

色黒の男の太く大きな声が耳に入る。カルボナーラは卵の黄身だけ入れるんだっけ、それとも白身だっけと気分はキッチンに立つ不器用な若奥様になっていたところを、ぐっと現実にひきもどされた。

――そうだ、ふたりのやりとりを聞いておぼえておかなきゃ。

コースターに書かれた命令など無視して帰ろうと思っていたのに、カクテルとマスターの言葉で完全に懐柔されたボクは、任務を遂行すべく、意識をふたりの会話に向けた。

しかし、その必要はなかった。色黒の男は、おそらく普段からそうなのであろうが、非常に声が大きかった。そして、それに釣られたのか、ナタリーも声をしっかりと張ってしゃべっていた。

「でも、その合図をきっかけに、あなたは負けないといけないんでしょ？」

「そや。でもな、そもそもオレは八百長なんてせーへんでも、十分神威《かむい》の方が強いって最初から言ってるんや」

「その神威ってのが、今度の対戦相手？」

「ああ。プロボクサーになってまだ二年の十九歳やで。二十も若いんやで。オレが十九のときに、四十近いおっさんに負けるなんて、これっぽっちも思わんかったからな。神威もたぶんそう思っとるやろ」

「でも、ボクサーさんもまだまだ若く見えるわよ」

「おーきに、ねーちゃん。ねーちゃんも、いくつかわからへんくらい、美人やで」

「ありがと。実はひとの生き血を吸って、百年生きてるの」

「おーこわ。ちぃーすぅたろかーってか？」

「がははははは」と色黒の男の笑い声が響く。ナタリーは男の言葉の意味がよくわからなかったようだが、釣られて笑っている。今日のナタリーは結構相手のペースに合わせている。それだけ、色黒の男の持つ雰囲気が強力ということだろうか。最初に感じたスポーツマンという印象は当たっていた。

それにしても三十九歳でボクサーというのはめずらしいのではないだろうか。ボクはスマホを取り出して「三十九歳　プロボクサー　現役」で検索した。すぐにヒットした。写真も出ている。いまこの店で、大声で話している彼の顔だ。

ナタリーの運命のひと候補の名前は、舞《まい》田《た》泰《たい》三《ぞう》。名前の読み方やプレイスタイルも似ていることから和製マイク・タイソンという異名で呼ばれた頃もあったスーパーフェザー級の選手だ。いや、ただの選手ではない。三十九歳にして、ＷＢＣのチャンピオンだ。

——ボクの十以上も上のひとが現役でチャンピオンだなんて。

にわかには信じられない話だった。しかし、実際に目の前にいる舞田は確かに、歴戦の雄というオーラを十分すぎるほどに醸し出していた。

「でも、なんで、ボクサーさんがわざと負けなきゃいけないの？　その、なんだっけ、王様をひとりに決めるって試合」

「統一王者決定戦な」

「そう、それ！」

「ま、なんつーか、この業界の人間や、マスコミやファンも、そろそろオレに引導を渡したがっとるんやろうな」

「どういうこと？」

「つまり、老兵は去れっちゅーこっちゃ。神威は若くて、顔もよくて、実力もある。最近は世界戦でも視聴率がイマイチな日本ボクシング界を明るくしてくれる期待の星やからな。今度の統一戦でばーんと世代交代を世の中に見せつけて、ボクシング界を盛り上げたいんやろ」

「ん～、よくわかんないけど、ボクシングで三十九って老兵なの？」

ナタリーの言葉に、舞田は黙って手元のウィスキーを舐める。

「ま、とっくに引退しててもいい年やな」

ナタリーの方を向かずに急に声のボリュームを抑えて舞田は答え、さみしそうにウイスキーに浮かぶ丸氷を見つめている。ボクはなんだか彼を励ましてあげたくて、マスター特製のクリーミーかつ濃厚なカルボナーラを口いっぱいにほおばりながら、ナタリーに「ＦＩＮＥ」のメッセージを送った。

『バーナード・ホプキンス　五十歳　現役』

ナタリーはスマホの画面にすぐ気づいてくれた。

「でも、バーナード・ホプキンスってひとは、五十歳で現役なんでしょ？」

驚いた顔で舞田がナタリーを見つめる。

「よう知っとるな、ねーちゃん。そや、バーナードは五十でも現役。エイリアンとか呼ばれとったんやで」

「じゃ、あなたも少なくともプレデターって呼ばれるくらいまではボクシング続けないとね」

「はは、階級違いすぎるから対戦はないけど、もし、エイリアンとプレデターがリングで闘うとかなったら、めっちゃおもろいやろな」

舞田が笑っている。よかった、この励まし方は正解だった。

『映画　ロッキー4　四十代　チャンピオン』

続けて「FINE」にメッセージを送信。

「それに、あれ、映画のロッキーだって、結構な年までヘビー級のチャンピオンだったじゃない」

どうやらナタリーはロッキーを観たことがあるらしい。助言は不要だったか。

「いいね、ねーちゃん。ロッキーと比べてくれるか。オレがいちばん好きな映画や。しかも『4』は最高やったな。友のために完全アウェイの中闘うロッキー。くぅ、しびれたなぁ」

映画の中のシーンを思い出しているのか、熱のこもった顔で舞田はうれしそうに語っている。

しかし、次の瞬間、ふたたび舞田の顔が曇る。

「でも、あかんな。もう、次の試合で引退やって会長も言うてるし」

「八百長して負けるから？」

「そや。八百長やら、変な合図やらうちの会長が言い出したのも、せめて引退試合くらいはドラマチックに幕引きさせたりたいって想いかららしいんや」

「格好良く負けるってことかしら？」

「ま、負けに格好良いも悪いもないけどな」

自嘲気味に笑って、舞田は一口でぐいっとウイスキーを飲み干した。マスターがすかさず次の一杯を差し出す。

「でも、勝っちゃえばいいんでしょ」

「そやから、さっきも言ったけど、八百長なんてせんでも、神威は十分強いんや。十九歳で世界チャンピオンなんてほぼほぼ最年少記録と同じくらいなんやから」

「じゃああなたは、最年長チャンピオンになればいいじゃない？」

ナタリーの見事な返しに舞田はぐっと詰まってしまう。

「はは、ほんますごいなねーちゃん。若い頃から大口と大振りだけはタイソン級て言われてきたオレよりビッグマウスやな」

「ネズミも大きければ、ネコに勝てそうでしょ」

ナタリーはそう言って舞田にほほ笑みかける。離れた席から見ていたボクにも、その笑顔は天使のように見えた。彼女の性格を知っているにもかかわらず、だ。至近距離でそれを見てしまった舞田は確実にノックアウトされているに違いなかった。

店内にしばしの沈黙が漂う。沈黙をやぶるのは、当然このひと。

「マスター、おかわり」

マスターが手にしてきたのは日本酒の一升瓶だった。枡《ます》に直接注いでいく。ここはバーなのに日本酒の用意もあるのか。そして、ナタリーはバーなのに、日本酒を頼むのか。【おととい】の度量の広さを見た気がした。

「ねーちゃんの言う通りかもしれんな。オレは自分で勝手にこれ以上続けるのは無理やって決めつけて、若いやつに自分の介錯《かいしゃく》押し付けてラクになろうとしてたんやな」

「無理っていうのは、自分が決めることじゃないのよ」

ナタリーは電話でボクに言ったのと同じことを舞田にも言った。どうやら彼女自身がこのフレーズを気に入っているらしい。

「ほんまやな」

舞田はにかり、とうれしそうに笑う。色黒の肌に、白い歯が映える。改めて見るといい男だ。何十年も自分の拳ひとつで生きてきたという自負が誇りとなって表情にも出ている。完全なインドア派で、格闘技の世界とは対極に生きているボクだけれど、素直に舞田泰三のことは「いい男だな」と感じた。ひょっとするとナタリーの運命のひとはこの男かもしれない。そうボクは思った。

途端、おなかがちくりと痛む。続いて、痛みがぐるぐると時計回りに回転しながら、下腹部に降りていく。

――カルボナーラ？

原因としてすぐに思い浮かぶのは直近で食べたものだ。だがしかし、ボクはすぐさま首をよこに振る。マスターが古くなった生クリームなど使うはずもない。今日一日上司のイヤミ、皮肉、怒号のサンドバックになったことがボディブローのようにいまごろ効いてきたのだろうか。

「マスター、すみません。お手洗いをお借りしても……」

ナタリーと舞田のやりとりをほほ笑ましく見ていたマスターは、ボクの悲痛な声に少々驚いた顔をしたあと、すぐに心配そうな顔になり、トイレは奥にあることを教えてくれた。

ボクは、なるべくたいしたことのないようなそぶりで席を立ち、ナタリーと舞田のうしろを空気になったつもりで、存在感を消して通りすぎる。幸い、ふたりとも話に夢中で、貧相な小男が背後を横切ったことなど気づきもしない。

バー【おととい】のトイレはレトロながら清潔感あふれる空間だった。長年熟成を続けてきたウイスキーの樽のような風合いを醸し出す木目の壁。便器が陶器でつくられているということを再認識させてくれる、素材感たっぷりの白い洋式便器。余計なポエムや、まったく興味をそそられない前衛的な舞台公演のチラシなどはもちろん貼っていない。店内同様、落ち着ける空間だ。

このトイレのおかげなのかどうなのか、ボクのおなかもすぐに落ち着きをとりもどした。しかし、経験上、こういうときにあわてて席に戻ると、意外な伏兵がおなかに残っていて、再び席を立つことになる。ちょっと様子をみようとボクは便座に深く座り直した。

「タイソンはなんか必殺技とかないの?」

トイレの外からナタリーの声が聞こえる。いかにマスターがトイレという個室空間を落ち着けるようにレイアウトしても、声の大きい客がいた場合はどうしようもない。そもそもが広くない店内だ。ここは、メモリーの続きをするつもりで、筒抜けになってしまっているふたりの会話に耳を傾けた。

「ん～、これっちゅうのはないなぁ。強いて言えばアッパーやけど」

「アッパーってどんなの?」

そのやりとりのあと、がたがたとイスをひく音がする。もしかして、舞田は実演してみるつもりじゃないだろうな。

「ねーちゃん、こう両拳をにぎって、胸の前でこう構えてみ」

「こう？」

ナタリー相手にアッパーを実際に繰り出そうというのだろうか。世界チャンピオンが間違っても当ててしまったりはしないだろうが、ふたりとも結構お酒を飲んでいた。ボクは心配になって、ちょっと便座から腰を浮かした。

「で、右手をこう腰くらいまで下げて、すくい上げるようにパンチや」

「え〜と、拳を下から上に」

——なんだ、ナタリーがアッパーを出す方か。

安心してボクはふたたび便座に腰をかける。

「そや、そっから一気に振り上げて……」

「とりゃ！」

「ぐがっぁ」

舞田のうめき声がしたかと思うと、ドタンと何かが床に落ちる音がした。

ボクはあわててズボンをはき、トイレから飛び出る。そこには股間を押さえたまま、白目をむいてごろりと倒れている舞田がいた。

「ナタリー、一体何をしたの？」

「あれ、ゲーリー、きてたの？」

冗談ではなく、ナタリーは本当にいまボクの存在に気づいたらしい。さっき、スマホにメッセージを送ったのも、どこからか偶然、世界最年長チャンピオンの名前が送られてきたと思っていたのか。

「ワタシ、世界チャンピオンを倒しちゃった」

そう言って悪戯っぽく笑うナタリー。自慢げに右拳をボクに突き出すが、その中指にはオリーブの実くらいの大きさのドクロの指輪をつけていた。

——それをつけたまま、思いっきり股間を下からつきあげたのか。

いくら世界チャンピオンといえども、鍛えられないところはある。そこを酔っ払って油断しているところに、下からズドンとやられれば、クリティカルヒットにもなるだろう。

無邪気にはしゃぐナタリーを放っておいて、ボクは舞田を介抱し、マスターは電話でタクシーを一台呼んだ。バー【おととい】の店の前は狭くてクルマが入ってこられない。ボクとマスターで足元のふらつく内股の世界チャンピオンの肩を支え、大通りまで連れて行った。

「マスターおおきに。あと、どこのどなたか知りまへんが、あんたも迷惑かけてすんません」

獣のピューマを思わせる精悍な彼だが、その雄々しさとは違って非常に丁寧で律儀な性格をしていた。

——このひとに勝ってほしい。

相手の神威がどんな人物か知らないが、実際に会って、ひととなりを知ってしまった三十九歳のボクサーを、ボクは心から応援したくなっていた。

「おおきに、おおきに。あ、ねーちゃんにもよろしゅうに」

ナタリーは【おとどい】のカウンターで寝てしまっている。舞田を送ったあとは、今度はナタリーを大通りまで運ばないといけない。

「バーテンダーも結構力仕事ですね」

ボクが冗談のつもりで言うと、おそらく舞田よりもさらに年齢は上であろうロマンスグレーのダンディマスターがすっと腕をまくった。

――うわ！　すごい筋肉！

驚くボクの顔を見ると、マスターはにこりと笑ってそでを戻し、カフスボタンをとめる。その一連の仕草はさまになっていて、一流のバーテンダーには筋肉をつけておくことも必要な素養であることが今夜わかった。


二週間後、ボクとナタリーは東京ドームにきていた。ＷＢＣＷＢＡ世界王者統一戦を観戦するためだ。

舞田が広尾のバーで非公式のＫＯ負けを喫した三日後、【おとどい】に舞田から試合のチケットが二枚とどいた。中の手紙には「必殺アッパーのねーちゃんとマスターに」と書いてあったが、マスターは店を休むわけにはいかないと、ボクにチケットをくれたのだ。ナタリーは案の定ノンメモリーで、「なんでワタシがボクシングの試合を観にいくのよ」とぶつぶつ言っていたが、その夜のことを簡単に説明すると、「じゃ、その試合でそのタイソンが勝てば、ワタシは統一王者を倒した女ってことになるのね？」と途端にうきうきしだした。

試合はすでに十ラウンドをすぎていた。両者実力は拮抗《きっこう》しているように見えた。素人のボクらだけでなく、目の肥えたボクシングファンらしき周囲の客たちも「どっちもいいパンチを出してる」と言っていたので間違いないだろう。

両者のセコンドが騒がしくなってくる。舞田の味方のはずのセコンドも、なにやら舞田を責めているようだ。舞田はそれを無視している。向かいの神威のセコンドも舞田サイドを睨《にら》んでいる。もっと早いラウンドで勝負が決まるはずだったのに、約束が違うぞという顔だ。おそらく例の八百長のことを双方セコンドは考えているのだろう。周囲の思惑では、この試合はできすぎなくらいドラマチックな幕引きで神威の勝利となる予定だった。

しかし、当の神威の表情にはそんな余裕はなさそうだった。自分より二十歳も年上のおじさんが、こんなにも強いとは思わなかったという表情だ。

カン！

ゴングが鳴り十一ラウンドが始まる。神威が左ジャブ、左ジャブ、右ストレート、左ジャブという動きを舞田に当たらない間合いで繰り返している。試合もクライマックスに差し迫った段階で、無策に基本のワンツーを続ける神威に、ボクらの周りのボクシングファンも不思議そうにしている。

「なにしてんだ、神威のやつ。まだスタミナは残ってるだろう。もっと足使って闘えよ」

おそらくあれが、八百長開始の合図なのだろう。舞田はバー【おととい】では勝つつもりでやるとは言っていたが、実際勝ってしまったら、いろいろあとが面倒なのではないか。スポーツの世界とはいえ、お金が絡む大人の世界にまったくのクリーンなどありえない。

舞田は両拳を自分の口元にぴたりとつけ背中をまるめた独特のガードスタイルで、じりじりと神威に近づいていく。

左ジャブがガードをかすめる。舞田は気にせず前進する。右ストレートが「バスン」といい音をたててガードに直撃する。それでも舞田はひるまない。じりじりと少しずつだが、間合いを詰めていく。すると、神威が逆に後退し始めた。パンチを放っているのは神威なのに、プレッシャーをかけているのは舞田なのだ。

「ちょっと、何逃げてんのよ、立ち向かいなさいよ、若いんだから！」

となりでナタリーがやじを飛ばす。「あなたは舞田さんの方の応援にきたんですよ」と言いたかったが、ボクは黙って試合を見守った。

ロープに追い詰められた神威の顔が青ざめている。実際はどんな筋書きだったのかわからないが、予定とは違う舞田の動きに戸惑い、恐怖している。それでも、負けられないという想いは神威も同じようだ。ロープのしなりを使って舞田との間にリーチをとると、すっと体勢を低くし、下から拳を突き上げる。しかし、その弾道は通常のアッパーよりもはるかに低い。

「ローブローだ！」

うしろの席のボクシングファンが叫ぶ。ボクも試合前に予習してきた。この前のナタリーの必殺技のように腰から下を狙うパンチは「ローブロー」と言って、反則になるらしい。反則覚悟で攻めるほど神威は追い詰められているということか。

しかし、舞田はずっと腰をひねってそれをかわす。同時に右の拳を振りかぶり、下から見上げるカタチになっていた神威の顔面に容赦なく振り下ろした。


リングの上では二つのベルトを手にした舞田が勝利者インタビューを受けている。

「統一王者おめでとうございます」

「おおきに」

チャンピオンの顔はあちこち腫れ上がり、原形がわからない状態になっている。

「試合前までは、若い神威選手有利と言われていましたが」

「ま、正直、その通りでしたわ。最後の最後まで神威の方が押してましたしね」

「チャンピオンご自身も、試合前までは、『この年で現役を続けるのは無理があるでしょ』など、引退を思わせるようなこともおっしゃってましたが、やはり、あれは場を盛り上げるためのチャンピオンらしいジョークだったと」

「いやいや、オレはいつでもマジですわ。でも、あるひとに、『無理ってのは自分で決めることじゃない』って一言と、きっつい一発をもらいましてね」

「きつい一発？」

「悶絶失神もんの必殺パンチです」

そう言って、舞田は自分の股間をパンパンと叩いた。その瞬間、リングの周囲から一層激しくカメラのフラッシュがバシャバシャとたかれる。

神威の最後の一撃がローブローだったことは周囲も気づいていた。その事実と、いまの舞田の発言をあわせて、明日のスポーツ紙の一面は構成されることだろう。ひいては、その必殺パンチをくらわした「あるひと」も詮索されるのではなかろうか。

――ま、それはないか。

ボクはそう思いながら、必殺パンチの主の方を向いた。

『無理は自分で決めることじゃない』か。いいこと言うじゃない、ゲーリー」

何を勘違いしているのかナタリーはボクの方を向いて言った。

「ナタリーが言ったんですよ」

ボクが訂正すると、ナタリーはきょとんとしていた。ノンメモリーもここまでくると清々《すがすが》しい。

「じゃ、今日の勝利はワタシのおかげってことじゃない」

得意そうにするナタリーに、ボクは反論しなかった。確かにその通りとも言えるからだ。しかし、ナタリーは舞田の勝利の女神ではあったかもしれないが、舞田はナタリーの運命のひとではないことは確実だった。

リング上には、かわいらしい女性が中学生くらいの男の子ふたりを連れて舞田のそばに立っていた。舞田はふたつのベルトを男の子にひとつずつ渡し、女性を抱きかかえるとリング中央でキスをした。

若い頃から舞田を支えてきた自慢の奥さんであることをＭＣが紹介する。

となりのナタリーの様子をうかがうが、すでに彼女はこの状況に興味を失ったのか、「飲みに行くわよ」と立ち上がっていた。心配する必要はなさそうだ。

ボクは、今夜もアルコールにノックアウトされるであろうナタリーのセコンドとして、東京ドームを出て広尾のバーまで付き添うことにした。

童貞をグラデュエイト

いまボクが何をしているか？　というクイズに正解を出せるひとはまずいないだろう。

ボクはいま、バー【おととい】の店内で、見知らぬ男性に、下腹部をさすられている。その様子をにやにやと見つめるナタリー。逆にこちらを見ないようにグラスを磨く作業を静かに続けるマスター。

——なんだろう、このシュールな状況は。

◆

ボクはこの日、いつものようにナタリーに呼び出されて店にきていた。残業はあれども、そこまで遅くない時間にあがれたボクは、夕食を食べるつもりで行けばいいか、と軽い気持ちで【おとどい】のドアを叩いた。

そこには、麻のスーツを身にまとった男性と黒いワンピース姿のナタリーが待っていた。髪をぴちっとオールバックにまとめた男性は、その落ち着いたファッションに反して、顔は幼く、青年、いや少年のようなあどけなさを残していた。美人すぎるナタリーも年齢不詳だが、この男性もまた大人びた青年なのか、童顔の大人なのかわかりかねる容姿をしていた。

この前、ボクサーの舞田と話をしていたときは、こちらに気づかなかったナタリーだが、今日はボクが【おととい】のドアを開けると、待ってましたとばかりに、声をかけてきた。

「あ、ゲーリーがきた。ほら、あいつが、いま話してたゲーリー」

どうやら、童顔の男性とボクの話をしていたようだ。自分の知らないところで酒の肴《さかな》にされているのは気分の良いものでは決してないが、ことナタリーに関してはそこを注意しても意味がないどころか、逆に「いないところでも話題にしてもらえるなんて光栄なことじゃない」と諭されそうだった。

「早く！　こっち座ってゲーリー」

ボクはあきらめのため息をつくと、通勤用の鞄を店のすみにあるポールハンガーにかけ、童顔の男性の逆サイド、ナタリーの右どなりに座ろうとした。するとナタリーがボクの腕をつかんで、制止する。

「違う、そっちじゃなくて、こっち」

腕をつかまれたまま、振り返り、ナタリーの言う「こっち」の視線を追うと、いつ空けたのか、ナタリーと童顔の男性の間にひとつ席ができていた。

──なんで、ボクがふたりの間？

ナタリーと見知らぬ男性にはさまれてする食事なんて、どんなにマスターの心と技術のこもった素晴らしい料理でも味がわからないこと必至の気まずい状況だ。

しかし、力をいれて抵抗するボクをナタリーはぐいっと引き寄せて、無理矢理間の席に座らせた。女性の力に簡単に負けてしまうボク。なんてひ弱なのだろうか。

あきらめてからだをできるだけ小さくして席についた。

「いらっしゃいませ」

マスターがいつものようにおしぼりを差し出す。注文はきかない。最近はマスターがおまかせでカクテルをつくってくれる。お酒があまり得意でないボクに、何かしらのうんちくとともに、一杯でもバーにきたことを楽しめるカクテルを出してくれるのだ。

「今日は、『奇跡の予感』というカクテル言葉を持つお酒『ブルームーン』です」

足のついた逆三角錐《すい》に注がれた目にも鮮やかな紫色のカクテル。聞くと、ドライジンとヴァイオレットリキュールとレモンジュースでつくるそうだ。

「ゲーリー様にも奇跡が起きるかもしれませんね」

そう言うと、マスターはボクの夕食兼おつまみをつくるため、エプロンを装着して、カウンターの中で準備にとりかかった。そのタイミングを見計らったかのように、ナタリーが童顔の男性を紹介してきた。

「ゲーリー、その奇跡を起こしてくれるのが、このひと。椎堂実篤《しどうさねあつ》さん。さっきここで声かけられたんだけど、すごい特技があるんだって」

「あ、どうも、はじめまして」

ナタリーから、椎堂と紹介された童顔の男性の方に向き直ってボクは挨拶をした。改めて近くで見ると、本当に少年のような顔をしている。くっきりとした二重に、丸いくりくりとした瞳。笑いジワ以外が見当たらないつるりとした色白の肌。童顔というよりは、子どもの頃のまま時間がとまってしまっているかのような印象を受ける顔立ちだった。

「はじめまして、椎堂実篤です」

彼は上半身をぐっと折り込んで、カウンターの狭いスペースで座ったままできるものとしては最高に丁寧なおじぎで挨拶を返してくれた。

「ほら、早くあなたの『チカラ』ってやつで、こいつの哀しい悩みを解決してあげて」

ナタリーはボク越しに椎堂を見て、急かすように言った。

「あの、さきほども言いましたが、私は確かにチカラを持っていましたけど、いまはすでにそのチカラを失っているんですよ」

――チカラ？

話が見えない。何のことだ。ひとつわかるのは、そのチカラがなくなったということを、椎堂はすでにナタリーに話しているにもかかわらず、ナタリーはそのチカラを使ってほしいとねだっていることになる。

「それは聞いたけど、そういうチカラって不安定なもんじゃない？　もしかしたらなくなったと思い込んでるだけで、今日、いま、この瞬間には使えるように戻ってるかもしれないじゃない」

どうやらナタリーはわかった上で、そのチカラとやらが使われる瞬間を見たいようだ。

「じゃあ、とりあえず、こいつの哀しい悩みってなんだと思う」

ナタリーは、椎堂に視線をあわせたまま、すらりと長く、そのうえ、今日のワンピースにあわせて黒いマニキュアを塗った指でボクの顔をさして言った。

「下痢ですか？」

椎堂は即答した。

「さすが！」

――いや、さすが！　じゃないよ。ボクのあだ名がそのまんますぎるんだよ！

ボクはここにきて、本当に恥ずかしいあだ名をつけられたものだと、名付けの時にもっと必死に抵抗しなかったことを後悔した。

「でも、それ以外の悩みもあるかもしれないわよ？」

ナタリーは、両手でおなかを押さえるジェスチャーをしたあと、今度はあたまを抱えて悩むフリをした。

――下痢以外で悩んでるとしたら、いまのこの不可解な状況を誰も説明してくれないことについてだよ。

ボクは心の中で不満げにつぶやいた。ボクをはさんでナタリーと椎堂の間で会話は続けられていく。

「そうかもしれませんが、もし私のチカラがここで再び使えるようになったとしても、身体的な悩み以外は治すことができませんから」

「治す？」

ボクは思わず会話に割って入る。

「そうなのよ、ゲーリー。このひと、超能力というか神通力というか、ひとの病気やケガを、こう、手をあてることで治すことができるんだって！」

「できた、が正確ですね」

椎堂はマジメな性格らしく、曖昧な部分はしっかりと訂正する。

「だから、やってみないとわかんないでしょ！　そのチカラがあったことも、なくなったことも、あなたの言葉だけで信じろっていうのは少々強引だと思わない？」

ここまでの一連の強要行為は強引ではないのか、とツッコミをいれたくなったが、やめておいた。ボクがナタリーに言おうとしてやめた言葉を集めたら、すでに一冊の詩集ができそうなほど、言の葉がたまってきていると思う。

「ま、信じてほしいとは別に思いませんが、やるだけやってみますか。それで、このゲーリーさんが悩みから解放されるなら、それは私にとってもうれしいことですから」

そう言って椎堂は席をすっと立つと、ボクにもイスから降りて、自分と向かい合わせになって立ってほしいと言った。

ボクが立つと、椎堂はボクの前で跪《ひざまず》き、両手を突き出すとボクのおなかをそっとなで始めた。

――一体何をされているんだ、ボクは。

ただただ当惑しかないボクを見上げるカタチで、椎堂は「ゆっくりと深呼吸をして、私にすべてをゆだねてください」と言った。

――はじめて会ったひとにすべてをゆだねることなんてできるか！

ボクのからだは一層緊張で強《こわ》ばってしまう。

「落ち着いて。息をゆっくり吸って、そして吐いて。私の手からあたたかいものを感じると思います。そこに意識を集中してください。はい。リラックスして」

集中するのか、リラックスするのか、どっちなんだ。ボクの戸惑いはおさまることはなかったが、とりあえず、なされるがまま、椎堂の手の動きに集中はしてみた。

シュールな状況はなおも続いている。ナタリーは椎堂が跪いたあたりまでは、にこにこしながら観察していたが、両手でおなかをさするという仕草が五分ほど続くと飽きてしまい、ピスタチオの殻をむき始めた。

◆

——なんなんだ、一体。これはいつ終わるんだ。

そっと椎堂を見下ろすと、彼も困った顔をしている。どうやら、うまくそのチカラが発動しているという実感がないようだ。椎堂は、その後、しばらくは同じ動作を繰り返していたが、やがてボクのおなかから手を離すと、立ち上がって席に戻った。

「ゲーリーさん、ありがとうございます。もう席に戻ってもらって大丈夫です」

その言葉を聞いて、ナタリーがこちらを向いた。

「終わった？」

ナタリーの前の小皿をみると、殻の山と裸にされたピスタチオの海ができあがっていた。

——むいたら食べようよ。

ボクはどうでもいいことにツッコミながらも、椎堂の言葉を待った。

「はい。チカラがあった頃と同じようにやってみました。発動の手応えは弱かったのですが、ゲーリーさん、どうですか？　おなかの調子に何か変わったところはありますか？」

そう言われても、もともと今日は残業も軽く、何よりあの反理想上司が休んでいたため、めずらしくストレスレスな一日を過ごしていたのだ。お昼に食べたものもいたって普通。今日は、おなかに悪影響をおよぼすものたちと接しなかったと言える。

「え〜と、いまのところは、何も」

超能力の特集番組などに出てくるエキストラのように空気を読むなら、嘘でも「なんだか熱いエネルギーみたいなものを感じます」くらいのことを言った方がいいのだろうが、生憎、その手のアドリブも嘘も苦手だった。

「マスター、きんきんに冷えた、アイスミルクちょうだい」

ナタリーの注文にボクは思わずぎょっとする。おなかの弱い人間にとって冷たい牛乳はもはや下剤に等しい。それをボクに飲ませてどうしようというのだ。ボクは正直に、チカラは効いてない気がすると言ったはずだ。そうまでして効果を検証する必要がどこにある。

しかし、無情にもボクの目の前には、タンブラーに氷がたくさん入ったアイスミルクが置かれた。

「さ、いってみようか？」

ナタリーは、口元こそにやにやはしているが、目はいたって真剣だ。「飲めない」では済まさない空気をがんがんに発している。

「あの、もうやめましょう。私のチカラはなくなったんです」

椎堂が助け舟をだしてくれる。沈没寸前のタイタニックに乗っている気分のボクには、これは最高の救命艇だった。しかし、ナタリーの反応はこのアイスミルクより冷たかった。

「ダメよ。世の中には、言葉だけでは信じちゃいけないものが三つあるのよ。超能力の類《たぐ》いもそのひとつだわ」

あとのふたつはなんなんだ、と問い詰めたくなりながら、ボクは観念してアイスミルクを一気に飲んだ。マスターと椎堂の心配そうな顔。ナタリーは、わくわくしている。


——きた！

やはり、波がきてしまった。自ら台風の海に飛び込むサーファーに世間が同情しないように、わざわざおなかを冷やすアイスミルクを飲むゲーリーを誰もかわいそうには思ってくれないだろう。

第一波から一分も待たずに大波の予感がした。ボクはあわててトイレに駆け込む。ここが、混雑する有名店で、トイレが先客で埋まっていたらと思うとぞっとする。マスターには申し訳ないが、このくらい空《す》いている店で本当によかった。

突然のアイスミルクの襲来に、ただただおなかの中はパニックになっていた。ボクはこのパニックがおさまるまで、トイレにしばし避難することに決めた。

トイレの外からはナタリーと椎堂の会話が聞こえる。

——またこのパターンか。

今日は頼まれてはいないが、ノンメモリーになるナタリーのために、また、なぜボクがこんな目にあう必要があったかを知るために会話をメモリーしておこうと思う。

「そもそも、本当に神通力なんてあったの？」

根本的なところにナタリーが切り込んだ。そもそも信じていなかったのなら、なぜボクを実験台になんかしたんだ。理不尽なナタリーの仕打ちに心のなかで不満をぶつける。

「それは、本当なんです。と言ってもあなたの考え方だと、自分の目で見るまでは信じないってことですよね？」

「あら、そこまでリアリストじゃないわよ。夢物語や空想話を語る殿方は嫌いじゃなくてよ」

失礼に無礼を重ねるような言い回しだ。あの穏やかでやさしそうな椎堂も内心腹立たしく思っているのではないだろうか。しかし、トイレの中から聞いている限りでは、椎堂の声は少しも高ぶることも荒ぶることもなく、春のそよ風のようにやさしいままだ。

「じゃあ、あなたに気に入られるために、ひとつ、私の昔話をさせてもらいましょうか」

椎堂はとても紳士的で知的な人間のようだ。それもまた男性の魅力のひとつと考えられる。虚言癖が少々難ありだが、こういう男性がナタリーのような自信満々の強気美人にはふさわしいのかもしれない。

「いいわね。その昔話に魔法使いは出てくる？」

あくまでからかう姿勢をくずさないナタリー。尊敬するよ、その一貫性。

「ごくごく普通の少年が主人公です。ただ、ある日、自分がひととは違うことに気づくんですけどね」

「いいじゃない、続けて」

ナタリーの上から目線の承諾を得て、椎堂はゆっくりと語り始めた。ボクもトイレの中でその昔話に耳を傾けた。

椎堂は岩手県で生まれた。山の奥の方にある村に育った彼は、十分すぎるほどの自然に恵まれながらも、その恩恵を享受《きょうじゅ》することがなかった。生まれつきからだが弱く、太陽の光に長い時間あたっていると倒れてしまう子どもだったようだ。

家の中で過ごすことも多かったが、さみしくはなかった。村で唯一の同い年の親友がいつも遊びにきてくれていたからだ。

その親友は、椎堂が行くことのできない村奥の滝つぼで一メートルものニジマスを見た話や、椎堂が登ることのできない村一番の大樹の上にイヌワシが巣をつくっている話などを聞かせてくれた。

椎堂にはそれが嘘だとわかっていたが、話を「盛って」でも、椎堂を楽しませたいという親友の想いが何よりうれしかった。

ある日、その親友が鳥のひなを両手に包み込むようにして、椎堂の家に駆け込んできた。例の村一番の大樹の下で拾ったのだそうだ。「イヌワシの子だ」と興奮する親友をほほ笑ましく見つめながらも、椎堂はそのひなに元気がないことが気になった。

樹上の巣から落ちたときにどこか内臓を傷つけてしまったのかもしれない。「ぴぃぴぃ」と鳴く代わりに、「すぃすぃ」とすきま風のような音がその小さなくちばしからもれる。よく見ると、その端からは血の泡のようなものをふいていた。

親友もそれに気づき泣きそうな顔になる。自分がここまで連れてきたせいだろうか、どうすればいいだろうか、とかわいそうなほどに狼狽《ろうばい》している。椎堂はその姿を見るのが切なくて、自分を喜ばそうとしてくれた親友を慰めたくて、初めて嘘をついた。親友が自分のためにいつも嘘をついてでも楽しい話を聞かせてくれていたように。

「大丈夫。僕には不思議なチカラがある。このひなのケガは僕が治す」

言ってしまった後のことは考えていなかった。とりあえずそう言って、ひなは一晩自分が預かるから、と泣き顔の親友を説得して家に帰らせた。

椎堂は自分のついた嘘に後悔はしていなかった。親友の心を救ってあげたかったのはもちろんあるが、なぜだか本当に自分はこの鳥のひなを治してあげられる気がしていたからだ。

熱があがったときや、発作の咳《せき》がとまらないときによく母親がしてくれたように、椎堂はひなのからだをゆっくりと手でさすった。あお向けになった自分の胸の上にひなを置き、右手でやさしく、左手でやさしく、両手を使って、丁寧に、ゆっくりと。

さすっている間、ずっと「治れ、治れ」と心の中で念じていた。椎堂は一晩中、ひなをさすり続け、念じ続けた。

その翌朝、自分の胸の上で「ぴぃぴぃぴぃ」とひなが鳴いた。肺から抜けるような不安げな呼吸音はなくなり、血の泡も出ていなかった。椎堂の胸の上を走り回り、たたみに転げ落ちたあとも、たのしそうに、まだ飛ぶのには小さい翼をパタパタとする。そんなひなの様子を見て椎堂は確信した。自分がひなを治した、と。

心配して朝一番に訪れた親友は驚いていた。いや、驚愕《きょうがく》していたという方が表現として適していだろうと、椎堂は自分の昔話の中にも正確性を求めて言い直した。

「そのときあなたは神通力に目覚めたって言うの？」

「おそらくもともとチカラは備わっていたんでしょう。『治したい』と思う対象に出会ってこなかったのでそれまでは発動する機会がなかったのです」

「あなた自身はどうなの？」

――いい質問だ、ナタリー。

ボクも気になっていた。椎堂の言っているチカラというのが何かを治すためのものなら、からだが弱く病気がちな自分も治せるのではないか、と。

当然その質問がくることを予想していた椎堂は、逆に質問でナタリーに返す。

「私はいくつぐらいに見えます？」

「え～、何それ。合コンでめんどくさい質問するＯＬみたい」

――合コン行ったことあんのかい！

トイレでツッコミを入れる。それがなんとも情けない状態であることをさしおいても、ボクはそう思わずにはいられなかった。

「そうね。すごく若く見えるけど、実は結構いってて、三十代後半ってとこじゃない？」

「残念。今年で四十六歳になります」

驚いた。先日のボクサー舞田よりもさらに年上だ。とてもそんな風には見えない。若く見えるのもそのチカラと関係があるのだろうか。

「私は二十歳まで生きられないだろうと言われていました。物心ついたときにはそう告げられていましたし、特にその運命に抗《あらが》う気もありませんでした」

「でも、鳥のひなを治せて、運命を変えられるんじゃないかと思った？」

「ええ。ただ、私のからだはどこが悪いのか原因がわかっていませんでしたから、私はあたまからつまさきまで、毎日まんべんなく『治れ、治れ』と念じながら両手でさすっていったのです」

「治ったのね？」

「ええ、全身くまなくさすったので、時間はとてもかかりましたが」

「いいわね。魔法使いは出てこなかったけど、とてもおもしろい物語だったわ」

トイレの外に静寂が広がる。おそらく、ふたりともお酒でのどを潤しながら、しばし休憩をしているのだろう。ちょうどいいタイミングだ。ボクもズボンをあげて、トイレを出る。

ふたりの真ん中に座ると、マスターがホットチョコレートを出してくれた。甘い香りが鼻をくすぐる。

「さきほどは申し訳ありませんでした。温まる飲み物をどうぞ」

――マスターのせいじゃないのに。

ナタリーに言われた通りアイスミルクを出してしまったことを詫びるマスターの心遣いがうれしかった。さあ、共犯者は反省しているぞ。主犯はどうだ。

ボクがナタリーの方を責める視線で見つめると、ナタリーは思い出したようにマスターに言った。

「そう言えばマスター、ブルームーンって『できない相談』ってカクテル言葉もなかったっけ」

「ナタリー様。それは『しー』でお願い致します」

なんてことだ。マスターも最初からこの茶番を信じていなかったのだ。ひとつのカクテルにふたつもカクテル言葉があるなんて。ボクはナタリーとマスターに酒の肴にされた気がしてがくりと落ち込んでしまった。

そんなボクの落胆に気づくことなくナタリーは椎堂との話を続けていた。

「とてもおもしろいお話だったけど、結局そのチカラは本物なの？　さっきこのゲーリーの下痢体質を治すことができなかったけど」

「そうです。私にはもうチカラがないんです」

最初の話に戻ったぞ。かれこれ一時間。椎堂の昔話を聞いただけで、ちっとも状況は前に進んでいない。

「チカラがなくなったのはつい最近のことなんですが、その少し前のことからお話してもよろしいでしょうか」

椎堂は再び昔語りを始めた。

「お医者さまが『何故治ったのかわからないが、確かにすべての検査結果が正常な数値になっている』と完治に太鼓判を押してくださったのが、十八歳のときでした」

椎堂はからだこそ弱かったが、あたまの方は本人曰《いわ》く「いたって健康」だったようで、学校に通えなかった分を差し引いても十分に秀才と呼ばれるにふさわしい実力を兼ね備えていた。

椎堂は高卒認定試験を受けて、東京の大学に通うことにする。

地元の大学ではなかった理由はただひとつ。親友が東京で働くことになり、いっしょに東京へ行こうと誘ってきたからだ。

親友と共に岩手の山奥から出てきて、東京で暮らしだした椎堂と親友。最初の頃こそ常にいっしょだったふたりも徐々にそれぞれの生活を送るようになる。

大学の医学部に入った椎堂は学問の世界にのめりこんでいった。自らのチカラの原理を解明できるかもしれない。それがわかれば、医学の限界を超えてひとを救えるかもしれない。その強い想いが椎堂を研究に没頭させていった。

一方、親友は親戚のつてで寝具のセールスマンになっていた。もともと快活で口もうまかった彼はセールスの仕事に向いていた。どんどん顧客を増やし、営業成績を伸ばしていった。仕事がおもしろくなった彼もまた自分の人生に没頭し、椎堂と会うことは少なくなっていった。

ふたりが再会したのは、上京してきて十年。二十八歳になった年の夏だった。偶然にもふたりは共に現実に打ちひしがれていた。

親友は、勤めていた寝具販売会社が不況のあおりを受けて倒産。自らの失態ではないにもかかわらず失業者として過ごす毎日にプライドを傷つけられ、うらぶれていた。

椎堂はというと、同級生たちが卒業後当然のように医者になっていくのを横目にみながらも、自分にはもっとひとを救えるすべがあるはず、と研究を続けていた。しかし、どうアプローチしてみても自分のチカラを解明する方法は見つからなかった。同時に、医者の世界にはびこる選民意識と出世欲、権威欲に嫌気がさし、大学を去る決意をしていた。

上京したての頃にいっしょに借りていた下宿の裏にある喫茶店でたまたま再会したふたりは、すぐにお互いの状況を理解した。

語り合うなかでふたりの「これから」に一石を投じたのは親友の方だった。

「ひとを助ける仕事をしないか」

そう親友が言い出したとき、椎堂はすぐに自分のチカラを使うのだとわかった。鳥のひなのケガを治し、自分の病を治したあと、椎堂は祖母のリウマチや父の痛風などを治したことはあった。だが、家族と親友以外にこのチカラをみせたことはない。大学の研究室でも、シャーマンや神秘療法などを題材にはしても、自分自身が特殊なチカラを持っていることは明かしてこなかった。

秘密にしておきたかったわけではない。ただ、ひけらかすべきものではないと思っていたのだ。病やケガに悩むひとが目の前に現れたときに治してあげられればそれでいいと思っていた。だが、「チカラを使った仕事はしたくない」と親友に告げると、彼は「それは違うんじゃないか」と自分の意見を述べた。

「いまの時代、医者が一軒一軒家を往診してまわることなんてないだろ。患者は自分で医者に助けを求めに行かなきゃいけないんだよ。それに、助けを求めた医者が自分を救ってくれるとは限らない。治せる人間がここにいるぞって知らせてあげないと、おまえは誰も救えないんだよ」

すごく説得力のある言葉だった。友を喜ばす嘘が上手だった親友は、セールスマンの経験を経て、ひとの心を動かすすべを身につけていた。

ふたりは貯金を出しあって、ワンルームの小さな部屋を借りた。フローリングの床の上に、まっ白なシートを敷き詰めた。中央に同じくまっ白なマットレスを置いた。そして親友がカードサイズのチラシをつくった。

『あきらめたらそこで人生終了ですよ』

どこかで聞いたことのあるフレーズが表面にどんと置かれ、裏面には『現代医学を超えるチカラがここにあります』という文句と、借りた部屋の住所と地図が記されていた。

彼はそれを家々の郵便受けに投げ込んだり、駅前で配ったりした。その間、椎堂はずっと部屋で待っていた。治す本人がビラ配りをしていたら、胡散《うさん》くさくて、頼みたいと思っていたひとでも頼みたくなくなるから、と親友が留守番を命じたのだ。

椎堂は待っている間、ひたすら部屋の掃除をしていた。白を基調にした部屋は、隅々までキレイにすることで、白を超えて白銀のように輝いて見えるようになった。たまに、部屋に帰ってくる親友が、ドアを開けるとまぶしそうな顔をする。

二週間ほど掃除をするだけの毎日だったが、ある日、呼び鈴が鳴った。ドアを開けると、髪の長い女性がうつむきぎみに立っていた。

「あ、あの、こ、ここで、あ、あざが、治る、って、言われ、言われたんです。けど……」

小さな声で途切れ途切れにしゃべるその女性は、聞くと、駅前でチラシを配っていた親友に顔のあざを指されて「それ、ひどいね」と言われたという。なんてことを言うんだ、と椎堂は憤ったが、親友はそのあとに「それ、治ったら、きっとキミの人生変わるね」と言ってチラシを手渡してきたのだという。

女性は生まれつき顔にある大きなあざのせいで、人前に出るのが恥ずかしく、友人や恋人もいないことを悩んでいた。しかし、整形手術をするほどの勇気はなくて、一歩を踏み出せずにただ毎日をうつむいて生きてきたのだ。

「これ、消したいんです」

そう言って顔をあげ、椎堂を見つめた彼女は派手ではないが、上品で整った顔をしていた。椎堂は、女性を白銀に輝く部屋に通した。「まぶしい」とつぶやく彼女をマットレスに寝かせ、簡単にこれから何をするかを説明し、からだに直接触れることの了承を得た後、そっと両手で女性のあざに触れた。

静かに、やさしく、「治れ治れ」と念じながら彼女の顔を右手と左手で交互にさすった。一時間が経った頃、少しあざが薄くなってきた。一旦休憩し、お手洗いに立った彼女はその変化を見て、目を輝かせて戻ってきた。

「続けてください」

さらに一時間、二時間とあざをさする。三時間がたち、部屋の外から差し込む光が、オレンジ色になってきた頃、彼女の顔のあざは完璧に消えていた。その頃にはチラシを配り終わった親友も戻ってきて、そのビフォア・アフターに目を丸くして驚いている。

鳥のひなの奇跡は見ていたものの、椎堂がひとにそのチカラを使うのを初めて見た彼は、椎堂を畏敬《いけい》の目で見つめていた。

女性は涙を流してよろこんだ。「おいくらですか?」ときいてきた女性に、親友が「無料ですよ」と答えた。法外なお金をとるつもりはなかったが、仕事だと思っていた椎堂は、親友のその反応に驚きを隠せなかった。

何度も頭を下げて女性が部屋を去ったあと、椎堂は親友に無料で返した理由を尋ねた。

「いいんだ、あれで。これでおまえのうわさはひとづてに伝わっていく。タダで病気やケガを治してくれる奇跡のチカラを持ったひとがいるってな」

親友の予想通り、それから徐々に悩みを持つひとが白銀の部屋を訪れるようになった。

不妊症や夜尿症、先天性の心臓病や原因不明の腫瘍《しゅよう》など。病院にさじを投げられた、あるいは医者にかかることのできないひとたちがさまざまな悩みを抱えて椎堂のもとへやってきた。

そして、そのひとたちすべてが笑顔と涙で最大限の謝辞を述べて部屋を去っていく。しかも、治療費などは一切とらない。

最初の女性を治してから三ヵ月がすぎる頃には、毎日のように奇跡のチカラを求めるひとが白銀の部屋を訪れるようなった。しかし、反比例してふたりの貯金は減っていく一方だ。来月の家賃を払うのもすでに難しい。どうするのか、と親友に尋ねると、「そろそろかな」と彼は答えた。

翌日、どこで用意してきたのか、親友は木でできた大きな看板を手に戻ってきた。そこには、『宗教法人　椎のお堂』と書かれている。

どういうことだ、と尋ねると、親友は今日からおまえは教祖だ、と答えた。

「そこからはネットとかにも載っているんで、調べればすぐにわかることなんですけど」

と、椎堂はウイスキーのおかわりをもらって、一口飲んだ。昔語りはのどが渇く。ボクらの方も聞き入ってしまってお酒を飲むのを忘れていた。もとい。ナタリーだけはお酒を飲むことを忘れていなかった。気づけば、ワインのボトルが空いている。

ボクは、椎堂に言われた通り、スマホで『椎のお堂』と検索してみる。すぐにヒットした。信者数が二万人いる巨大な団体だった。信者の多くはかつて椎堂に病気やケガを治してもらった人間やその家族などだ。信者以外の支援者も多く、潤沢《じゅんたく》な費用を基《もと》に無料診療所や養護施設などを多数設立しているとあった。教祖は『椎堂実篤』とあったが、代表には別の人物の名前が記載されていた。

「親友です」

椎堂がボクのスマホの画面をちらりと見て言った。

「ボクは教祖という肩書きになっていますが、実質この教団は彼が運営しています」

「すごいわね、あなた教祖様だったんだ」

ナタリーは素直に感心している。しかし、そのあとに素直すぎる疑問で椎堂を追い詰めた。

「でも、教祖様がチカラを使えなくなったとなると、この宗教法人はどうなっちゃうの？」

「ちょっと、ナタリー！　それは……」

「いえ、いいんです。私のチカラがなくなったことはまだ親友の彼と一部の幹部しか知りません。しかし、これが一般の信者に伝われば、うちの信仰の柱はくずれ、やがて組織は瓦解《がかい》するでしょう」

「そうでしょうね。それにまだ、ワタシたちはあなたのチカラがなくなった理由を聞いてないわよ」

「そうでしたね」

そう言うと、ゆっくりと琥珀《こはく》色の液体を口に含むと、かみ締めるように飲んで、椎堂はのどを潤した。まるで、とてものどを通りにくい何かをがんばって吐き出す必要があるかのように。

「この年になって恥ずかしいのですが、私、つい最近まで女性経験がなくて」

「はい？」

あまりに唐突な、そしてこれまでの話とまったく毛色の違うカミングアウトに、ボクとナタリーは同時に聞き返してしまった。

「童貞だったってこと？」

――だから、ナタリーは直接的すぎるって。

「はい」

赤くなってうつむく椎堂は本当に「うぶ」な少年のようで、四十六歳のおじさんにはとても見えなかった。

「ですが、半年ほど前から、お付き合いする女性ができまして」

「で、その女とヤッた、と」

「ナタリー！」

しばらくナタリーは黙っておいたほうがいい。ボクはマスターにワインの追加ボトルを頼んで、彼女のグラスにあふれんばかりになみなみとついだ。少なくともお酒で口がふさがっているときは余計なことを言わないだろう。

「彼女は幹部のひとりで、あの、そのさっきの話に出てきた顔にあざがあった女性で……」

なんと運命的なことか。椎堂が家族以外で初めてチカラを使って治した女性はそのまま教団に入信し、幹部になって、教祖と付き合っている。いや、運命というよりは、その女性の一途な信仰が恋愛というカタチに成就したということだろうか。

「それで、彼女と、その、男女の関係になったあと、なにかこうからだのチカラが抜けたというか、いままであったエネルギーのようなものがしぼんだというか」

「チカラがなくなってしまったんですね？」

ボクの質問に椎堂はこくりと頷く。なぜだろう。童貞でなくなると使えなくなるチカラだったのか。童貞と非童貞にはそんなに違いがあるのだろうか。ただ、いくら考えても童貞のボクには、非童貞の気持ちなんてわからない。

「じゃ、ワタシとセックスする？」

ふり向くと、ナタリーがすでにおかわりしたボトルも空けてしまって、とろんとした目で椎堂を見つめている。

「童貞を捨てたことで神秘性を失ったんなら、処女と寝て、その神秘性を自分のものにすればチカラが戻ってくるかもしれないじゃない？」

――え？　処女？　ナタリー、いまなんて言ったんだ？

ナタリーの発言に耳を疑う。へべれけに酔ってはいるが、冗談を言うようなタイミングではない。彼女は、街中で男が十人、いや百人いれば百人ともふり返って二度見して、なおかつ脳裏に焼きつけて家まで大事に持って帰りそうなほどの美人だが、その彼女が処女だと？　にわかに、どころかじっくり一晩かけても信じがたいこの事実にボクは混乱していた。

――そもそも処女が、男漁りにバーに繰り出したりするか？

そう思いながらも一方でナタリーが処女であることを受け入れてもいた。論理的な理由はない。なんとなく、潜在意識の中のもうひとりの自分が納得しているのだ。

「ねえ、どうする？」

わざと艶《なまめ》かしい声を出して椎堂を誘うナタリー。しかし、顔を赤くしながらも、しっかりとナタリーの目を見つめて椎堂は答えた。

「いえ、結構です。そもそもそういうつもりであなたに声をかけたわけじゃないですし」

「え～、じゃあどういうつもりだったのよ～」

完全に酔いが回っている。ナタリーはカウンターに伏せて、顔だけこちらに向けている。

「なにか悩みがありそうで。あなたの表情が、うちの教団の門を叩くひとたちの追い詰められた表情とよく似ていたので」

――ナタリーが？　悩み？　そういうのとは無縁の人間だろう。

案の定ナタリーは、笑いながら答えた。

「悩み？　そんなのワタシにあるわけないじゃない！」

そうだろう。ノンメモリーという悪癖を悩みと思わないのであれば、彼女に悩みらしい悩みはないように思えた。

しかし、椎堂は納得していない顔だ。

「そうですか、悩みはありませんか……」

その言葉に、ナタリーの顔から一瞬表情が消える。表情がないのに、その顔はとてもきれいで、そして、とても哀しそうだった。ただ、すぐに酔っ払いの表情に戻り、「ないわよ～」とにやにや笑っている。

「でも、どうするんです？　このままチカラが戻らなかったら」

少し逡巡《しゅんじゅん》したあと、椎堂はゆっくりと口を開いた。

「教団を去ります」

ボクには覚悟の言葉に聞こえた。しかしナタリーは違ったようだ。

「付き合ってる子といっしょに？」

明らかに言葉に険がある。ナタリーにはどうやら椎堂の決断が気に食わなかったようだ。

「いや、彼女は教団に人生を捧げてるから……」

「違うでしょ！」

ナタリーが大声を出す。顔には明らかな怒気がにじみ出ている。マスターもびくりとグラスを磨く手をとめた。

「あなたに人生を捧げてもいいいと思ったんでしょ！」

ナタリーはワイングラスをぐいと傾けるが、空だったことに気づき乱暴にカウンターに置いた。

「心もからだもあなたに捧げた人間が、その大切な相手を失ったらどうなると思う？」

椎堂は黙って聞いている。

「孤独じゃないという喜びを知った人間が、再び孤独という哀しみに突き落とされたらどれだけつらいかわかる？」

ナタリーの目の焦点はもう定まっていない。椎堂の方を見たり、間違えてボクの顔を見たり、あたまをふらふらと揺らしながら、怒気を込めた問いを投げかけている。

しかし、怒れるナタリーを前にしても椎堂は戸惑うこともない。穏やかなまま、ゆっくりと自分の中で考え直したであろう答えを口にした。

「確かに、あなたの言う通りです。私はチカラをなくしたら自分が彼女や、そして親友からも不要とされるんじゃないかと不安でした。そしてその不安から逃げることしか考えてなかった。でも、必要とされるからがんばるんじゃない。必要とされるためにがんばるんですよね。そのことを忘れていました」

椎堂が自身の回答に満足しているとき、バー【おととい】に電話がかかってきた。マスターがきっちりツーコールで出る。

「はい。いらっしゃってます」

マスターが椎堂に子機を手渡す。受話器に耳をつけた瞬間、椎堂は驚いた表情になるが、すぐに穏やかな笑顔をうかべ、「うん、うん」と相づちをうち、最後に「うん、いま帰る」と言って通話終了ボタンを押して、マスターに子機を返した。

「親友からでした。すごく心配していました。チカラをなくして教団に居場所がないというなら、教団は解散しよう。またふたりで、いや、彼女も含めて三人でやり直そうと言ってくれましたよ。どうやら私はまだ彼にも必要とされているみたいです」

椎堂の頬を涙がすっとつたった。少年のような椎堂の顔に大人の覚悟のようなものをボクは見た。

ナタリーは椎堂の涙を見て溜飲《りゅういん》を下げたようだ。呂律こそ多少怪しかったが、その声は穏やかだった。

「にょかったわね。ほりゃほら、リア充は帰った、帰った」

椎堂は涙を拭い、にこりと笑った。

「はい。私はリア王にならずにすみました」

どうやら「リア充」を聞き間違えたようだ。そもそも椎堂は「リア充」という言葉を知らないのではないだろうか。話がかみ合っていない。

「でも、本当にありがとうございます。初めてお酒を飲んだのがこの店でよかった。親友から行きつけのバーの話を聞いておいてよかったです」

「え？　あなた、お酒飲んだことなかったの？」

「はい。お酒を飲むとチカラをなくしてしまいそうな気がしていままでは。でも、もうチカラはなくなったので、どうせならバーでウイスキーでも飲んでみるかな、と」

椎堂はマスターの方を向いて軽くあたまを下げた。マスターは磨いていたグラスを置いてお辞儀を返す。

「そう、このお店も、お酒も初めてだったんだ」

ナタリーは椎堂にではなく、自分に対して確認するように、小声でそうつぶやいて、「はは」と少し自嘲気味に笑った。

「どうかしました、ナタリー？」

その笑い方が気になってボクは尋ねた。

「なんでもないわ。このひと、女だけじゃなくて、お酒童貞も、バー童貞も一気に卒業しちゃったんだな、って」

今度はいつものナタリーのようにからからとひとを食った笑い声を店内に響かせた。

「そうですね。でも、お酒は卒業じゃなくて、入学といきたいですね」

最初に感じたあどけなさや幼さはもう椎堂からは感じなかった。そのやさしいほほ笑みからは頼もしさすら感じる。

「椎堂様、またのお越しをお待ちしております」

これからお酒の愉しさを学んでいくであろう椎堂に対し、マスターが再び深々とあたまを下げる。

「それでは、失礼します」

椎堂は【おととい】のドアを開け出て行った。代わりに吹き込んできた夜の風は、もうすっかり秋のにおいがしていた。

一人称のリピート

その日ボクはナタリーの部屋で、ハードディスクレコーダーをいじっていた。土曜日だというのに、ナタリーから呼び出しの電話があったからだ。

「ゲーリーって、エンジニアなんでしょ。だったら、ハードディスクも直せるわよね」

「ボクはシステムエンジニアであって、エンジニアではないですよ」

そう言いたかったのだが、「エンジニアでは」のところで電話はすでにきられていた。九段下駅直結の高層マンションに昇る。相変わらずナタリーの部屋から見える景色はすばらしい。

ナタリーは以前、東京タワーに見張られている気がしてイヤだと言っていたが。

「あの赤い塔に見られてるのはなんか気に喰わないけど、皇居を見下ろせるのは気に入ってるのよね。日本でいちばん権威があるひとを上から見下ろすっていい気分じゃない?」

——随分屈折してるな。

ボクはそう思いながらも黙々と作業を続けた。作業と言ってもシステムエンジニアのボクがハードディスクレコーダーを分解して直すことはできない。リモコンや本体のボタンでいろいろ操作して不具合の原因を探しているのだ。

「いまの電化製品って、叩いても直らないじゃない?」

突然何を言い出すのか、という驚きを、背後で観葉植物に水をやっているナタリーに、ボクは無言のまま背中で表現してみた。

「なに、『突然なんだ?』みたいなオーラ出してんのよ」

驚いた。通じたみたいだ。

「だって、考えてもみてよ。昔のって、そんな昔じゃないけど、テレビだってラジコンだってなんか調子悪かったら、バンバン叩くと直ったじゃない」

「確かに」

ずっと無視も悪いと思って、一応返事をしてみる。

「いまの電化製品が叩いても直らないどころか、叩くと余計壊れるのは、開発者がみんな親から叩かれたこともないからなんじゃない？」

「話が飛躍してませんか？」

背中を向けたまま、ボクはまったく論理的ではないナタリーの発言に「賛同しかねる」という意思表示をした。

「でも、一理あると思わない？　かわいい、かわいいって褒めて伸ばされたひとは、わが子もそう育てたいと思うじゃない、きっと」

「ま、そうでしょうね。自分の現状が悪くないものなら、余計に成功体験は引き継ぎたくなるでしょうし」

「でしょ。じゃ、自分が開発したわが子同然の製品が叩いて叱られるのもやっぱりガマンできないと思わない？」

「それとこれとは別なんじゃないですか？」

「じゃ、ゲーリーは自分が一生懸命つくったプログラムを、誰かの勝手な理由で、デリートしなさいって言われたら簡単に消せるの？」

「それは……」

確かにいやかもしれない。でも、それは自分の労力が無に帰すのがいやなだけで、わが子を消すような感覚ではないような気もする。しかし、沈黙をつくってしまったことを、ナタリーは同意と受け取ったようだ。

「やっぱりそうよね。みんな自分の子はかわいいんだもの。誰だって子どもが叩かれたりするのはいやよね」

電化製品のデジタル化がすっかり最近の教育論にすり替わってしまった。

「じゃ、このハードディスクも褒めてみたら直るかもしれませんね」

ボクは冗談で言った。

「いーえ、ワタシはスパルタなの。動かなくなった瞬間に、バンバン叩いたわよ」

――それが原因だ。

ボクはリモコンを置いて、一旦作業を中止することにした。すっと立ち上がる。

「どうしたの？　直ったの？」

「いえ。ちょっと長丁場になりそうなんで、お手洗いお借りしてもいいですか？」

「いいけど、また下痢？」

「違いますよっ！」

これだけナタリーの前で下痢をしておいて、いまさら「違いますよ」もないが、今回は大きい方ではなかったので、ボクの面子《メンツ》にかけて否定しておいた。

「いいけど、ポケットのスマホは置いて行きなさいよ」

「え？　なんでですか？」

「便器の中にスマホを落とすと大変なことになるわよ」

「落としたことあるんですか」

「あるらしいのよ」

——ノンメモリーのときの話か。

それは、あなたが酔っ払っていたからですよ、と思いながらもトイレを貸してくれる家主に逆らう理由もなく、ボクはスマホをローテーブルに置いて、トイレを借りた。

トイレに入ったボクは照明のスイッチが見つからずに少しあわてた。加えて、女性の部屋なので、便座をおろしてするべきか、普通に立ってするべきかでも悩んだ。普段のゲーリーのときなら命取りになる逡巡だ。トイレのプロはこんなことに時間をかけては生きていけない。

結局、汚さないように座って用を足し、ボクはトイレを出た。「遅かったわね。やっぱりおなか下してたんじゃないの？」とナタリーに言われるかと思ったが、ナタリーはリビングで誰かと電話中だった。

めずらしいなと思いつつ、ボクがハードディスクをふたたびいじっていると、大きな声でナタリーが驚いている。

「ええ!?　まさか、うちの子が？　そんな、うちの子に限って、そんなこと……」

——うちの子？

振り向くと、スマホを持っていない方の手で口をおさえ、「なんてこった」みたいな顔をしている。いや、顔をつくっていると言った方が正しい。ナタリーは実にわかりやすい大げさな演技をしていた。

「あ、すみません。いえ、信じられなかったもので」

「あ、はい。わかりました」

「お金でなんとかなるのなら」

「そこに行けばいいんですね」

「はい、では、今夜七時に」

「本当に申し訳ありません。なにぶん穏便にお願いします」

「はい、失礼します」

電話の相手の声は聞こえなかったが、ナタリーはまるで別人のような声色で必死に謝る「演技」をしていた。電話をきるといつもの声でボクに言った。

「あなたってほんと運のない男ね」

「は?」

ボクは突然の誹謗《ひぼう》に思わず聞き返す。ナタリーがいましがた電話をしていたスマホをテーブルに置いた。それはボクのスマホだった。

「いま、あなたのスマホにオレオレ詐欺の電話がかかってきてたのよ」

そのまえにひとの電話に勝手に出たことを詫びてほしかったが、言っても無駄なことをたする代わりに、ボクはナタリーの発言を訂正することでささやかな抵抗に出た。

「いまは『母さん助けて詐欺』って言うらしいですけどね」

「なにそれ？　意味わかんない」

「ま、詐欺の呼び方はなんでもいいですよ」

確かに自分で言い出したものの「母さん助けて詐欺」はボクもピンときていなかったので、これ以上議論をするのはやめておいた。

「で、そのオレオレ詐欺がなんて？」

「あなたの息子が電車で痴漢をしたんですって」

「ボクはまだ二十七歳で、独身です」

「しかも、童貞ね」

「そこはノーコメント」

嘘はついていない。「童貞ではないない詐欺」を働くつもりはない。

「で、被害者の女性は告訴するって言ってるから、なんとか示談で済ますのにお金をご用意できますかって」

よくあるストーリーだ。しかも第三者を装っているからそもそも「オレオレ」でもないじゃないか。ま、それもどうでもいいことだ。詐欺は詐欺。ボクはスマホを手に取り、いまかかってきていた電話の番号を着信拒否設定にしようとした。

「ちょっと、何してんのよ！」

「何って、またかかってくると面倒ですから、着信拒否にしようかと」

「あなた、いまの電話のやりとり聞いてなかったの？　七時に会いにいくわよ」

「会うって誰にです？」

　ボクはナタリーの言っていることが飲み込めない。ナタリーと話すとき、いつもボクはものわかりの悪い子どもみたいになってしまう。でも、これはボクのせいでは決してないと思う。

「オレオレくんに決まってるじゃない」

「現行犯で捕まえるんですか？」

「バカね。違うわよ。オレオレくん、すっごくいい声してたの。きっとイケメンに違いないわ。このスマホにかかってきたのも何かの運命よ」

　声だけで運命を感じられるその神経がすごい。しかも、百歩譲って運命だったとしても、かかってきたのはボクのスマホにだから、運命の糸で結ばれているのは、ボクとそのオレオレくんということになる。

　しかし、そんなことを彼女に言っても無駄だ。ボクも学習している。ナタリーには、意見を聞くとか、考え直すとかいう機能はついていない。叩いて直る電化製品のように、シンプルな機能しかついていない。「思い立ったら行動する」これだけだ。

　ナタリーはさっと立ち上がったかと思うと、別室で着替えてきてすぐに出かけて行った。どこに行ったのだろうと思っていると、コンビニの袋を提げて戻ってきた。

「プリン食べる？」

ナタリーが突き出したコンビニの袋にはプリンがふたつと、それを包み込むように大量の一万円札が入っていた。

「これどうしたんですか?」

「買ってきたのよ。いや、すごいのね、最近のコンビニって。プリンだけでも何種類もあるの。でも、ワタシ、プッチンするやつしか認めてないから。それに……」

ボクはナタリーの話を途中で遮った。

「いやいやいやいやいや、プリンの方じゃなくて、お金の方!」

「あ、そっち?」

――どう考えてもプリンと大金が入っていて、プリンの方に興味を示すやつはいないだろう。相変わらずの価値観のズレに軽い目眩《めまい》をおぼえる。

「コンビニでおろしてきたの。で、ついでにプリン買ってきちゃった」

――きちゃった、じゃないよ。

「いくらあるんですか?」

「ん、オレオレくんに言われた通り二百万」

――二百万!

疑問はいくつもあった。なぜ、詐欺だとわかっていてお金を用意する必要があるのか。ナタリーはどうしてこんな大金をぽんと用意できるのか。そして、そもそもコンビニでこんなにお金をおろすことができるのか。

「一応よ、一応。お金で男を買う趣味はないけど、詐欺してるくらいだからお金に困ってるかもしれないじゃない」

すでにプリンを開けて食べ始めているナタリーが、あまりにボクが「信じられない」という顔をしているので、弁解してきた。

――たぶん、そうだろうけど。

ボクは「信じられない」という顔から、「納得しかねる」という顔に表情のスイッチを切り替えた。ナタリーは付属でもらってきたプラスチックのスプーンでプリンをすくっておいしそうに食べている。

「うん、やっぱりこの味。でも、コンビニって便利って聞いてたけど、お金おろすのは不便よね。限度額とかあってさ。いろんな銀行から何度かにわけておろさなくちゃいけなくて面倒だったわ。どのコンビニもそうなのかしら」

コンビニでも二百万円おろせることはわかった。しかし、ボクにはまだ意味不明なことが多すぎた。スプーンでプリンを食べているナタリーの行為もそのひとつだ。

――プッチンするプリンをプッチンしないで食べてるじゃないか！

さっきのこだわりの話はどうした。コンビニの袋の中の大金とは関係のないことながら、ボクはツッコまずにはいられなかった。口から飛び出そうな言葉を必死で我慢していると、ナタリーがスプーンでボクの持っているビニールの袋を指して言った。

「プリン食べないの？」

食べないとは言ってない。庶民代表と言っても過言ではない平々凡々なボクは、この庶民的なプリンが大好きだ。ボクはプリンを袋から取り出し、プッチンしないで食べた。

秋の日が傾いてきている。ボクらは、ハードディスクレコーダーの修理も終わっていないのに、九段下から東西線に乗って、中野に向かった。待ち合わせ場所は駅から少し歩いたところにある居酒屋らしかった。

「なんで居酒屋なんです?」

こういうのは大抵どこか事務所的な場所か、喫茶店というのが相場なのではないだろうか。それか、直接自宅までお金をとりにくるか。どちらにせよ、明らかにひと目につくだろう居酒屋でそういうことをするのはリスクが高い。プロのやり方とは思えなかった。

しかし、指定の居酒屋についてみると、「ひと目につく」という心配がないことはわかった。繁華街中野で、土曜日、そして御飯時。それなのに、店内はガラガラだったからだ。

「奥のテーブル席で待ってろって」

わくわくした顔でナタリーは言う。

――詐欺とわかってて詐欺師と会うのをこんなにうれしそうにするのは、おとり捜査員かナタリーくらいだろうな。

ボクは、にこにこしているナタリーとは別に、カウンターの席に座った。トイレへ続く廊下のすぐ近く。ナタリーが座ったテーブルとも二メートルと離れていない。これなら、会話も聞こえるし、トイレにも駆け込める。ベストポジションだ。

現在、時刻は六時。待ち合わせにはまだ一時間もある。ナタリーがはしゃぎすぎて、予定より大分早く家を出てしまったのだ。

――イヤな予感がする。

いや、イヤな予感しかしない。ボクはそっと振り返ってナタリーの様子を確認した。案の定、彼女はすでにビールの大ジョッキを注文している。しかも、それをあっという間に飲み干してしまった。まだ、お通しも出ていない。女子大生らしきアルバイトの店員がお通しを持ってきたときにはビールのおかわりを頼んでいる。

――このペースはやばい。

あと、一時間。こんなペースで飲み続けたら、オレオレくんがくる頃にはすっかりできあがった状態になっていることは間違いない。いつものバーなら、酔っ払ってようが、ノンメモリーだろうが、マスターもいるし心配はあまりないのだが、今日は知らないお店で、しかも、二百万もの大金を持っている。

――これは、ボクがしっかりしなければ。

ボクは前に向き直って、自分に気合いを入れた。ナタリーがなんと言おうと、オレオレくん、もとい悪質な詐欺師を警察に突き出すつもりでいた。ぐぐっと顔のパーツが中心に寄ってしまうくらい気合いを入れていると、店員に声をかけられた。

「あの、ご注文は？」

そうだった。ここは【おととい】ではない。マスターがその日の気分やテーマにあわせてカクテルをつくってくれるようなお店ではないのだ。むしろ庶民オブ庶民のボクにはこういった居酒屋の方が分相応だろうに、すっかり一流のバーに慣れたつもりでいた自分が少し恥ずかしかった。

「すみません。ちょっと待ってください」

店員の目を見ずに答え、あわててメニューを開く。そして驚く。店内は明らかに和風テイストな居酒屋なのに、カクテルメニューが充実していたからだ。しかも、おそらく店のひとが自分で撮影したであろうカクテルの写真が一枚一枚貼ってあって、どのページもカラフルで美しい。目を丸くしていると、ボクの様子に気づいたのか店員が疑問を解決してくれた。

「うちの店長、半年くらい前からカクテルにはまりだしたんです。味の保証はしませんが、種類の多さはこのあたりじゃめずらしいですよ」

ずいぶん正直な接客をする店員だ。売り上げに貢献するタイプではないだろうが、マニュアルに沿って強引なおすすめをしてくるチェーン店の店員よりはよっぽどいい。

ボクは、【おととい】に行くようになったとはいえ、お酒に詳しくなったわけではないので、写真を見てキレイな色のカクテル、という基準で選んだ。柑橘系とはまた違った色合いの黄色が美しいカクテルが目に留まった。

「じゃあこのイエローパロットで」

「はい。てんちょー、イエパロ一丁！」

「あいよ！」

注文の伝達は居酒屋そのものだが、これでカクテルが出てくるというのだから違和感がありすぎていろんな意味で興味をそそられる。

少し待っているとさきほどの店員がイエローパロットとお通しを持ってきてくれた。キレイに透き通った黄色の液体からは少しハーブのような香りがする。ちなみに、お通しはもやしと鶏皮の和え物だ。ボクが食べ物のメニューをまだ開いていないことに気づいた店員はまたお呼びください、とその場を立ち去ろうとした。ボクは思わず呼び止めて、まったくもってバカな質問をしてしまった。

「あ、あの、このイエローパロットのカクテル言葉はなんですか？」

「はい？」

この店員はリアクションも正直だ。顔に書いてあるとはこのことかと思うほど、「なに言ってんだ、こいつ」とはっきり記されているような表情だった。

「いえ、なんでもないです。すみません」

ボクは顔をまっ赤にしながら、イエローパロットのグラスに口をつけた。「おいしい！」と歓喜するほどではなかったが、悪くない味だ。これが本来のイエローパロットの味なのか、まだカクテルをつくりだして半年の店長の実力なのかは、ボクにはわかりかねた。

背後でナタリーが四杯目の大ジョッキを頼む声が聞こえる。もはや、店員をテーブルまで呼ぶ必要すらない。

「おねーさん、これ、おかわりね」

空になったジョッキを空中高く掲げ、声を張り上げる。台詞と動作だけなら、立派な中年サラリーマンなのだが、これが振り返ると、芸能界を見渡してもお目にかかれないような美人がひとり座って枝豆とチャンジャでビールを飲んでいるのだから、驚きだ。

六時半。オレオレくんはまだこない。ボクはイエローパロットのカクテル言葉をスマホで調べることにした。検索がヒットしたあと、思わず吹き出してしまう。イエローパロットのカクテル言葉は「騙《だま》されないわ」。なんだか、ボクも少しオレオレくんの登場がたのしみになってきた。


ナタリーがビールをやめ、ハイボールに切り替えた七時。ボクらしかいなかった店の入口がガラガラと開いた。

「いらっしゃいませ〜」

店員の挨拶を合図にボクは入口に目をやった。茶髪の坊主頭に黒のパーカー。下にはスウェットというういで立ちの若い男がうつむきがちに立っている。

「お待ち合わせですか？」

店員が近づき声をかけるが、男は無視して、うつむいたままこちらへとやってくる。

——こいつがオレオレくんだな。

迷わず奥のテーブルを目指している男にボクは確信した。

男は奥のテーブルまでくると、そのときはじめて顔をあげた。チンピラっぽい風貌に合わず、端整な顔立ちをしたイケメンだった。ナタリーの勘はなかなか鋭い。

しかし、そのイケメンの顔が奇妙なカタチにゆがむ過程をボクは観察することになる。

——そりゃ、そうなるよね。

電話の相手は、痴漢をしそうな社会人の息子を持つ押しに弱い主婦、だと思い込んできているところに、ハイボールを片手にできあがってる絶世の美女がいれば、そんな顔にもなるだろう。

イケメンのオレオレくんは、はっとして店内を見回す。しかし、ナタリーとボクとオレオレくん以外にこの店に客はいない。

ふたたびナタリーを向き直り、勇気を出して声をかけるオレオレくん。

「あんたが電話の……？」

——声、ちっちゃ！

よっぽど自信がないのだろう。自分の想像と違いすぎて人違いの可能性の方がいま彼の脳内の大部分を占めているようだ。しかし、安心してほしい、オレオレくん。キミは間違っていない。

「その声！　さっきの電話の……」

ナタリーが指をさすと、人違いではなかったことに喜んだオレオレくんもぱっと笑顔になって人さし指をナタリーに向ける。カウンターから傍観者として見ていると、とても、オレオレ詐欺の騙す側と騙される側には見えない。高校時代の同級生が、久々に地元の居酒屋で再会した、という感じだ。しかし、その旧友との再会風シーンも、次いで出たナタリーの言葉で一転する。

「オレオレくんね！」

うれしそうなナタリーに対し、オレオレくんの顔はみるみる蒼白《そうはく》になっていく。それはそうだ。「オレオレ」と呼ばれるということは、詐欺だとわかってきているということになる。まず真っ先に疑うのは、お金の受け渡しにまんまと現れた詐欺犯人を逮捕、という流れだろう。

オレオレくんはふたたび店内を見渡す。おそらく警察を探しているのだ。

しかし、何度も言うが、ここにはナタリーとボクとオレオレくんしか客はいない。必然、オレオレくんはボクの方を見る。ばっちり目があったので、ボクは目をそらし、前に向き直って無関係を装う。ボクはナタリーの関係者ではあるが、警察関係者ではない。

「なにきょろきょろしてんのよ。早く座んなさい」

二十歳そこそこに見えるオレオレくんに対し、ナタリーはいつも以上に上から、いや、お姉さんが弟を諭すように、席につくよう言った。

その言葉を無視してオレオレくんは店から出ようと、踵を返した。しかし、その動きよりも早くナタリーはオレオレくんの腕をつかみ、自分の前の席にムリヤリ座らせる。

「大丈夫。あなたを警察に突き出したりなんかしないから」

店員がいることを考えて少し声のトーンを下げてナタリーは言った。頬は赤みをおびてきていても、すでにノンメモリー状態に入っていても、こういう配慮ができることがあるから、酔っ払いとは不思議なものだ。

「電話であなたの声を聞いて、会ってみたくなっただけなの」

オレオレくんは黙っている。ボクの方に背を向けて座ったため、顔は見えないが、おそらくまだ疑わしいという顔をしながら、同時に、顔を赤らめて緊張していることだろう。

アルコールが入って妖艶《ようえん》さの増した瞳で、美しすぎる酔っ払いが見つめてくるのだ。二十代に足をつっこんだばかりの青年がどきどきしないわけがなかった。

「本当かよ?」

「本当よ」

「マジでサツじゃねーの?」

「こんな美人の警察官がいると思う?」

――全国の女性警官に怒られるぞ!

自信の塊のナタリーに心のツッコミを入れる。

「確かに、いねーな」

――キミも怒られるぞ!

「サツでもなくて、騙されたわけでもなくて、じゃ、なんで待ち合わせ場所にきたんだよ?」

ごもっともな質問だ。そして、おそらくナタリーの回答は、オレオレくんの疑問を解決はしてくれないだろう。

「だから、さっき言ったじゃない。あなたに会いたかったからよ」

「何言ってんだ⁉」

当然の反応だろう。ボクならまだ警察に待ち伏せされていたほうが納得できる。

「あなた、初めてでしょ？」

ナタリーがテーブルに身を乗り出し、ぐっとオレオレくんに顔を近づけながら言った。

「な、なにがだよ⁉」

「だから、あなた、オレオレ童貞でしょ」

「ど、童貞じゃねーし」

そのワードに敏感に反応してしまうのは仕方ない。男の子だったら、そう、仕方ない。でも、あのあわてよう。オレオレくんは本当に童貞なのだろうか。ボクは急に彼に親近感がわいてきた。

「童貞なのは別にいいのよ。むしろ、童貞であってほしいくらい。そうじゃなくて、あなた詐欺なんかするの初めてでしょって言ってんの」

ナタリーは何を根拠に言っているのか。オレオレくんは顔こそイケメンだが、身なりは結構なチンピラスタイル。こういうことはお手のものの人種と言われても仕方のない風貌だ。

「何言ってんだよ。オレを見ろよ。明らかにヤベーだろうが。詐欺のひとつやふたつ朝飯前だっつーの」

——ほら。本人もそう言ってる。

しかし、ナタリーはゆっくりと体勢を戻し、背もたれにからだを預けてから首を振った。

「そもそも、オレオレ詐欺は、電話をかける『掛け子』と、お金を受けとる『受け子』が別なのよ。組織的にやる犯罪だからね」

知らなかった。ナタリーはオレオレ詐欺が「母さん助けて詐欺」に名称が変わったことは知らなかったのに、詐欺の仕組みについては詳しかった。またひとつボクの知らないナタリーが顔を出した。

オレオレくんもボクと同じように驚いている。知らなかったのだろう。

「ちっ、そうだよ。やったことねーよ、詐欺なんて」

「やっぱり？　よかったー。じゃ、これあげる」

ナタリーはコンビニの袋をオレオレくんに手渡す。

そう言って、袋の中をのぞいた彼の背中が一瞬びくっとなったあと硬直した。

「な、なんだよ、これ？」

「な、なんだよ、これ！」

さきほどとまったく同じ台詞だが、声のトーンがあがっている。混乱しているのだ。それはそうだろう。中身は万札だ。しかも、二百枚。二百万円。

「なにって、あなたが用意しろって言ったんでしょ？」

「いや、言ったけど……」

詐欺に騙されたわけではないのに、大金を渡してくる相手に、オレオレくんの脳内許容量はもはやいっぱいになっているであろうことが予測された。

「そのお金で、お姉さんのものにならない？」

また、彼の背中がびくっとなる。おそらく今度は背中だけではないだろう。二メートル離れたボクもナタリーの台詞と視線にぞくぞくしてしまった。

「いや、オレ……」

どきまぎするオレオレくんを見ながら、ナタリーはハイボールを飲み干す。

「すいませ〜ん、おかわり〜」

氷だけ残った空のグラスを、まるで鐘を鳴らすように、空中でふりふりして店員に知らせる。

「冗談よ」

「なんだよ！」

「でも、なんでお金が必要なの？　なんだか、遊ぶ金って感じじゃなさそうね」

今日のナタリーはちょいちょい大人のお姉さんになる。若いオレオレくんを諭そうとしているのか、導こうとしているのか。いつもの運命のひと探しとは少し雰囲気が違う。

しばらくオレオレくんは黙っていたが、やがてゆっくりと話しだした。

「中学卒業して地元飛び出してからずっと世話になってたとこの社長が死んじまってよ。オレ、そのひとがこっちでの親代わりみたいなもんだったから、なんかすげー落ち込んじゃって。でも、新しい社長は、そのひとの息子なんだけど、オレのこと嫌いらしくてさ。毎日いびられて、やってらんねえなって……」

「で、仕事を辞めた、と」

オレオレくんのあたまがこくんと下がる。

「なんにもやる気しなくて新宿とかふらふらしてたら、なんか目力がつええおっさんに声かけられてさ」

「オレオレ詐欺やらないかって？」

「いやいや、そんなストレートじゃねーよ。『バイトしねーか。ブラックじゃないから安心しろ。ただしグレーだけどな』って」

「なかなかうまいこと言うわね、そのおっさん」

——確かに。

「続けて」

今日のナタリーはめずらしく聞き上手だ。

「で、仕事は用意された番号に電話かけまくるだけっていう」

「詐欺じゃなくて？」

「ああ。オレも最初、そっち系かなって思ったんだけど、なんかそういうんじゃなくて。でも、セールスとかとも違ってて、とりあえず、電話かけて『十年前のことおぼえていらっしゃいますか』って聞けって」

——十年前？　なんで十年前？

十年前といえばボクはまだ高校生だ。十七歳か。何をしていただろうか、その頃。考えても特に何も思い出せない。おそらくたのしくもなければかなしくもない、変化の乏しい青春時代を送っていたに違いない。ナタリーと出会う前のボクの毎日もそうだった。ボクみたいな人間の人生は十年くらいじゃたいして変わらない。

なのに、九段下の駅でナタリーに会ってからは毎日が波瀾万丈《はらんばんじょう》だ。最初は迷惑千万だった彼女の存在が、いまではボクの人生の潤いになっている。ボクはナタリーに振り回される生活を悪くないなと思い始めていた。

――ナタリーと会えてよかった、のかな？

ボクはその問いへの答えを求めてナタリーの方を振り返った。すると、彼女は黙りこみ、まっ白な真顔になっていた。

「そう聞いて回る仕事だったの？」

「ああ。でも、そんなおかしな質問、たいていのやつは『なんのこっちゃ』ってきっちまうだろ。だから、そこで電話をきらずに会話を続けてきたやつだけそのおっさんに報告するのがオレらの仕事だったんだ」

ナタリーの顔は白を通り越して青くなってきている。

「意味わかんねー仕事だったけど、結構いい金くれるからさ、しばらくやってたんだけど、ある日、いっしょに……、あ、なんかそのバイトは新宿のきたねービルの一室でオレみたいなのが何人か集って電話ひたすらかけてたんだけど、そこでいっしょにやってた純也《じゅんや》ってやつが、電話番号が書かれた名簿を持って逃げちまったんだよ」

そういう名簿は個人情報だから裏の世界では高値で売買されているというのを聞いたことがある。

「したら、おっさんががめっちゃキレてよ。いっしょに電話かけてたやつ全員、連帯責任だ！　ってすげー怒んのよ」

オレオレくんは、その怒りがよっぽど恐ろしかったのだろう。肩ががくがくと震えている。

「純也を探してくるか、ひとり三百万ずつ払えって。払えなきゃ、ヤクザに売り飛ばすって脅された」

犯罪組織での仲間の裏切りは命にかかわることもあるだろう。制裁だって厳しくて当然だ。しかし、ひとりの脱走を連帯責任で償うとは理不尽な世界だ。

——いや、待てよ。

ボクは自分の住む世界とはまったく関係のない裏の世界の話だと思って聞いていたが、そこに不思議な既視感があることに気がついた。いや、単なるデジャヴではない。確かな事実だ。

ボクが働いているチームには、もともとはボクを含め五人のプレイヤーがいた。あの反理想上司が配属され、大峰とあわず四人が辞めて行った。大峰は「連帯責任だ」と辞めたメンバーの仕事を全部ボクに押し付けた。裏の世界だけじゃない。表の世界だって充分理不尽だ。

——オレオレくんも大変だったんだな。

ボクは、オレオレくんに同情を抱き始めていた。

ナタリーはオレオレくんに質問を続けていた。ふたりのテーブルはすでに取調室のような雰囲気を醸し出していた。ナタリーはテーブルにひじまでのせて、ぐいとオレオレくんの方に顔を近づけて尋問している。

「で、あなたは、手っ取り早く稼ぐために、オレオレ詐欺をしようと思ったってわけね」

オレオレくんはナタリーの顔の近さに動揺しつつ、それでも素直に質問に答えていた。

「お、おう。三百万なんてすぐに稼げるわけねーし、あの怒りようだと、金渡さねーとほんとに命もあぶねー感じだったからさ。仕方なく」

「なんでこの番号だったの？」

この番号とは、ボクのスマホの番号という意味だろう。ナタリー刑事《でか》の取調べは続く。

「純也が持ち逃げしなかった名簿が残っててさ。おっさんから『そいつはかけなくていい』って言われてたやつなんだけど、他にねーからさ、そん中から適当に選んでかけたんだよ」

その番号がボクのスマホの番号だったというわけか。で、それにナタリーが出たと。オレオレくんは運が良かったのか悪かったのか、わからないな。

「じゃ、なんで最初から三百万円を要求してこなかったの？」

「痴漢の示談で三百万は高すぎるだろ？」

——二百万円でも高いよ！

痴漢などしたこともないし、女性の心の傷が二百万円で癒えるのかどうかもわからなかったが、極々庶民のボクとしては「高い」とツッコんでしまわずにはいられなかった。

ガン！

ナタリーが空のハイボールグラスをテーブルに勢いよく置いた。

「よしわかった。ちょっと待ってて」

そう言うとナタリーは席を立って、店を出て行った。

「お、おい！」

オレオレくんはどうしていいかわからず、ナタリーを呼び止める。しかし、ナタリーは軽く振り返るとにこりと笑って出て行った。ついでに、ボクの方も向いてほほ笑みかけるからびっくりした。

――ちょっとちょっと、オレオレくんにバレちゃうよ。

酔っ払いのすることに理由や秩序を求めてはいけない。ボクはまったくの他人が、たまたま美人にスマイルをもらってにやける、という演技で乗り切ろうとした。そもそもオレオレくんはこっちのことなど気にしてはいなかったのだが。

しばらくするとナタリーはコンビニの袋を提げて戻ってきた。プリンを買ってきたのとは別のコンビニのロゴマークがプリントされた袋だった。

――まさか！

そのまさかだった。ナタリーはふたたびお金をおろしてきたのだ。受け取ったオレオレくんの背中が驚きで硬直するのがわかる。

「二百万あるわ」

計算があわない。先にナタリーは二百万渡している。いまので都合四百万円。オレオレくん

が必要なのは三百万円。百万円余ってしまう。

「百万円は、逃げるのに使いなさい」

「逃げる?」

「あなた、三百万円払ってそれで終わると思ってんの? そういう裏の世界に首つっこんだらそう簡単に抜けれるもんじゃないの」

なぜだか、ナタリーは裏稼業に詳しそうだ。考えてみれば、彼女が何の仕事をしているのか知らない。会うたびに酔っ払っていて、駅直結の高層マンションに住んでいる人間の仕事が何なのか、考えてこなかったとは、ボクもどうかしてる。

自分の考えなしを反省しているボクを置いて、ナタリーはオレオレくんに逃亡をすすめていた。いや、命令していたという方が正しい。

「どっか遠くへ行って、まともな仕事をしなさい。親代わりの社長さんのとこでは何してたの?」

「クルマの整備」

「手に職じゃない。どこでも食っていけるわよ」

そう言うと、ナタリーはイヌを追い払うように「しっし」と手を振って、オレオレくんを店から追い出そうとした。

「ありがとう。オレ、オレ……」

「最後までオレオレ言ってんじゃないわよ。さ、早く」

――最初からオレオレとは言ってないけどね。

オレオレくんは、二つのコンビニの袋を両手で大事そうに抱えたまま何度もナタリーにあたまを下げた。

――おそらく日本でいちばん高価なものがはいったコンビニの袋だろうな。

事実、四百万円が詰まっている。ボクはオレオレくんを少しうらやましそうに見つめていた。

「あ、そうだ。最後にひとつだけ」

「え?」

ナタリーが追っ払うような手をぴたりと止めて、人さし指だけを立てて尋ねた。

「そのおっさんとは連絡とれるの?」

「いや、名前も知らねーし、新宿のビル以外で会うことはねーな。金払ったあとは二度と会わないで済むことを祈りてー」

ナタリーはオレオレくんの言葉を聞くと、一瞬目をつむり、二回納得したように頷《うなず》いた。

「そ。それならいいわ。そんな輩《やから》と縁なんてもつもんじゃない。向こうもあなたの連絡先を知らないなら、このまま遠くへ逃げちゃえば大丈夫よ。そういう裏の人間は、金にならないことはやらないはずだから」

やはり、ナタリーは裏の世界のことに詳しい。逆にボクは人生を波瀾万丈に変えてくれた美しい相棒の素性にまったく詳しくないことに歯がゆさに似た感情を抱いていた。

今度こそと、大きく手を振ってナタリーに追い払われたオレオレくんは、最後まで律儀にあたまを下げながら店を出て行った。

そしてふたたび店内の客はボクとナタリーだけになった。

「おかわり、ちょーだい」

ナタリーは本日何杯目かのハイボールを頼むために、空のグラスを空中でふり、氷をカランカランと鳴らす。

——誰がために鐘は鳴る、か。

ボクの頭の中にふとヘミングウェイの小説の題名が浮かんだ。もちろん、意味も状況もまったく違うのは承知のうえなのだが。

店員がハイボールを持ってナタリーのもとへ向かう。

「何杯目ですか！　ほんと、飲みすぎじゃない、お客さん」

本当に正直な店員だ。

不機嫌なパスト

「2056831」

ボクの預金残高をあらわす七桁の数字がパソコンのモニターに表示されている。

——約半分……か。

ナタリーがオレオレくんにぽんと渡したお金の合計は四百万円。週三回は徹夜をして、ボクがもらえる月収は手取りで十九万円。特にぜいたくをするわけでもなく、毎月二万から三万を貯金にまわして現在預金が約二百万。

先週のナタリーによるオレオレくん更正講座を思い出し、なんだかふと自分の持っているお金がいくらくらいなのか気になってネットで銀行口座を見た結果、ボクは猛烈にむなしさを感じていた。

ボクの七年間の貯蓄×二をポン！　ポン！　とコンビニでおろしてきて、赤の他人に「はい！」。世の中にはそんな人間もいるんだな、と改めて「格差社会」というネットニュースや新聞を騒がす言葉を実感した。

九段下のあのマンションに行ったときに気づかなかったボクが間抜けなのだが、やはりナタリーとボクとでは住む世界がまったく違う。それこそ、彼女が高層マンションの最上階に住む殿上人、あるいは天女であるなら、ボクは地べたを這《は》いずりまわる虫だ。ゴミ虫だ。

——ゴミ虫は言いすぎか。

あまり自分を卑下しすぎると、ナタリーの声が聞こえてきそうだ。

「自分を貶《おとし》めることで自分を慰める行為ってひとりＳＭみたいよね」

――すみません、女王様。ひとりSMはやめておきます。

そろそろ作業に戻ろう。会社のパソコンであまり私用の情報を見ていると、すぐに反理想上司が背後にやってきて言うのだ。

「おまえはほんと、仕事と関係ないことにばっかり興味があるな～」

一日中仕事をしていて、ほんの数分ネットを見ただけでこのイヤミだ。彼の場合は、真性のSなのだ。ボクに対して言葉のムチをぴしゃりぴしゃりとやるのが大好きなのだ。

「ほら、理想の上司とお呼び！」

――勘弁してくれ。

ボクは自分の妄想にトホホと苦笑いをしたあと、ネットバンクのページからログアウトした。ブラウザのホーム画面に戻る。そこには、今日の株価や天気予報、ニュースなどが載っているのだが、ひとつのニューストピックが目に留まった。

『振り込め詐欺グループついでに逮捕』

オレオレくんとのことがあったせいか、この手のニュースに敏感になっている。上司の大峰がまだ出社してきていないことを確認してから、ボクはそのニュースタイトルにカーソルをあわせて素早くクリックした。

遷移《せんい》した先のページに書かれた詳細記事によると、昨日、新宿区歌舞伎町にて大捕り物があったらしい。雑居ビルで違法経営をしていた風俗店店長が摘発を受けた際、三階の窓から飛び降りたのだ。三階から飛び降りたにもかかわらず、ケガがないどころかそのまま走って逃げようとするのを警官隊が繁華街内を追いかけるという事態になったという。

　そちらはすぐに店長が捕まり一件落着だったのが、その後、お騒がせしたということでそのビルの他のテナントに事情説明に回った際、若い男性たちがケータイで電話をかけまくっている部屋があった。問いただすと不正入手した名簿を基に電話をかけているということで、署で事情聴取となり、そのまま全員逮捕となったらしい。

　関係のない摘発騒動で、ついでに逮捕された間抜けな詐欺グループという趣旨の記事ではあったが、最後に一文「残念なことに」ではじまる補足がついていた。

『残念なことに、今回逮捕された振り込め詐欺の実行犯たちはみなアルバイト気分で雇われたフリーターや大学生たちで、詐欺を指示した人物、あるいは背後にある組織などの解明には至らなかった。増加の一途をたどるこれら組織的な詐欺事件。我々の想像以上にその闇は深くくらいようだ』

　ジョークっぽいニュースタイトルに反して締めの言葉はルポ風で固かった。この記事を書いたライターの真意がボクにはわかりかねたが、最後の一文の「我々」の中には自分も入っているような共感はあった。

　なぜならこのまえのオレオレくんが、そんな闇の深いところにいるとはとても思えなかったからだ。彼らはまだ日の光が届くところにいる。まだやり直せる場所だ。でも、オレオレくんの背後にはもう戻ってくることが叶わない闇の住人たちが確かに存在する。

　まっくらな中、ぎろりとこちらを睨む無数の目を想像してボクは背筋が少し寒くなった。

「おまえはほんと、仕事と関係ないことにばっかり興味があるな〜」

突然の背後からの声に、背筋が寒くなるどころか、凍り付いたようにぴんとなってしまった。振り返るとうちの会社の闇の住人、反理想上司の大峰が怒っているともバカにしているともとれる絶妙な表情でボクを見下ろしていた。

「お、おはようございます、大峰さん」

ボクは顔を大峰の方に向けたまま、左手の親指と人さし指でブラウザを閉じるためのショートカットキーを押す。一日の八割、いや九割パソコンを触っているボクらのような社畜SEにとってはこれくらいの動作はもはや脊髄反射のようなものだ。

「あわてて消してんじゃねーよ。エロサイト見てたわけでもねーんだろ」

――そうですね。でも、あなたはエロサイトを開いたまま、外にタバコを吸いに行ったりしますけど。

大峰の勤務態度に対する批判など口にできるわけもない。ボクは大峰が早く自分の席について、出社途中に必ず買ってくる週刊誌の袋とじページに夢中になってくれるよう願いながら、この場をやり過ごすための下手なつくり笑いを浮かべていた。

「警察が詐欺事件を減らせるわけねーよなー」

大峰はそう言って、ボクのとなりの席に座った。かつてはボクの同僚が座っていたデスクだが、三ヵ月前に「コンビニに行ってきます」と席を立ったきり、その同僚は戻ってくることはなかった。仲がよかったわけではないが、仲間だとは思っていた。いまごろ彼は何をしているのだろうか。

ボクが大峰の発言にリアクションのひとつもとらず、いなくなった元同僚の今に思いをはせていると、明らかに怒気を含んだ声がボクの顔面に投げつけられた。

「おい！　聞いてんのか、てめえ。たまにはオレのほうから部下とコミュニケーションでもとってやろうと思ってんのによ」

たまには、というか初めての試みだ。そして、できれば、そんなことは試みないでいただきたかった。

「はい、すみません」

大峰と会話するときに「すみません」と言わなかったことがあるだろうか、いやない。とボクは自問し、即座に否定していた。

「ほんとしょーがねーな、最近の若いやつはよー。目上の人間と話すことを避けてたら社会で生きてなんかいけねーだろーがよ」

大峰の言うこと自体は間違っていない。しかし、ボクは別に目上のひとと話すのを避けている訳ではない。他人と話すこと全般が苦手なのだ。だから、子どもの頃からパソコンをいじっていた。とはいえ、そのせいで、ブラック企業の社畜ＳＥとなってしまい、反理想上司に日々詰《なじ》られる生活を送ることになると知っていたら、学生時代から友人のひとりでもつくっておいたのに。

——友だちか。できたことなかったな。

頭の中で、専門学校生、高校生、中学生、小学生と、ボクが若返って行く。しかし、その周囲に友だちがいたような記憶は浮かび上がってこない。さみしいと思ったことはない。ひとりなのが当たり前だったから。でも、客観的に考えてみるとやはり自分は少しさみしい人間なのだろうか。

「おい、また聞いてねーな、てめえ」

ボクはほんとに学習をしない。自分の半生を顧みてうつむいているあたまを、大峰御用達の週刊誌で「ぱかん」とはたかれた。

「す、すみません」

大峰は「ま、いいや」と言いながら、持っていた週刊誌の真ん中あたりを開いて、ばさりとボクのデスクの上に投げた。

そこには「詐欺グループ大量検挙の欺瞞《ぎまん》」というタイトルの見開き記事があった。白黒のページに、テレビドラマなどでよく見る警視庁の外観写真が載せられている。内容をななめ読みすると、要は増え続ける詐欺被害の撲滅に乗り出した警察が詐欺グループを次々と検挙しているとニュースにはなっているが、そのほとんどがいわゆる「とかげのしっぽ」であり、詐欺犯罪の根絶にはなんらつながっていないというものだった。

加えて、その原因は、詐欺組織の手口が巧妙化しているというだけではなく、警察内部にも詐欺組織やその背後にいる組織とつながっていてうまい汁を吸っている人間がいるからだ、と書かれていた。

ボクは思わず、週刊誌の表紙を見る。いつも通り、大峰が買ってくるガセネタばかりを載せる週刊誌だった。

「なんだ、その顔は。どうせこの週刊誌に書いてあることなんて適当だし、ってツラしやがって」

図星だ。いつもの向かいの席にいるときより距離が近い分、ちょっとしたことで本音を読み取られてしまう。ボクは思ったことがすぐ顔に出てしまうタイプなのだ。

「ま、オレもいつもはこの週刊誌のガセっぽさが好きで読んでんだけどさ、この話は納得もいくだろうよ。映画とかドラマとか見てみろよ、大体犯罪の黒幕で出てくるのはサツのやつらだろうがよ」

信憑性《しんぴょう》の話をしていたのにフィクションにたとえられても、とボクは思いながらも、表情でそれを悟られてはならぬ、とパソコンの画面に顔を向けてごまかした。

──それにしても「警察」を「サツ」って。それこそ映画とかの影響受けすぎでしょ。

どうやら顔をそむけたことで、大峰はボクの心の声には気づかなかったようだ。持論の続きを気持ち良さそうに話している。

「映画っていや、『レオン』ってすげーいい映画があってよ。そこでも悪役は警察官。ゲーリー・オールドマンって役者がやってた警官がもうぶっとんでてさ……」

「ゲイリーですよ」

思わずボクは訂正の合いの手をいれてしまう。

「あ?」

しまった怒られる、と思いながらも、この件に関してはなぜかしっかり正確におぼえてもらわねばという使命感がボクにはあった。

「いや、だから、ゲーリー・オールドマンじゃなくて、ゲイリー・オールドマンです。あの、麻薬捜査官のスタンフィールド役だったのは」

「なんだよ、こまけーな。だから友だちいねーんだよ」と自分の持論を途中で遮られて不満そうだった大峰が、気を取り直して続きを話そうとしたとき、何かに気づいたかのように、ボクの顔をしっかりと見据えた。

「おまえ、『レオン』観てんの？」

　いままでにない反応。目をきらきらさせてボクの顔を覗き込んでくる。こんな表情の大峰を見るのは初めてだった。いや、正確に言おう。「ボクに対して」こんなに目を輝かせているのは初めてだ。週刊誌の袋とじの中をのぞく彼がいつも目を輝かせているのをボクはよく知っていたから。

「ええ、まあ。知人にすすめられて、この前ＤＶＤ借りて観ました」

　そう言ったあとに少しひっかかった。果たしてナタリーはボクの「知人」なのだろうか。他人だとすれば、そんな希薄な関係のひとに何度も呼び出され、記録係ならぬ記憶係をやらされていることになる。それは、あまりにひどい話だ。

　とはいえ、友人は言いすぎだろう。あんな美人と友人なんてことになったら、ボクはそこで一生分の運を使い果たしているに違いない。運がなくなりすぎて、今夜にでも会社を出た瞬間クルマにはねられかねない。

となると、やはり知人が妥当だったのだ。ボクの思考はひとまず落ち着く。だが「しかし」と思い直す。知人という言う割にボクはナタリーのことを何ひとつ知らないのだ。「知」っている「人」ではあるが、よく「知」る「人」ではない。彼女はボクにとって「謎」の人だ。

「おい！」

――しまった。

ボクは三たび同じ失敗をしてしまったことに気づいた。『レオン』という映画作品を紹介してくれた相手が知人だろうと「謎人《なぞじん》」だろうと大峰にはまったく関係のない話だ。それなのに、こちらをきらきらとした目で見つめる大峰を無視して思案にふけっていたボクに、「聞いてんのか」の怒号三号が発射されるのは当然のことだと思った。

首をすくめて怒られるのを待つ。しかし、ボクの耳に届いたのは「聞いてんのか」三号ではなく、きらきらとした目をくりくりに変えた大峰の口から出た、驚きを込めたクエスチョンだった。

「『レオン』をすすめたのっておまえのコレか？」

大峰は右手の小指を立てて、ボクの顔の前に突き出した。「知人」と言ったのを大峰は聞いていなかったのだろうか。それとも、部下の発言は半分もまともに聞かないというのが反理想上司界での常識なのだろうか。

「いいえ、そんなんじゃないです」

ボクは大峰の右手小指を押し返すようなカタチで両手をふりながら前に出した。

「そんなんじゃないですってことは女ではあるんだな、その知人は」

――なんだ、ちゃんと聞いてたんじゃないか。

ボクは大峰の発言の意図がつかめないまま、「ま、まあ」と曖昧《あいまい》に頷いていた。

「最近よく仕事中に連絡してくるのもその女か？」

大峰が今度は小指の代わりに自分の顔をぐいっと前に突き出してきた。

「す、すみません」

ボクは仕事中に電話に出たり、ナタリーからの「ＦＩＮＥ」に返信したりしていることを怒られているのだと思い、謝った。

「なんで謝んだよ。男なら自分が悪くないと思ったときに謝るんじゃねーよ」

――いや、仕事中のケータイは明らかにボクが悪いでしょ。

むしろ、普段の「すみません」の方がまったく自分に非がないシチュエーションで発せられていることが多い。今回の「すみません」は大峰の方が正しいというレアケースだ。

「ま、おまえにも女の知りあいいるってことがわかってよかったよ」

「よかったって、どういうことですか？」

大峰の一連の発言の意味がいまだにつかみきれていなかったボクはつい聞き返してしまった。

「ん？　ああ、そりゃ、上司として部下のプライベートが充実するのはうれしいことだろうが」

その部下のプライベートの時間を毎日にようにプレス機にかけて、ぺったんこにしている張本人の口から出た言葉とは思えなかった。まさか本音ではないだろうが。

「今度、会わせろよ、そのねーちゃんと」

やはりだ。大峰は努めて「ついでに」感を醸し出しながら付け足していたが、こっちが本心であることは見え見えだった。

大峰の顔は心なしか紅潮している。きっとわくわくしているのだ。ボクみたいな人間と交友関係を結ぶような女性はよほどの変わり者だろうと決めつけ、興味津々《しんしん》なのだろう。

——でも、会わすわけにはいかないな……。

「そ、そんなに頻繁に会うわけでもないですし」

ボクはいつもの下手すぎる言い訳でとりあえずこの場を乗りきろうとした。

大峰はそれ以上喰いさがることなく、ボクのとなりの席から立ち上がり、にやにや顔で見下ろしてきながら、上から言葉を吐き出してくる。

「じゃ、次会ったときにでも言っといてくれよ。ボクの尊敬する上司が会いたがってましたってな」

ナイフをのどもとに突きつけられながら強要されたとしても、そんな台詞は吐かないとボクは心に誓った。

沈黙していると、大峰はボクのデスクにひろげてあった週刊誌をとり、袋とじのページを探しながら言った。

「あと、これだけは言っとく」

これ以上何があるというのだろう。「尊敬する上司」に「イケメンで」とか「家庭的で」とか「雨の日に捨てイヌに傘をさす」とかまでプラスしろなんて言うのではないだろうか。

しかし、大峰の口から出たのは、今回大峰と向き合って会話することになったきっかけでもある詐欺組織摘発についての持論だった。

「本当に悪いのは、権力を持ってるやつのほうだ」

ボクは詐欺組織のことについて話していたのをすっかり忘れていたので、聞いた瞬間何のことだか理解が追いつかなかった。この職場におけるボクと大峰の関係において、権力を持っているのは大峰の方で、すなわち大峰は悪い上司なのだ、という方程式が浮かんできただけだった。

ボクが詐欺組織の話だと思い出した時にはすでに大峰は向かい側の自席に座り、製図用のよく切れるカッターナイフできれいに袋とじを開けようとしているところだった。

その日はそれ以上の会話はなく、一方的に「おせえ！」「キーボードがかちゃかちゃうるせえ！」「その顔、辛気《しんき》くせえ！」と怒鳴られるだけというういつも通りの日常だった。

夜九時。比較的早く仕事が終わったボクは、反理想上司に作業の終了報告をする。大峰は「彼女によろしくな」と週刊誌のグラビアページに見入ったまま言った。とりあえず無視。「聞いてんのか！」と怒鳴られる前にボクは急いでエレベーターに乗り込んだ。

まっすぐ帰ってもよかったのだが、ボクの足はバー【おととい】に向かっていた。大峰に言われたからではない。そして、ナタリーに会いたいわけでもない。ただ、おなかが空いたから、マスターのつくる一品と、きっと今日の気分を的確に癒してくれるカクテルで満たされたかっただけなのだ。そうだ、そうなんだ。ボクは自分に言い聞かせながら【おととい】のドアを開けた。

「いらっしゃいませ、ゲーリー様」

マスターがいつものように迎えてくれる。しかし、いつもの柔和で慈愛に満ちた笑顔が少し曇っているようにも思えた。

その理由は店内の雰囲気にあるようだった。

「だから、さっきから誰の話をしてるのよ」

ナタリーの声だ。すでにお酒でのどが潤っているのか、入口付近からでもはっきり聞き取れるほどの声量だ。だが、その声にいつもの艶《つや》っぽさはなく、どちらかというと苛立《いらだ》ちを含んだ声だった。

「いや、あんたは湊総一郎《みなとそういちろう》んとこの娘に違いねえ。いくら十年経ってたってな、このオレがひとの顔を見間違えるわけがねえんだ」

ナタリーのとなりには、よれよれのブラックスーツを着た白髪まじりの男が座っていた。一目でナタリーが連れてきたのではなく、この男の方からナタリーに絡んでいることがわかる。なぜなら、男はナタリーに近づこうと身を乗り出しているのに対し、ナタリーは男から距離をとるように上半身をカウンターの奥側に倒し、顔もそむけているからだ。奥を向いているせいか、ナタリーはボクがきたことに気づいていないようだ。

ボクはそっと入口近くの席に座り、マスターに小声で話しかける。

「あのお客、よくくるひとなんですか？」

マスターはグラスを磨きながら、苦笑した口の端から小声で答えてくれた。

「いえ。あの方は五十嵐宗雄《いがらしむねお》様とおっしゃるのですが、ご来店はずいぶんお久しぶりでございます。十年程前はよくいらしてたんですが」

十年も前にきた客のことをよくおぼえているものだ。さすが一流のバーテンは違うな、とボクは改めてマスターに感心する。

「で、なんでナタリーにあんなに絡んでるんですか？」

おそらくマスターは答えてくれないだろうと思いながらも一応質問してみた。案の定マスターは磨いているグラスの方に目を落として、ボクの疑問に対する答えをくれようとしはしなかった。一流のバーは客のことには不介入。そっと見守るのがバーテンのマナーなのだろう。

仕方ない。ボクは頼まれてはいないが、いつものように耳をナタリーと五十嵐という男の方に向け、ふたりの会話に意識を集中させた。ボクの中のメモリー機能をONにする。

「確か、アメリカに留学して、そのまま向こうで暮らしてるんじゃなかったっけか？」

「あら偶然。ワタシもアメリカ帰りよ。向こうでその湊なんとかさんの娘さんとは会わなかったけどね」

ナタリーは五十嵐の方を見ずにカクテルに口をつける。澄んだ琥珀色の液体がナタリーの唇の中に吸い込まれていく。気のせいか、ナタリーの口元はてらてらと妖艶に輝いて見える。ボクは自分が女性の唇を凝視していることに気づきあわてて目をそらす。そこで視界に入ってきたのはナタリーの前に置いてある異質な肉の塊だった。

——豚足!?

色っぽいなと見とれていた唇の艶が、豚足の脂だと知り、ボクは肩からがくりと脱力した。カクテルを飲みながらバーで豚足を食べる美女。やはり、ナタリーは変わり者だ。大峰に会わせても、案外その外見と中身のギャップに彼の方が引いてしまうかもしれない。

「ゲーリー様もお食べになりますか？」

ボクの視線に気づいたのか、マスターが調理場に置いてある炊飯器のふたを開ける。中からぶわっと湯気が立ちのぼり、炊きたてのごはんの香りの代わりに、しょう油と中華っぽい香辛料のいい香りがする。

「おいしそうですね。でも、なんで炊飯器で豚足を？」

「保温で置いとくだけで、とろとろに柔らかくなるんですよ」

マスターはめずらしく「よくぞ聞いてくれました」という顔でうれしそうに答えてくれた。

「お客様に提供する料理にはもちろん手間をかけさせていただいておりますが、こちらは時間をかければおいしくできますので、空いた手で、もう一品お客様にご提供できますからね」

そう言っている間にマスターはおなじみのエプロンをまとい、小ぶりの中華鍋を振っていた。

ぱらぱらと米粒が宙を舞う。前後に揺れる鍋。その度に弧を描く米、ネギ、チャーシュー。見とれている間にボクの目の前にはおいしそうなチャーハンと豚足が出てきた。どちらも見た目といい香りといい中華料理店の看板メニューと言っていいレベルのものだった。でも、ここは広尾の隠れ家的バーなのだ。

「うまい！」

一口でボクの食べてきた中華料理の歴史を塗り替えてしまった。あっという間に二品を平らげてしまう。気づけば、マスターはナタリーのためにさっきのカクテルのおかわりをつくっている。

「それ、何ていうカクテルなんですか」

食後に一杯いただこうかなと思い、マスターに尋ねる。

「これは、ウイスキーとチェリーリキュールでつくる『ハンター』というカクテルでございます。どこか妖艶な味で、『予期せぬ出来事』という力クテル言葉もしっくりきますね」

ナタリーが今夜あの五十嵐という男にあったのも予期しなかったことなんだろうな、とボクはふたりの会話の雰囲気から感じ取っていた。ボクがチャーハンと豚足に夢中になっている間も五十嵐はナタリーに対していくつか質問をぶつけていたが、ナタリーは「だから、それは湊っていうひとの娘さんの話でしょ」とまともにとりあっていなかった。

「わかった、わかった。このままじゃ埒《らち》があかねえ。質問を変えるわ」

「そうしてくれる？　こんな美人を口説くのに、ずっと知らないひとの話をするなんて、どうかしてるわよ。質問を変えてくれるならスリーサイズをきかれても、いまなら特別に答えてあげるわ」

いつものナタリーらしい口調になっている。よっぽどその湊総一郎とかいうひとの娘と間違われていたのがイヤだったのだろう。

「いや、そっちにも興味がないっつったらオレも男だ、嘘になるがね。今日ききたいのはあんたの胸のサイズとかじゃねえんだ。あんた、湊総一郎が死んだのはもちろん知ってるよな？」

調子を取り戻したかのように見えたナタリーが深いため息をつく。話題を変えたつもりだったのに、結局「娘」の話が父親の「湊総一郎」という人物の話になっただけ。ナタリーはげんなりした顔で五十嵐の方に向き直った。そのときボクが視界に入ったのか一瞬はっとした顔になった。

しかし、特にボクに声をかけるでもなく、そのまま五十嵐の顔を見て、再度おおげさにため息をついた。

「だから、誰よ、その湊総一郎って。ワタシとなんか関係があるっていうの？」

「仮にあんたに関係がないとしても、湊総一郎は知ってるだろ？　十年前副首相にまでのぼりつめた男だぜ。死んだときはすでに政界からは引退してたが、結構なニュースになったし、アメリカでも報道されたはずだ」

ナタリーは「しまった」という顔をしている。ここから五十嵐という男の表情は見えないが、おそらく「してやったり」という顔をしているに違いない。誘導尋問というやつだ。この男、

「おっと、マスターのうまい酒の飲みすぎでつい口がすべっちまった。こいつは湊総一郎の娘さんと話す内容だ。湊某《なにがし》など存じ上げませんと言い張るあんたにはこれ以上話せんなあ」

少しいじわるな語調で五十嵐はしゃべっていた。さきほどまでナタリーに何度となく否定されてきたことに対する仕返しだろうか。見た目や経歴からしていい年齢だと思うが、少々大人げないひとなのだな、きっと。

「それはそうね。勝手な人違いでとんでもない秘密を聞かされても困っちゃうしね」

ナタリーはあくまで湊総一郎との無関係を貫くつもりだ。

「ここまででも、結構しゃべりすぎたけどな」

「それなら、安心なさい。ワタシ、明日にはノンメモリーだから」

「のんめもりい？」

耳で聞いただけでは言葉の意味が理解できなかったらしい。五十嵐はまるで歌舞伎役者が見得《みえ》をきるようにゆっくりと一文字一文字かみ締めながら聞き返した。

「お酒を飲むとメモリー、つまり記憶がなくなるのよ。もうここにきて四時間は飲んでるから、明日は確実にノン！　メモリーよ！」

ナタリーは「ノン」の部分を特に強調して説明した。おそらく、「ノン」の部分で両手を広げて大げさに演出などしているのではないだろうか。

「はっ！　あんたも記憶をなくす口なのか！」

五十嵐はナタリーからノンメモリーの説明を聞いた途端、笑い出した。

「はは、ははは。そうかそうか。ノンメモリーか」

――あんたも？

ボクはそこが気になっていた。しかし、ナタリーは特にひっかからなかったのか、「あんたも」について五十嵐を追究することはなかった。

「ああ、愉快だ。マスター、このお嬢さんにさっきオレが飲んでたのと同じものを。絡んで迷惑かけた詫びだ。おごるよ」

マスターが返事をしてお酒をつくり出す音がする。

「あと、トイレの中のうんこの長いにいちゃんにもな」

ボクはびっくりした。五十嵐はボクの存在に気づいていたのだ。しかし、わざわざおごるとはどういうことだろうか。

「うるさくして悪かったな。オレのせいで、このキレイなお嬢さんに声をかけるチャンスもなかったろ。オレはもう帰るから、このあとがんばってくれや」

トイレの中のボクに向かって五十嵐は語りかけていた。そして、しばらくするとマスターの「またのお越しをお待ちしております」の声がして、ドアが開いて閉まる音がした。

ボクはついいつものくせで、何もしていないくせにトイレットペーパーでおしりをふいてからズボンをはいてトイレから出た。

ナタリーの前と、さっきまで五十嵐が座っていた席に、レモンが添えられた赤い美しいカクテルが置かれていた。

「『エル・ディアブロ』でございます」

マスターはカクテルの名前を告げるとカウンター内の定位置に戻り、再びグラスを磨き始めた。柔和で慈愛に満ちた笑顔をしている。今度は一点の曇りもない。いつものマスターの表情だ。

ボクは一口「エル・ディアブロ」を飲んでみる。かっと舌が熱くなる。強いお酒がベースなのがわかる。刺激的な味だ。

二口目を飲もうか迷いながらボクは横目でちらりとナタリーを見た。

「なによ」

ナタリーは明らかに不機嫌だ。

「いや、あの、今日は『運命のひと』とはほど遠かったですね」

「そうでもないわよ」

「え？」

ナタリーの意外な返答にボクはびっくりした。

「もしかしたら、いちばん運命のひとに近いかもしれない」

さっきまでのやりとりのどこにそんな胸キュンな部分があったのか。ボクは自分の記憶を遡ってみた。しかし、ボクのメモリーの中にはそんな要素は見当たらなかった。

それとも、こういう経験が圧倒的に不足しているボクには気づけない男女の機微的なものがあったのだろうか。どちらにせよ、ナタリーには何か思うところがあるようだ。

ボクは、もうひとつ気になっていたことを思い切って聞いてみた。

「本当に湊総一郎ってひととは何の関係もないんですか？」

ナタリーはボクの顔を黙って見つめる。沈黙が長い。やはり聞かない方がよかったのかとボクは心配になってきた。怒られるかも。ボクは、反理想上司に怒られるときのように、首をすくめて亀のように防御態勢に入った。

しかし、ナタリーがやっと発した声に怒気は含まれていなかった。

「ほんとに知らないし、それこそゲーリーには関係ないことよ」

その言葉に怒気は含まれていなかった。しかし、代わりに少し哀し気な雰囲気をまとっていたように感じたのはボクの気のせいだろうか。

大人のアミューズメント

目が覚めた時、ボクはめずらしくさっきまでみていた夢の内容をおぼえていた。

その理由はふたつある。ひとつは登場人物が強烈すぎたため。

夢の中に出てきたのは、女子高生姿のナタリーだった。ただ、女子高生姿と言っても、本当に「姿」だけが女子高生なのだ。制服を着ている中身は大人の魅力たっぷりの、ボクがよく知るナタリーである。もちろん似合っていなくはないのだが、初々しさと妖艶さのギャップが、見てはいけないものを見ているような、そんな気にさせる。

夢の中でそわそわ、もぞもぞしているボクに、女子高生姿のナタリーは言った。

「ワタシ、遊園地って行ったことがないの」

突然何を言い出すのか、とは夢の中のボクはツッコまない。

「奇遇ですね。ボクも行ったことないんですよ」

安っぽくて薄っぺらい迎合である。自分のつくり上げた夢の世界でも、ボクはナタリーに逆らう権利を持たされてはいないらしい。

ただ、改めて思い返してみると、本当にボクは遊園地に行ったという記憶がない。少々複雑な家庭環境に育ったからということもあるが、親といっしょに遊園地や動物園などのテーマパークに行ったことは一度もなかった。

夢の中のボクの言葉はその記憶に基づくものだったようだ。普段は気にもとめていないことを夢の中の発言や出来事で気づかされるということはまれにあることだ。

「じゃあ、今度いっしょに遊園地行こう」

「ナタリーが行きたいならついて行きますよ」

「ついて行く」というところがふたりの関係性をよくあらわしている。男女がふたりで遊園地へ行くという話をしているのに、デートっぽさが欠片もない。ナタリーが主導権を握り、その決定にボクが従うという構図ができあがっている。いつもの状態といっしょだ。

しかしなぜだろうか。ボクはこの夢のやりとりが現実でも行われた気がしていた。いつだったろうか。遠い昔のようでもあり、つい最近のことのようでもあり。

起き抜けで寝ぼけているボクの頭が、思考することにより徐々に覚醒《かくせい》していく。うつらうつらと半目状態だったまぶたを持ち上げ、ボクは自分にツッコんだ。

——昨夜のことだよ！

そう。夢の内容をおぼえていたもうひとつの理由は、そのエピソードの基になっているのが、つい直近のことだったからだ。

ボクはいま、大人の遊園地の中にいる。女性がガラスの靴どころかすべてを脱ぎ捨てたシンデレラになり、男性が誰からもバカにされないはだかの王様になれるその遊園地は、まるでおとぎ話に出てくるようなお城のカタチをして、現実の世界、目黒川のほとりに佇《たたず》んでいた。

◆

元特捜部の五十嵐が店を出たあと、ナタリーが急に変なことを言い出した。

「ワタシ、遊園地って行ったことがないの」

「突然何を言い出すんですか」

会話の流れや場の空気をまったく無視したナタリーの発言に、ボクは当然のようにツッコんだ。五十嵐が「おごりだ」とマスターにつくらせたカクテルをとっくに空けて、そのあと三杯ほどウイスキーのロックを飲んだナタリーはすでに酩酊《めいてい》状態だった。

「ふたりで行かない？」

一生に一度あるかないかの美女からのお誘いだが、ボクは勘弁してくれと言わんばかりに左手を左右に振った。

「いやですよ、遊園地なんて。しかもこんな夜中に入れる遊園地なんてないでしょう」

ボクがマスター自慢のグレープフルーツジュースを飲みながら答えると、ナタリーは年甲斐《がい》もなく「ぷう」とほっぺたをふくらませて拗《す》ねていた。

「ついて行くって言ったくせに」

相当酔っているようだ。ノンメモリーになるだけならまだしも、記憶の改竄《かいざん》まで始まっている。ボクはそろそろ退散したほうがよさそうだと思い始めていた。

「言ってませんよ」

「言った！」

「言ってないですって」

「言った！」

「飲みすぎですよ、ナタリー」

「言ったの！」

先日オレオレくんとのときはおねえさんモードだったのに、今日は完全にだだをこねる妹モードだ。内容はいつもと同じく傲慢《ごうまん》で強引なのだが、仕草や口調がかわいらしいため思わずきいてあげたくなってしまう。

とはいえ、事実いまは夜中の一時だ。開いている遊園地があるはずなかった。

「シンデレラ城に行きたい！」

遊園地に行きたい、から要求がより具体的になってきた。いまから千葉に移動したらそれこそ、夜中に「真」がついてしまう。

「だから、シンデレラ城どころか、どこの遊園地も開いてないですって！」

あまりに聞き分けがないので、ボクはちょっと声を荒らげた。

するとナタリーはボクに注意されて、ますます拗ねてしまった。

「マスター、おかわり」

空になったグラスをマスターの方にぐいと突き出す。

「もうやめといたほうがいいですって」

さすがに飲みすぎだろう。マスターも同意見だったのか、やさしくナタリーをなだめる。

「ナタリー様。今日は少々お酒との相性が悪い日かもしれません。この子たちも、また別の日にお相手さしあげたいと言っておりますよ」

カウンター背後の棚に並べたお酒のボトルたちを一瞥《いちべつ》してマスターは言った。やはり一流のバーテンは飲ませすぎないための台詞もスマートだ。

「じゃあ、遊園地行く！」

――「じゃあ」がまったく接続詞になってないよ。

「遊園地は難しいのではないでしょうか」

マスターも少々困り顔だ。

「じゃあ、もう一杯」

ナタリーはグラスを再度マスターの方に突き出す。

――ダメだこりゃ。会話の出口が見えない。

「仕方ありませんね」

マスターはそう言ってカウンターの奥に引っ込んだ。お酒を出すのかと思ったら、どこかに電話をかけている。「はい。はい。おふたり様です。よろしくお願いします」そう言って受話器を置くと、マスターはチェイサーの水を持ってこちらに戻ってきた。

「ナタリー様、ゲーリー様。お子様たちもたのしめる遊園地はさすがにどこも開いておりませんが、大人の方たちが楽しめる場所ならひとつ心当たりがありました。そちら、ハイヤーをお呼び致しましたので、よろしければおふたりで」

「マスター？」

ボクはマスターの言っていることがわからず「？」をつけて言葉と表情で返した。するとマスターは「ここはひとまず話にのってください」と言わんばかりの目でボクを見つめた。

確かにこのままではナタリーは朝まで【おととい】に居座りそうだ。マスターにも明日があ

る。幸か不幸かボクは明日休みだ。休日出勤もない。ここはマスターを助ける意味でもボクがナタリーを店から連れ出すしかない。

「よかったですね、ナタリー。遊園地行けるって」

「ほんとに？」

ナタリーはとろんとした目でボクの方を見る。ボクはナタリーに水を飲むよう促しながら念を押した。

「ほんとですよ。大人の遊園地、行きましょう」

「いっしょに行ってくれるの？」

この質問には正直ＹＥＳと答えていいものかどうか迷ったが、仕方ない。ボクは首をたてに振った。

「やったー！」

両手をあげてはしゃぐナタリーは、まるで十代の女の子のようだった。

——ほんとに今日のナタリーは新鮮だ。

ほどなくして到着したタクシーにボクとナタリーは乗り込んだ。行き先は運転手さんがすでに知っているようで、何も言わず、何も聞かれず、すべるように広尾の街をあとにした。

十分も走らないうちにタクシーは目的地に着いた。ボクとナタリーはクルマを降りて、マスターの言う「大人の遊園地」をこの目で見た。いや、見上げたと言った方が正しい。

そびえ立つお城。それはシンデレラ城のような形状こそしていなかったが、誰が見ても「お

城」と形容するであろうカタチをして、都会の薄明るい夜空を突き刺すように建っていた。ただ、ライトアップされた看板にははっきりと「ＨＯＴＥＬ」の文字が見てとれた。

「うわあ……」

正直ボクはひいてしまっていた。マスターが「大人の」と言った時点で気づかなかったのも間抜けだが、恋人同士でもないナタリーとこんなとこにきてしまってどうしろと言うのだ。そもそも、ボクはラブホテルなど入ったこともない。あるはずがない。童貞なんだから。しかし、ナタリーの反応は違っていた。

「うわあ♥」

感動している。「マジで？」とボクは心の中でツッコんでしまった。

「ねえ、ねえ、ゲーリー。すごくない？　お城だよ。こんな東京のど真ん中にお城が建ってるよ」

ボクのそでをひっぱって上下にぶんぶん振り回す。明らかに興奮している。

「いや、ナタリー。ここはお城のカタチをしてますけど、あの、その、ホテルで」

変に意識しているように思われたくないのもあり、ボクは「ラブ」を抜いてこの建物の役割を説明した。

「ホテルなの？」

「ええ、まあ」

「じゃあ、泊まれるの？」

今度の「じゃあ」の使い方はあっている。でも、その話の流れは間違っている。

「ナタリー、とりあえず落ち着いて。ここはホテルですけど、男性と女性が、あの、その、なんというか、あの……」

「セックスする場所なんでしょ？」

普段は空気を読まないくせに、こういうときだけ察しがよくて困る。ボクは、酔っ払っているナタリーよりも明らかに顔を赤くして、こくりと小さく頷いた。

——ラブホの前でなんていう会話をしてるんだ、ボクらは。恥ずかしすぎる。

知り合いなどそもそもいないのに、ボクは誰かに見られていないか周りをきょろきょろしてしまう。

「いいじゃない、セックスしなきゃ泊めてくれないってわけでもないいんでしょ？」

「え？」

その発想はなかった。逆にその発想がなかったことに、さらにボクの顔は赤くなった。

「確かに、それはそうですね」

「じゃ、決まり。泊まりましょう。もうこんな時間だし、ゲーリーも家まで帰るタクシー代もったいないでしょ？」

「ここのホテル代は？」と思いつつも、当然それはナタリーが出してしまうんだろうな、といつもの流れから察する。男として恥ずかしいが、薄給のシステムエンジニアであるボクは甘んじてナタリーにお金を出してもらっている場面がちょくちょくある。

——いつか、きっとボクだって。

そう拳を握りしめながらも、すぐに「グー」を「パー」に戻す。自分に「いつか」があるようにも思えなかったから。おそらくずっとこんな状態が続くのだろう。これまでもそうだった。ナタリーと偶然出会って、人生が変わったかのように錯覚しているが、これは人生の勝ち組であるナタリーがそばにいることで「変わった」と感じさせられているにすぎない。ナタリーが運命のひとを見つけ、この奇妙な相棒関係が崩れたら、ふたたびボクは家と職場を往復するだけの人生に戻るに違いない。哀しくはなかった。ボクは自分というものをよく知っているつもりだから。

そんな考えをめぐらせていたとき、拳をほどいた手のひらに体温を感じた。ナタリーがボクの手を握ってきたのだ。

「なにぼーっとしてんの？　早く行こうよ」

「はい。ついて行きます」

ナタリーに手をひかれ、王子様としてはなんとも情けない台詞と共に、ボクはラブホテル城へと吸い込まれて行った。

◆

意識がしっかり覚醒すると、途端に肩や腰に鈍い痛みを感じた。からだを折りたたんで、小さなソファで寝ていたせいに違いない。ボクは立ち上がって首、肩、背中、腰、と上から順にストレッチをした。

クイーンサイズのベッドの上には、女王様がひとり、大の字で寝ている。すやすやと寝息が気持ちよさそうだ。メイクも落とさず寝たはずなのに、その顔は崩れるどころかむしろ起きているときよりも美しく感じる。

「酔っ払ってないせいかな」

ボクは素直な感想をつい口に出してしまっていた。その声に反応したのか、「んん〜」とナタリーが官能的な声をあげる。しかし、目は覚まさない。ふたたびやわらかな寝息をたて始めた。

かわりにボクのおなかが「ぐるぐる」と目を覚ました。いつだってあたしより少し遅れて起きるお寝坊さんなのだ、ボクのおなかは。

ボクはトイレに向かう。初めての場所だが、トイレを探す必要などない。なぜなら丸見えだからだ。

この部屋だけなのか、ラブホテルすべてがそうなっているのかボクにはわからなかったが、ここのトイレとバスルームは全面ガラス張りになっていて、ベッドからもシースルーで視線を交わすことができるつくりになっていた。恋人同士なら燃え上がる演出も、ボクとナタリーの関係ではただの変態行為になりかねない。

ボクはナタリーを起こさないように、足音をしのばせて静かにトイレに向かい、無音でドアを開け、中に入る。ズボンをおろし、便座に腰をおろす。顔をあげるとベッドで寝ているナタリーの横顔が見える。あお向けになっているせいか鼻の高さが際立っている。その美しい稜線はアルプスの山々を描いた風景画のようでもある。

ただ、いまのボクにはナタリーという景色を楽しんでいる余裕はない。できるだけ最小限の音ですべてを済まし、何事もなかったかのようにソファまで戻らないといけない。

用を足し、トイレットペーパーのバーが「からから」と間抜けな音をたてないようにゆっくりと静かに巻き取る。おしりを拭き、ズボンをはく。よし、ここまできたらもうナタリーが起きてしまっても大丈夫だ。ボクはほっとして水洗レバーを「大」のほうにひねる。

春の雪解けの水が麓《ふもと》に流れ込むように、さわやかな水音が部屋に響く。

ふたたび「うう〜ん」と悩まし気な声がベッドのほうから聞こえた。ボクはあわてててガラス張りのトイレ&バスルームを出てソファのところまで戻った。

ナタリーはまだ眠そうに目をこすりながら、ボクの存在に気づく。

「あれ、ゲーリー、きてたの？　いらっしゃい」

どうやら自分の部屋だと思い込んでいるようだ。

「ナタリー。ここ九段下のマンションじゃないですよ」

その証拠に、この部屋からはまっ赤な東京タワーは見えない。というより窓の外から雨戸みたいなものがはめてあって景色を眺めることはできない。ラブホテルの窓がこういう風になっているということをボクは初めて知った。ボクは今後役に立つかどうかはわからないがひとつ新しい知識を得たことになる。それだけでもナタリーには感謝をすべきなのかもしれない。

しかし当のナタリーは昨夜の記憶がないため、まだ自分のいる場所がどこなのか把握できていないようだ。上半身を起こして部屋の中を見回している。

「じゃあ、ここはどこなの？」

「目黒です」

「ホテル？」

「まあ、ホテルといえばホテルですね」

「なんでゲーリーと？」

「誘われたからですね」

「強引に」という言葉をつけなかったのは、ボクの男として残されたわずかばかりの自尊心からだ。

「何かした？」

「ええ？」

「だって、いっしょに寝たんでしょ？」

いくらノンメモリーとはいえ、なんという発想だ。ボクがナタリーを襲うわけないじゃないか。でも考えてみれば、ナタリーのような美人とラブホテルで一晩を共にしたら、健全な男子であるならば、まず行為におよぼうとするだろう。その点で言えば、ナタリーのほうが常識的で、何もせずソファで小さくなって寝ていたボクは非常識と言える。

「ほんとに何もおぼえてないんですね」

ノンメモリーであることは普段の言動で理解していたつもりだが、心のどこかでまるまる忘れるなんてありえるのだろうかと疑っていた。しかし、飲んで、寝て、起きるまでずっといっしょにいるとそのノンメモリーっぷりに嘘偽りがないことを実感させられる。

「服も着てるし、ベッドのシーツも乱れてないでしょ？」

ナタリーは寝相がいいのか、寝返りすらうたなかったようで、シーツだけではなく、枕の位置まで、ほぼベッドメイクされたままの状態だった。

「あ、ほんとだ」

「じゃあ、あれもおぼえてないんですか？　ナタリーオリジナルカクテル？」

ナタリーも自分の周りを見て納得している。

「何よそれ？」

ボクは床に転がっているビールの缶とチューハイの缶を拾って、ナタリーに見せた。

「ナタリーはこのふたつを混ぜて『オリジナルカクテルできたー』って叫んでたんですよ」

「なんで、ビールとチューハイでカクテルができるのよ？」

「知らないですよ。ボクが『それカクテルなんですか？』って聞いたら、『当たり前じゃない。カクテルはそもそも混ぜた飲み物のことなんだから、二種類のお酒を混ぜたら、鶏の尾っぽがなくたってそれは立派なカクテルなのよ』って言ってましたけど」

ボクはナタリーの口調をまねしつつ、昨夜のやりとりを再現した。

「確かにその通りね。いいこと言うじゃない」

ノンメモリーの人間にとって、記憶がないときの自分は別人のように感じるのだろうか。まるで他人事のように感心しているナタリーを見てボクはそう思った。

「で、ボクが『やっぱりカクテル言葉とかあるんですか？』って冗談のつもりで聞いたら、ナタリーはマスターのしゃべり方をまねしながら『あわや大惨事、でございます』ってドヤ顔で言ってましたよ。まさに、炭酸と炭酸がまざって、テーブルの上は大惨事でしたけどね」

ボクはビールとチューハイの泡があふれたテーブルをバスルームのタオルであわてて拭いたことを思い出した。

「うまい！　泡とあわやがかかってるのね」

「自分のジョークを、自分で説明するってむなしくないですか？」

「ジョークを言った記憶がないんだからむなしいもなにもないわよ」

ボクは呆れるのを通り越して感心してしまった。ここまでキレイさっぱり忘れてしまえるなら悩みとかストレスとかもないんじゃなかろうか。それはすばらしいことのように思えた。しかし、ボクはそう思いながらも敢えてナタリーにストレスを与えるであろうことを質問してみることにした。どうしても気になっていたからだ。

「ところで、湊総一郎さんとは本当に何の関係もないんですか？」

ナタリーはさっきまで自分の記憶話をうれしそうに聞いていたのに、その名前が出た瞬間、ふっと真顔になった。

「ゲーリー、その名前、どうして……？」

「いや、元副首相ですから、名前くらいは知ってますよ」

ボクはあえて五十嵐の名前は出さないでおいた。昨日の様子をみるに、元特捜部の名前を出すと、ナタリーは答えてくれないような気がしたのだ。

「ああ、そうよね。ま、有名人だもんね、あのひと」

なぜか納得したような、がっかりしたような顔をしてナタリーはつぶやいた。ただ、「あのひと」という言い方に他人ではありえない距離感をボクは感じた。

「ゲーリーには関係ないわよ」

昨夜と同じ返答。想定していたが二度も言われるとさすがにショックだ。しかし、その感情が顔に出てしまっていたようだ。

「そんな捨てられた子犬みたいな顔しないでよ」

めずらしくナタリーの声にも同情の色がまじっている。そこまで悲愴な顔をしたつもりはなかったのだが。

「わかったわよ。教えるわよ。だから、そんな顔しないで」

ナタリーはボクから顔をそむけて、まるで「くぅ～ん」と擦り寄ってきた子犬を追い払うように、手を「しっしっ」とやった。

あのナタリーに「かわいそう」と感じる機能が備わっていたことに驚くが、思いもかけず彼女の謎の一部が解明されそうなので、ボクはソファの上にちょこんと正座をして、ナタリーが自らの秘密を打ち明けるのをおとなしく待った。

「湊総一郎はワタシの父なの」

やはり五十嵐の言っていたことは正しかったのだ。ボクは言葉を発さずただうんうんと頷いた。

「あら、あんまり驚かないのね」

昨夜すでに別の人間からその可能性は聞いていたとは言えない。ボクは『そんなことないですよ、驚いてます』と言って、続きを話すように促した。

「父と言っても、ワタシは愛人の子だけどね」

確かに湊総一郎とナタリーでは歳が離れすぎている。ネットで調べた湊の享年は七十八歳となっていた。一昨年他界しているので生きていたら八十歳だ。ナタリーが実はアラフィフ女性とかでない限り、親子というより祖父と孫の関係に近い。しかし、それも後妻か愛人の子ならありえる話だ。

「だからネットにも載ってないでしょ？」

その通りだ。昨夜調べたときも、五十嵐は娘と言っていたのに、ネット情報では「息子がふたり」となっていて、不思議に感じていたのだ。ボクは納得したという意味でふたたびうんうんと頷く。ナタリーはそんなボクの反応を注意深く観察している。どこまで話していいものか決めかねているのだろうか。

「都内一等地の一軒家に囲われたママといっしょに何不自由ない暮らしを送ってきたの」

湊のことは「父」と言い、母親のことは「ママ」と呼ぶ。そこからすでにナタリー親子の関係がみてとれるような気がした。

「でも、父は影の首相とか言われる一方で、悪いうわさも絶えないひとでね。マスコミだけじゃなくて、警察関係者なんかもよく父の周りをかぎまわってた」

その警察関係者の中に五十嵐もいたのだろうか。彼は特捜部だから、正しくは警察ではなく検察だが。

「そのうわさは事実だったんですか？」

ボクはおそるおそるきいた。ナタリーが父を愛し、亡くなったことを悼《いた》んでいるようには見えなかったが、湊総一郎の潔白を信じていたのだとしたら気分を害する質問だろうから。

「事実も事実。真実よ」

ナタリーは大げさに両手を上げて宙を仰いだ。このナタリー特有のオーバーアクションはアメリカ帰りということが起因しているのだろうか。

「そのせいで事件が起きて、ワタシは住み慣れた日本を離れてアメリカに行かなくちゃいけなくなったの。わかる？　まだうら若き十代の乙女が、いきなりひとりでアメリカに行かされたのよ」

ボクは想像してみる。うら若き十代のナタリーがなかなかイメージできない。それでも、美人すぎる顔を少々幼くして、髪もいまより短い設定にしてみる。そして、今朝見た夢の制服を着せてできあがりだ。うん。美人すぎる女子高生である。

だが、ボクが想像したその美人女子高生はいかんせん自信に満ちあふれすぎていた。アメリカらしい風景にひとり置いてみたのだが、ちっともつらそうでも、さみしそうでもない。言葉が通じないはずなのに、ボディランゲージだけで、あっという間に周囲の人間を従えてしまっている。ボクはそのイメージを素直にナタリーに告げた。

「想像してみたんですけど、あまり大変そうじゃないって言うか……」

「ゲーリーにはわからないでしょ！」

ナタリーが急に声を荒らげる。しかし、自分でもその頃を思い出してみたようだ。

「ま、確かに言うことを聞いてくれる人間は何人もいたから、不便を感じたことはなかったわね」

――ほら、やっぱり。

ボクが思ったことそのままの表情をしていると、それでも勝手に決め付けられるのは心外だと言わんばかりにナタリーは語気を強めて続けた。

「それでも、さみしかったの！」

「さみしい」という単語を辞書でひいてみてくださいよ、とボクは言いたくなったが、ぐっと我慢して「わかるわかる」という意味でまたうんうんと頷いた。頷きすぎて首が少し疲れてきた。

「で、いつ日本に戻ってきたんですか」

「一昨年よ。ママが心配だったしね。あのひとが死んだら経済的な支えがなくなるし。死亡の知らせが入ってすぐだったかな」

「でも、遺産とか入るんじゃないですか？」

「入らないわよ。本妻の方の家族が許すはずないし、そもそもくれるって言ってもいらないって断ったわ」

でも、副首相にまでなった男の遺産だ。相当なものだろう。もらえるものならもらっといてもいいのではないだろうか。薄給に悩む貧乏SEからしてみれば、もったいないように思えた。正直にそう伝えるとナタリーは鼻で笑った。

「はは。ゲーリー。ワタシがいつまでも親のすねをかじって生きる人間に見える？」

――見えない。

「あの九段下のマンションだって自分で借りてるのよ。ママが住む家や生活費ももちろん全部ワタシが出してるわ。ワタシ、稼げる女なの」

「稼げる女」という言葉が、ボクに夜のネオン街をひらひらと飛ぶ派手な色の蝶を想像させた。ナタリーほどの美人なら銀座のクラブとかでもナンバーワンになれるのではないだろうか。性格の難を差し引いたとしても。

「ちょっと、ゲーリー。また勝手な想像してるんじゃない？　いっとくけど水商売で稼いだわけじゃないわよ」

ボクは内心を見透かされてどぎまぎした。ナタリーは「やっぱり誤解してた」という顔をして、お金を持っている理由を説明してくれた。

ナタリーは転入したハイスクールを卒業後、アメリカの大学に進学。そこで薬学を学び、向こうの大手製薬会社に入社した。そこで、いくつか画期的なクスリを開発し、その特許をとっていたのだ。

勤めていた製薬会社は辞めたが、その特許の使用料だけで、毎晩飲み歩いてもおつりが出るくらいの収入があるらしい。毎晩徹夜したとしても、週に一回飲みに行くだけの費用も出るか出ないかの生活をしているボクにとってはうらやましい限りの話だった。

「というわけで、湊総一郎は生物学的にはワタシの父ではあったけど、葬式にも出てないし、お金のつながりもない。いまはまったくの無関係よ」

そう言ってベッドからおりようとするナタリーに、ボクはもうひとつだけ気になることをぶつけてみた。

「ナタリーがアメリカに行くきっかけになった『事件』ってなんですか？」

「え、事件？　そんなことワタシ言った？」

「言いましたよ、さっき」

「言ったかな、そんなこと。ゲーリーの聞き間違いじゃない？　アメリカ行きの『試験』とか？」

わざとらしいはぐらかし。明らかにナタリーはその事件についてきかれるのを避けている。

しかし、確かにナタリーは「事件」と言っていた。話の流れ的にも「試験」であるはずがない。

彼女のいやがることは聞きたくないが、一度尋ねてしまったらボクだって引っ込みがつかない。

「言いましたよ」

「言ってない」

「言いました」

「言ってないってば！」

「言ってましたって！」

「いつよ？　何時何分何十秒？　地球が何回まわったとき？」

——小学生か。

昨夜の「遊園地に行く」と言った言わない論争のようになってきた。こうなるとどちらかがひくまで終わりそうにない。そして、こういうときに絶対ひかないのがナタリーという女性だ。その揺ぎない事実に気づいたボクはこれ以上の追求をあきらめた。

「わかりました。もういいです」

ボクはあきらめはしたが、せめてもの抵抗で、さきほどの「捨てられた子犬」と形容された哀しそうな顔をしてみた。

「そんな雨の中捨てられてる子犬みたいな顔しないでよ」

どうやらボクの悲愴感の表現はなかなかのものらしい。「雨の中」というシチュエーションまで追加された。ブラック企業でのつらい毎日が顔にも染み込んでいるのだろうか。

しかし、その優れた悲愴感をもってしても、この質問に関してはナタリーの心を動かすことはできなかった。ボクから目をそむけて帰り支度をしている。

——これ以上は無理か。

ボクはそう思いながらも、残念な気持ちはなかった。謎多き、どころか、謎が服を着て歩いているようなナタリーの秘密が少しわかったのだ。それも、元特捜部の人間がきいてもしらをきっていた秘密が。

ボクはナタリーにとって「たまたま見つけた便利な男」ではなく、少し特別な存在なんじゃないかと感じられたのがうれしかった。また、彼女がボクと同じように母親のおなかから生まれた人間ということがわかってほっとしていた。正直、人間離れした容貌と常識はずれの言動に、宇宙人じゃないのか、とも思っていたくらいだ。

ホテルから出る。すっかり高いところにのぼってしまった太陽が、夜の闇とネオンに慣れたボクの目を激しく刺激する。はたと見るとナタリーは顔の半分くらいを覆う大きなサングラスをしている。

――ずるい！　自分だけ。

光がまぶしいこともあったが、ボクはラブホテルから出るところを誰かに見られたらどうしようかとびくびくしていた。友人や知人は片手で数えてもナタリー分の一本くらいしか指が折れないボクだが、会社の人間には顔を知られている。それこそ、反理想上司に目撃された日には、戦場のような職場が、さらに悪化して地獄のようになってしまうこと間違いなしだった。

ナタリーの陰に隠れながら、こっそりとお城から出る。

「ちょっとゲーリー、歩きにくいって」

「すみません。でも、こんなとこ誰かに見られたら」

「なによ、恥ずかしいっての？　ワタシといるのが」

そういうわけではないが、ある意味恥ずかしい。釣り合いがとれてなさすぎて。そんなボクの気持ちを知らずに、ナタリーは大またで歩き出した。ボクは置いていかれそうになる。すると、前からずっとナタリーの左手が伸びてきた。

「なんですか？」

意味がわからずボクがナタリーの顔と手を交互に見つめていると、「もう！」と言いながらナタリーがボクの右手をつかんだ。昨夜感じたナタリーの手のぬくもりがふたたびボクのからだに伝わる。ナタリーの顔を見る。大きなサングラスをしているので、表情はよくわからないが、頬が少し赤い。日の光が差しているからだろうか。

「行くわよ」

そう言って、ナタリーはボクの手をひいて歩き出した。大通りに出てタクシーを拾うまでのわずかな時間だが、それはボクにとってとても幸せなひとときだった。ナタリーも悪くないと思ってくれていたのではないだろうか。なぜなら、タクシーに乗ってからも、彼女はボクの手を握ったままだったから。

理想のハラスメント

毎週ブルーマンデーに苦しむ社会人はどれくらいいるのだろうか。かく言うボクも毎週訪れるその青い病に苦しめられてきた患者のひとりだ。

しかし、月曜日の今日、ボクの気分はブルーどころかピンク色に近い。頭の中がふわふわしていて、口角がしぜんにあがる。それに反比例して目じりがだらしなく下がっていく。自分でも気持ちの悪い笑顔を浮かべているであろうことが自覚できた。

土日をはさんだにもかかわらず、ボクの右手にはまだナタリーの左手の感触が残っていた。もちろん手は洗っている。ボクが一日一回もトイレに行かないというのはあり得ないし、トイレに行って手を洗わないで済ませられるほどボクは不潔を許せる男ではない。それでもボクは右手を見つめると、大きなサングラスの下で少し照れた顔のナタリーを思い出してしまい、ついにやにやしてしまうのだ。

「あれ、もう表参道?」

ボクは会社最寄りの駅ホームに電車がすべり込んだことに気づき、思わず声に出してつぶやいていた。

どうやら、あたまの中がピンク色だと意外なメリットもあるらしい。いままでブルーな気分の月曜日の通勤時、ボクは必ずと言っていいほど途中下車をしてしまっていた。トイレのためだ。会社に行きたくないという気持ちが腸に作用してしまうのだろうか。だが、ピンクマンデーの今日は「電車を降りなきゃ」という逼迫《ひっぱく》感どころか、「トイレに行きたい」という気配すら感じないまま、家から会社までドア・トゥー・ドアで着いてしまった。普段なら、トイレのドアも間に入れて、ドア・トゥー・ドア・トゥー・ドアくらいになってしまうのに。

さらに、気分がいい日は仕事もはかどるようだ。先週までは少々やっかいな仕様だなと思っていたアプリのプログラミングもさくさく進む。なぜ、こんなところに手間取っていたのかと、先週の自分を詰《なじ》ってやりたい。

「オレはそんなちんけな仕事でテンパってるおまえの存在が理解できねーよ」自分で自分を詰らなくても大峰が十分すぎるほど先週のボクを詰ってくれていたのを思い出す。

あと三割がたでフィニッシュできるなと思ったとき、時計を見るとちょうどお昼時だった。なんと今日はランチを外に食べに行く余裕すらありそうだ。この会社に入社して以来、ボクは自席以外でランチをとったことなどなかった。おにぎりやサンドイッチなど片手で食べられるものをコンビニで買って、仕事をしながらパクつくのがボクのスタンダードランチスタイルだ。

ランチタイムに外に出たことで初めて気づいた。やっぱりここはおしゃれでかっこいいひとたちのための街なんだということに。ボクの働く会社は、社長の意向もあって青山にオフィスを構えている。青山という街を楽しむことができるほどの給料もプライベートの時間もくれないのだが、青山で働いているという虚栄心だけは満たさせてくれるのだ。社長のやさしさに涙が出てくる。

しかし、入社七年目で初めて享受した社長のやさしさは、ボクには少々荷が重すぎた。会社のすぐそばにある、丸太でできたイスが特徴的なオープンカフェがあった。オーガニック食材にこだわったスープとサンドイッチが売りらしい。店の外に立ててある黒板風の看板にそう書いてある。

中をのぞいてみると、女子大生のグループや、子どもも母親も高そうな服をきている子連れのママ集団や、外国人男性と日本人女性のカップルたちで席がうまっていた。

「マジであの先輩とヤッちゃったの⁉」

「ないわ〜。酒の勢いでもそれはないわ〜」

下世話《げせわ》なトークに華をさかせる女子大生。

「うちのひと、もうひとつ会社おこしたいとか言っちゃって」

「わかる〜。うちも社外取締役兼務で超忙しいみたいな〜」

旦那の自慢話がとまらないママたち。

そして、ひたすら店内でイチャついているだけの外国人男性と日本人女性のグローバルカップル。家ですればいいのに、とボクは心で毒づく。

——なんか無理。

よく「あのひと生理的に無理」という身もふたもない理由で男性を拒絶する女性がいるが、その気持ちが少しわかった。ボクにこの空間は生理的に無理だ。おそらく中に入って食事をしようものなら、あっと言う間に緊張でおなかが痛くなりトイレに駆け込んでしまうだろう。そして、店内の女性たちが「あのひと、トイレながくない？　ヤバくない？」と話のネタにしているところを勝手に想像し、いたたまれなくなって、食事も半ばに逃げ出してしまいそうだ。

——別の店にしよう。

会社からは少し離れるが大きな通りまで出てみることにした。路地からからだひとつ出した瞬間に、歩いているひととぶつかった。「す、すみません」とあやまるも、向こうはちらりとこちらを見ただけでそのまま行ってしまった。どこで売っているのか見当もつかないような、そもそも、その色は地球にある物質でできていますかとききたくなる色のジャケットを着た男性だった。

——おしゃれってわからない。

普段ひとと会うことの少ないボクは、あまり格好に気を使わない。最低限清潔であることは心がけているが、大体チェックのシャツに、ジーパンか綿パンだ。さっきの地球外生命体みたいな色をしたおにいさんがこの街ではおしゃれということになるなら、ボクはこの街ではどのくらいダサいのだろうか。そう考えると大通りを歩くことさえ恥ずかしくなってきた。

ボクはふたたび路地に戻り、大通りとは逆側の方へ進んで行く。確かこの先に学生が好みそうなラーメン屋があったはず。何年か前に行ったきりなので店の名前はおぼえていないが、確か「なんとか軒」のような安心できる店名だったはず。

記憶していた場所にラーメン屋はあった。しかし、「なんとか軒」という名前ではなかった。店の看板には「麺屋KEN」と銀色の文字で書かれていた。コンクリート打ちっぱなしの外観で中からはジャズだろうか、洋楽がうっすらと聞こえてくる。食べているお客も、学生には違いないのだろうが、どこかあか抜けていて、二十七歳にもなったボクがいまだ持ち合わせていない大人の余裕を感じさせる笑みを浮かべて友人と語らっている。提供されたラーメンがまだ残っているにもかかわらず。

――ラーメンのびちゃうよ、アレじゃ。

ここも違う気がした。たとえラーメンがとんでもなくおいしかろうと、その自信を込めてつくったラーメンを熱々のうちに食べずに談笑しているお客に声のひとつもかけないなんて。たぶんそんな店で食べるラーメンには心がこもっていないはずだ。おそらくバー【おととい】のマスターなら提供したお酒に口をつけないお客がいたら一声かけるだろう。それは、「おからだの調子が優れないようでしたら、ホットチョコレートでもいかがですか」という言葉かもしれないし、「氷が溶けてまざりあったお酒もおいしゅうございますが、その前のキリっと冷やされたまじりけなしのお酒もまた格別ですよ」というおすすめ文句かもしれない。もしかしたら「このお酒はお客様にふられてしまったようですね。でも、うちにはあきらめの悪い子が多数在籍しておりますので、別の子に告白させてもよろしいでしょうか」なんていうロマンチックな台詞でお酒の代わりに言葉でお客を酔わすかもしれない。

そんなことを考えていたら、今夜は仕事を早く終わらせて【おととい】でお酒を飲みたくなってきた。そうとなれば、ランチ相場の高いこの青山で浪費するわけにはいかない。今夜のカクテル一杯のお金を捻出するために、コンビニで我慢しておこう。

ボクは会社近くまで戻って、オフィス最寄りのコンビニに入る。そこで、オーガニック野菜でも、ライ麦パンでもない、ありふれたハムとレタスのサンドイッチとペットボトルのミルクティーを買って会社に戻った。

「なんだ、めずらしく昼飯食いに行きやがったな、と思ったらまたコンビニかよ」

反理想上司の大峰が組んだ足をデスクにのせて、週刊誌を読んでいた。そういえば、ランチタイムは大峰の出勤時間でもある。午前中はいつもどこで何をしているのか、会社にいることはまずない。大体ボクが席でおにぎりかサンドイッチを食べているときにやってきて「お、いいもん食ってんな。オレのも買ってきてくれよ。はい、五、四、三…」とパシリ扱いするのだ。

「大峰さんもサンドイッチいりますか。買ってきますよ」

どうせ買いに行かせられるのなら、パシらされるのではなく、自分からすすんで行ったということにしたい。ちっぽけなボクの自尊心だ。

「なんだよ、それ。オレがいつもお前をパシらせてるみてーじゃねーか。そんなパワハラしねーよ」

——いや、いつもしてるよ、パワハラ。

そう思いながらも、買いに行かされないならそれにこしたことはない。ボクはコンビニの袋を持って自分の席につく。

「今日は夜がっつり飲みたいからさ、昼抜いてんだ」

誰も聞いていないのに、大峰は勝手に夜の予定を話し始めた。

「この辺にさ、丸太のイスがしゃれおつなカフェバーができたんだよ。おまえみてーなダサ坊は知らなかったろ」

——知ってる。

そして、さっきその店をのぞいてこちらから入店をご遠慮してきたところだ。

「そこさ、五時から七時までハッピーアワーらしいのよ。ビールやハイボールが半額。カクテルも全部じゃねーけど、半額になるらしいぜ」

大峰の視線は週刊誌のグラビアページに釘付けなのだが、口からはそのおしゃれなカフェバーの話がよどみなく出てくる。

「そこの店員が、こんな感じの巨乳ちゃんらしくてよ」

そう言いながら大峰は自分の見ていたページを開いてこちらに見せてくる。確かに巨乳だが、それは水着のグラビアアイドルではなく、ヌードのセクシー女優だった。

――それ、女子にしたらセクハラだよ。

ここは職場だ。そうじゃなくても、昼間からこんなオープンな場所で女性のはだかを見るのはボクには抵抗があった。顔をそむけて、コンビニの袋からハムレタスサンドとミルクティーを取り出す。

「あ、わりい、わりい。童貞くんには刺激が強すぎたか」

――それもセクハラ発言だ。

「ま、そんなことはどうでもいいんだわ。今日、そこに飲みにいかねえか？」

――今度はアルハラか？

間違ってはいないとしても、ひとを童貞呼ばわりしておいてよくその直後に飲みに誘えるな。その神経の太さはもはやパルテノン神殿の柱くらいあるんじゃないだろうか。もしくは屋久杉なみか。

当然、反理想上司とふたりきりの飲みなどごめんこうむる。とはいえ、ストレートに断ると、それはそれで怒られそうだ。ボクは仕事を理由に回避する作戦に出た。

「あ、でも、今日仕事があんまり進んでなくて。ハッピーアワーが終わるまでにお店に行けないような気が……」

「おまえ、さっき昼飯買いに出てたじゃねーか。外出れるくらい余裕あんだろ？　おまえ、納期やばいときはトイレ以外で席ぜってーはずさねーもんな」

よく見ている。さすが上司ひとり部下ひとりのチームのマネージメント役だ。マンツーマンの監視に死角などないらしい。

「いや、でも、この仕事終わったら次のがあるんでしょ？」

ボクは喰い下がる。普段だったら自分から次の仕事のことなんて聞いたりしない。突つかなくても大蛇級の案件を薮《やぶ》から出してくるのが反理想上司の得意技だからだ。しかし、今日は超絶面倒な仕事よりも、大峰と飲みに行く方がいやだった。

「あるけど、こんなんは納期遅らせりゃいいんだよ」

「でもクライアントが……」

「うるせーな。クライアントなんてどうでもいいんだよ。オレがヤレっつったらすぐヤレ。オレがサボれっていったらサボれ。それがここのルールだ」

——ついにモラハラまで飛び出した。

ハラスメントの総合デパートと化した大峰をとめるすべはボクにはもうない。観念して巨乳の店員さんがいる丸太のイスがおしゃれなカフェバーに、ハッピーアワー目指して行くことになった。昼行こうが、夜行こうが、そこがボクにとって生理的に無理な場所であることに変わりないと思うのだが。

ひとつひとつの作業にできる限り時間をかけたのだが、午前中に山場を越えてしまっていたこの案件は、本当にゆっくりゆっくりやったのにハッピーアワー前には仕上がってしまった。何度もミスがないかプログラムを確認した上で、だ。

「よっしゃ、終わったな。ちょうど五時前じゃねーか。さ、行くぞ」

「……はい」

ピンクマンデーだったはずのボクの月曜日は、いつも以上に青く染められようとしていた。ボクはPCをシャットダウンし、重い足取りで反理想上司の後についてエレベーターに乗り込んだ。

「いらっしゃいま〜せ」

鼻にかかった声とふしぎなイントネーションで迎えてくれたのは小柄な女性店員だった。さっき大峰から変な情報を吹き込まれたせいでつい胸元に目が行ってしまう。

「ちっ、Cか」

大峰が小声で吐き捨てるように言った。おそらく胸のサイズが期待していたのと違ったのだろう。ボクもさきほどのセクシー女優の胸が目に焼きついていただけに、店員さんの胸が小さく見えてしまった。

——ボク、最低だ……。

自己嫌悪に陥る。しかし、小柄な女性店員さんは気にせず笑顔で接客をしてくる。

「二名様で〜すね。お席にご案内し〜ます」

店内にはまだまばらにしかお客はいない。全員が似たようなファッションをしている女子大生三人組と、子どもは塾に行かせているのだろうか、有閑マダムらしきふたり。そして、外国人と日本人のカップル。ほとんど昼間と同じ客層だ。ランチタイムからずっと同じ客が居座っているんじゃないだろうかと錯覚するほどに、同じ属性のままだ。

——やっぱり生理的に無理な気がする。

しかも、生理的だけじゃなく心理的にも無理な反理想上司とのさし飲みだ。お酒の得意でないボクだが、悪酔いしそうな気がびんびんにしていた。

テーブル席が埋まっていたためか、ボクらはカウンターに案内された。距離は近くなるが、大峰と向かい合わせというのも落ち着かない。カウンターでありがたいとボクは思った。席に着くと、小柄な女性店員が大峰お目当てのハッピーアワーの説明をしてくれる。

「ただいま〜、ハッピーアワーな〜ので、ビール、ハイボールが半額にな〜ります。あと、こちらのカクテルやソフトドリンクも半額で〜すので、どんどん飲んでくださ〜いね」

プラスチックでパウチ加工された表裏一枚もののメニューを手渡し、小柄な女性店員は「ごゆっく～り」と残し、厨房《ちゅうぼう》へと消えていった。

「ま、巨乳のねーちゃんはいなかったけど、とりあえず飲むか。ビールでいいよな」

手渡されたメニューを見ながらどのカクテルにしようかと迷っていたら、大峰は勝手にビールをふたつ注文してしまった。仕方ない。彼との飲みを承諾した時点で、自分に選択権があると思ったのが間違いだった。

ほどなくして、一本足のついたシャンパングラスのようなものに注がれたビールがふたつ運ばれてきた。

「なんだ、ジョッキじゃねーのかよ」

と大峰はぶつぶつ文句をいいながらも、グラスを掲げ、ボクのほうに乾杯を求めてきた。

「ちんち～ん」

──何を言い出すんだ、この男は。

思わず軽蔑の色が顔に出てしまう。

「なんだよ、知んねーのか。イタリア語で乾杯って意味だろーが」

──ここは、日本ですけど。

青山といえ、店内に異国のお客様がいるとはいえ、ここは日本だ。素直に「乾杯」でいいじゃないか。断固として「ちんちん」などと公共の場では叫ばないぞ。そう決意してグラスを持ち上げるも、ボクは大峰の厳しい視線に気おされてしまった。

「……ちん、ちん」

「がはは。なんだよ、そのちっちぇ『ちんちん』は。まるでお前についてるモノみたいだな」

大峰のセクハラがとまらない。まだしらふなのに、このペース。ここからアルコールが進んだらいったいどれだけのハラスメントをボクは受けることになるのだろう。

「さて、なんかつまむか」

大峰はボクからメニューを奪い取ると、「ハッピーアワー半額」とタイトルが書かれたカクテルメニューの裏面を見る。そこには今月のおすすめメニューが書かれているようだ。

「ん〜、真蛸《まだこ》のアヒージョと生牡蠣《なまがき》か。うまそうだな。ね〜ちゃん、これ！　これくれ！」

大峰は店内の全員に聞こえる大声でさきほどの店員に注文する。近くまで呼んでから頼めばいいのに、とボクは他のお客からの視線を感じ、からだを小さくしていた。

「いいよな、とりあえず？」

頼んだあとだが、一応ボクにも確認してくれた。その顔に威圧感はなく、にこにこと気持ち悪いほどに笑顔だ。本当に今日の大峰は機嫌がいい。何かいいことでもあったのだろうか。

「いや、マジでお前と飲めてうれしいよ」

そう言ってボクの背中をばんばんと叩く。ボクはグラスに口をつけていたので、衝撃でビールを少しこぼしてしまう。

「おいおい、もったいねーな。酒の一滴は血の一滴だぞ」

ボクだって、お酒を粗末に扱いたくはない。だから、背中は叩かないでほしい。その意思を示すため、ボクは丸めていた背中をぴんと伸ばして、ぐいっとビールをひと飲みした。

「お、いいねえ。実は結構いける口なのか？」

そんなことはない。ボクのアルコールキャパシティはカクテル一杯くらいがせいぜいだ。

「でも、めずらしいですね。大峰さんが部下を誘うなんて」

「なんだよ、皮肉かよ。しかも、部下って。オレの部下はおまえしかいねーじゃねーか」

――なんだわかってたのか。

大峰が中途入社してきたのが去年の五月ごろだろうか。ボクらのチームの上司が中途半端な時期に異動になり、その代わりとして配属されてきたのだ。前の上司に不手際があったわけではない。かといって栄転したわけでもない。なので、突然の交代劇にボクを含め五人いたチームメンバーは全員ずいぶん困惑した。

それから半年。大峰は「反理想上司」っぷりをいかんなく発揮した。まず午前中に会社にいることはない。出社してもほとんど週刊誌を読んだりして仕事をしている素振りがない。業務に関する指示やアドバイスを求めても「自分で考えろ」の一点張り。その割に、仕事をふるのだけはうまく、無茶ぶり、滅茶ぶりが得意技だった。

我慢できず、大峰のさらに上の部長に進言したメンバーもいた。しかし、「言っておくよ」という歯切れの悪い回答があったのみで、その後も大峰に注意が下る様子はなく、その傍若無人《ぼうじゃくぶじん》な態度はどんどんひどくなっていった。気づけば社内の誰も大峰に文句を言えない空気ができあがっていた。

大峰ひとりの入社で会社全体の空気が変わってしまった。そしてボクのチームも変わってしまった。まず、冬を待たずにふたり辞め、年が変わってひとり辞め、そしてこの春もうひとり辞め、チームで手を動かすプレイヤーはボクだけになってしまったのだ。しかも、上司ひとり部下ひとりのチームになってしまったというのに、なぜか会社は補充の人員を用意してはくれなかった。自然、ボクの仕事量は増える。ただでさえ手の遅いボクは毎日残業になる。寝るひまもなくなる。仕事の効率は落ちる。休日出勤をしなければ間に合わなくなる。ますますプライベートがなくなる。という負のスパイラルに陥ってしまっていた。

だからこそ、今日のように早くあがれる日は本当に大峰が入社する前以来であり、まさに奇跡の一日、僥倖《ぎょうこう》マンデーだったのだ。

——なのに……。

生理的に無理なお店で、横に座っているのはナタリーではなく反理想上司。カウンターの中には慈愛と癒しに満ちた笑顔のマスターではなく、女性客にだけは愛想をふりまく軽薄そうなバーテンダー。今日という日を心から楽しみたかったのに、どうしてこうなってしまったのか。

「そういえば、おまえ、オレが入社したときのことおぼえてるか？」

ボクが大峰の入社時のことを振り返っているのに気づいたのだろうか。たまたまだとは思うが、ボクはびっくりした。

「え？　いや、なんでしたっけ。何でも本音でぶつかってこい！　でしたっけ」

「ああ。そんなことも最初に言ったっけ。ま、社交辞令がわかんねーバカが調子こいて生意気に意見してきやがったからボコボコにしてやったけどな」

大峰は悪そうな笑みを浮かべてボクの顔を見る。もちろんその社交辞令もわからないバカとはボクのことだ。

——あのリップサービスを信じたせいでひどい目にあったんだ。

一年半以上のつきあいだが、出会いの瞬間から今日まで、まったくこの上司に対していいイメージもエピソードもない。ボクは彼とのひどい関係を思い出しつつげんなりしていた。

「つうか、そっちじゃなくてさ、『か、ん、よ、う、しょ、く、ぶ、つ』」

大峰は、人さし指を指揮者のように振りながら、「観葉植物」とゆっくり歌うように発音した。

「ああ！」

ボクはそのヒントで思い出した。大峰は入社の挨拶のときに鉢に植えられた観葉植物を小脇に抱えていたのだ。「なぜ観葉植物を持って挨拶？」とみなが不思議に思っていると、その説明があった。確か「オレはこの鉢植えの木みたいに、大地に根をはることのない人間だから、ここにもいつまでいられるかわからない。でも、精一杯やるから、みんな、よろしくな」みたいなことを言っていた。入社の挨拶でいなくなることを示唆するなんて変わったひとだと思ったことをボクは思い出していた。

「思い出したか？　そうよ、大地に根を張らないオレがもう一年半だぜ、この会社で」

大峰はその一年半をかみ締めるように、まじめな顔をしてビールを飲み干した。小柄な女性店員さんにおかわりを告げつつ、ボクの肩を抱く。

「それもこれも、お前がいてくれたからだよ」

大峰が耳元でやさしく囁いてくる。なんなんだ一体。反理想上司が理想の上司になろうとしているのだろうか。そんな簡単に覆せるほどあなたのマイナス面は浅くはないぞ。ボクはいままでの仕打ちもあってか、そう簡単に心は開かないように自分に気合をいれた。

——話を変えよう。

「そういえば、その大峰さんの挨拶の台詞。どこかで聞いたことがあるような……」

本当にどこかで聞いたのだ。ナタリーから？　マスターから？　それともバー【おととい】で会ったほかのお客からだろうか。

「お、よく気づいたな。その話もしたくてお前を誘ったのよ」

「はい？」

どこで聞いたのかまだ思い出せていないボクは大峰と会話がかみ合わない。

「レオンだよ、『れ、お、ん』」

「ああ！」

ボクはナタリーにすすめられてＤＶＤで見た映画『レオン』を思い出していた。確かに、ジャン・レノ演じる主人公のレオンは、殺し屋なのに鉢植えの観葉植物を大事にしていた。その理由は「オレと同じで大地に根を張らない」だった。大峰はこのまま自分で言っていたが、本当に『レオン』という映画が好きなんだ。

「お前とレオンについて熱く語り合いたかったのよ」

肩に置いた腕をぐっと巻き込んで、ボクとの距離を縮める大峰。

――近い、近い。

これは「キョリハラ」だ。そんなハラスメントがあるかどうか知らないが、ボクには苦痛でしかないぞ、この至近距離。

「おまた～せしました～」

ふしぎなイントネーションで小柄な女性店員が真蛸のアヒージョと生牡蠣を持ってきた。

「お、うまそー！」

大峰の腕がボクの肩からはずれる。

――助かった。

ボクは女性店員に感謝した。そして胸のサイズでがっかりしてしまったことを改めて心の中で陳謝した。

横で大峰が生牡蠣にレモンをしぼってちゅるんと吸い込む。間髪いれずに新しく注がれた半額のビールをごくりと吸い込む。「ぷは～」と気持ち良さそうに息継ぎをする。本当に海に潜っているんじゃなかろうかというくらいの盛大な息継ぎだった。続いて熱々のオリーブオイルの中で踊る蛸を三切れまとめてフォークに刺し、豪快に口にいれる。咀嚼しながら、ふたたびビールをぐいっと。ごくりとのどを鳴らして、蛸とビールを胃に送り込む。続けてアヒージョとセットのバゲットを、にんにくがたっぷり入ったオリーブオイルにどぷりと漬け、がぶりと一口。

またまたビールをごくり。

――おいしそうに食べるなぁ。

これまで一度たりとも尊敬できる一面を見せてくれることがなかった大峰だが、会社を離れ、共に食事をして初めて感心してしまった。

——こうしてちゃんと向き合えば意外にいいひとなのかも。

ボクはそう思いながら、生牡蠣に手をのばした。表面がてかてか輝いている。ぷりっと弾力のありそうな姿も新鮮そうで食欲をそそる。ボクもちゅるんと飲み込むように牡蠣を舌の上に迎えいれる。途端に口中にミネラルたっぷりの牡蠣のうまみがひろがる。

「うわぁ、おいしい」

生理的に無理なお店だけど、店員さんの胸はうわさ通りの大きさではないけれど、店長らしきバーテンは男性には無愛想だけど、この生牡蠣はボクの胃袋を震わせてくれる逸品だった。

「あ、でも、牡蠣って新鮮でもあたるときはあたるらしいな」

横で大峰がぼそりと言った。

——なんでそういうこと言うかなぁ。

大峰の言葉で「牡蠣はあたる」という情報がボクのあたまのなかにくっきりと確かな輪郭を持って現れた。あわてて振り払おうとするが、考え始めたらもうダメだ。ボクのおなかは「牡蠣がきたぞー」「あたると大変なやつがきたぞー」と騒ぎ始めている。実際にあたったわけではないのだ。「あたるかも」という心配だけでボクの脆弱《ぜいじゃく》な腸はがくがくと震えてしまうのだ。

「すみません。ちょっとお手洗い行ってきます」

「おお。うんちか?」

デリカシーの欠片もない台詞。大峰の大声で、店内の視線がボクに集中する。おなかは痛いし、恥ずかしいし、ボクは小走りでトイレに向かった。

こういう広くない店舗スペースの場合、水周りは同側面に集めていることが多い。ボクはカウンターを抜けて厨房の奥を目指す。

——正解！

そこには男性型と女性型のピクトグラムが仲良くならんだ扉があった。

——共用か……。

このカフェバーはあまり広くない。客を一度に大勢入れることがないため、トイレも男女一つずつ設置する必要はないと判断したのだろう。しかし、ボクのような人間にとってはこういうトイレがいちばん危険なのだ。

——女性が先に入ってるときとか、地獄なんだよな。

そう。女性はどうしても男性よりトイレに長居しがちだし、なおかつ、女性のあとに、すぐ入るのは気が引ける。そんなことを言っている場合じゃないのに、なんだか、すれ違いざまにイヤな顔をされそうで、つい「そんな急を要しているわけじゃないんですよ」的な顔をして、トイレにすべりこむタイミングを間違えてしまうときがある。

——どうか、入ってませんように。

ボクは「とんとん」とトイレのドアをノックする。ノックすると同時にドアノブにもう一方の手はかけている。なぜなら、奥にたて長い空間設計になっている場合は、用を足している最中に便器からドアまでが遠くてノックを返せないことがあるからだ。その返ってこないノックを待っている時間も惜しい。一気にがちゃりといこう、と思い、手をかけたドアノブを見ると、そこには「使用中」を意味する赤色の表示。

——なんてことだ！

先客がいた。誰だ、ボクの行く手を阻むのは。いま、この店内にはボク以外には反理想上司と女子大生三人組みと有閑マダムふたり。そして、どこの国かはわからないが外国人の男性とその彼女。ボクはおなかをよじらないように、ゆっくりと首をうし[illegible]て、テーブル席を確認する。有閑マダムグループはおしゃべり続行中。コーヒーカップはす[illegible]になっているが、帰る様子もトイレに立つ様子もみられない。では、女子大生グ[illegible]ぴかぴだ。彼女たちも手をぱんぱん叩きながら大口を開けて笑っている。一、二、三。ちゃんとず[illegible]ている。外国人と日本人のカップルは……キスをしている。「家でやれ！」ボクはそう叫びだしたかった。

——おかしい、全員いる。

まるでミステリーだ。中に誰も入っていないはずがないトイレの扉が開かない。となるとこのトイレはいま密室か。おなかの痛みであたまがパニックだ。おかしな思考が浮かんでくる。ついでに脂汗も浮かんでくる。もう紳士ぶってる余裕はない。

——すみません。催促ノックします。

ボクは滅多に催促ノックはしない。中に入っているひとがコワい系のひとだった場合は「何度もうるせーぞ」と怒鳴られるのが恐ろしいし、中が女性のときは「そんなに必死に叩いて、ダサ」と蔑《さげす》まれるのがいやだからだ。

しかし、そんなことも言っていられない。ボクは右手の拳をにぎり、振り上げる。しかしドアを叩こうとした瞬間、「ジャー」と水を流す音が聞こえた。その後すぐにがちゃりとドアが開き、ボクの肩あたりまでしか背がない小柄な女性がトイレから出てきた。

——あなたでしたかー！

小柄な女性店員が「すみませ～ん」と鼻にかかった声で謝りながら横をすり抜けていく。

「いえ、こちらこそ」

そう言うのが精一杯。ボクの最後の紳士らしさを搾り出した一言だった。さあ、いまは、一刻も早く安全地帯に向かわねば。ボクは右足を一歩大きく前に踏み出す。残された左半身。手でドアを閉め、流れるようにカギもかける。このくらいは目をつむったままで[illegible]う。一歩を大きく踏み出していたが、予想通り奥に縦長いこのトイレは、一メートルはある。この一メートルが時として勝負の分かれ目になることがある。

——今日は絶対に負けられない。

反理想上司の大峰がカウンターで待っているのだ。粗相などしてしまった日には明日から毎日ブルーチューズデー、ブルーウェンズデーとなりかねない。

ボクはベルトをはずし、チャックをおろし、大きく跳ぶように左足を踏み出す。目指すは[illegible]み出した右足と同じ方向、つまり右斜め前、便器の右すみ。狙い通り着地した左足、

ケットボールのピボットターンという技のように、からだを回転させる。その遠心力の勢いを活《い》かして、右半身を便器側に引き寄せる。左足一本で支えたからだは当然バランスを崩す。

――重力には逆らわない。

そのまま背中から便器に倒れこむ。もちろん、回転しながら便器の上ぶたをはねあげ、ズボンは足元までおろしたあとに、だ。「ドン」と少々乱暴に、ボクのおしりは便座に着地した。


危機をなんとか乗り越えたボクは、備え付けてあった消臭スプレーで念入りに個室内のにおいを消す。男女共用のトイレはこういうところにも気をつかわねばならない。次に入った女性が、ボクの残り香で顔をゆがめることを想像しただけで、申し訳ない気分になってしまう。

ペーパーの端を三角に折って、洗面台のまわりに飛び散っていた水滴も拭いて、入ったときよりも美しい状態にしてボクはトイレを出た。

脂汗も拭い何食わぬ顔でカウンターに戻ったボクの額にふたたび脂汗が浮かんでくる。

「なあ、まさか、このナタリーって美人がおまえの彼女?」

大峰が鞄にいれていたはずのボクのスマホを持って、液晶画面に表示されている「ＦＩＮＥ」の通知画面をこちらに向けている。

『ゲーリー。今日は何時ごろこれる?』

文章だけ見ると彼女からだと思われても仕方ない。アイコンにはボクが撮らされたナタリーの横顔の写真も表示されている。どの角度から撮ろうが、小指の先くらいのサイズだろうが、ナタリーが美人であるということは一目瞭然《りょうぜん》だった。

——でも違うんです。それは彼女じゃないんです。

言葉にしたいのに、動揺しすぎて口だけパクパクしてしまう。まるでえさを求める鯉のようだ。しかし、大峰はそこにえさを投げ込んでくれるようなやさしさを持ってはいなかった。

「こいつだろ？　お前に『レオン』をすすめたっていう女は？」

——そうですけど、それとあなたとは関係のないことじゃないですか。

まだボクは鯉のままだ。

「会わせろよ。前も言ったろ」

「あ、じゃあ、また、いつか」

やっと声が出た。とりあえずこの場はごまかして逃げ切るしかない。

「いや、急には無理じゃないかな、と。彼女にも予定がありますし」

「いまからだよ」

「何時にこれる？　って書いてあるじゃん」

「決まりな。じゃあ、行こう。ねーちゃーん。おかいけーい！」

その通りだ。何も言い返せない。

もうダメだ。大峰は財布を取り出し、ハッピーアワーで半額になったビール三杯と真蛸のアヒージョと生牡蠣の精算をしてしまっている。観念してボクは大峰のうしろについて店を出る。

「おい！」

急に大峰が振り返ってボクを怒鳴る。

「はい？」

「ごちそうさまでした、は？」

「あ、すみません。ありがとうございます。ごちそうになりました」

「そういうのマナーだろ」

そう言って大峰はボクの鞄から勝手に取り出したスマホを返してくれた。

——他人の鞄を漁って勝手にスマホを見るのはマナー違反じゃないのか。

大峰の背中に思いをぶつけたが、ボクも大峰もエスパーではない。心の声を伝えるすべをボクは持っていないし、大峰にも心の声を聞き取る能力はおそらくないだろう。

——やっぱり大峰は反理想上司だ。

少し迷わされるところもあったが、結局その結論に行き着いたボクは、なおさらこれからその反理想上司をナタリーに会わせるのがいやになってきた。

しかし、構わず大峰はどんどん歩き出す。行き先も知らないくせに。すると、大通りに出た大峰はさっと手を挙げてタクシーを止めて乗り込んだ。

「ほら、早く乗れよ。お前が行き先言わねーとわかんねーだろ」

そういうことか。まだ電車も全然走っている時間にタクシーとはぜいたくだな。大峰も、ボクらと同じブラック企業の社員なのだから、マネージャーとは言っても決して給料はよくないはずだ。それなのに、高そうな時計をしていたり、ブランド物らしきセカンドバッグを持っていたりする。

——副業でもしてるんだろうか。

そんな疑念を持ちながら、ボクはタクシーに乗り、広尾方面を目指してほしいと運転手さんに告げる。

「ちなみにさ、ナタリーってやっぱり、ナタリー・ポートマンのナタリー？」

さすがレオン好き。ナタリー・ポートマンは数々名作に出演しているが、彼にとってのナタリーの代表作はレオンなのだ。ボクが「そうです」と頷くとうれしそうに大峰は笑う。

「だよな。となると、お前がゲーリーか？

「ゲイリーですけどね、本物は」

ボクはことこの件に関しては訂正を怠らない。

「ぎゃははははは。しょっちゅう腹くだしてるお前がゲーリーって。ぴったりすぎる」

はいはい。その通りですよ。ぴったりすぎてもはや本名じゃないかって錯覚するくらい定着してきてますよ。

その後、【おととい】近くの大通りにタクシーをつけるまで大峰はずっと笑っていた。

「さ、マチルダちゃんとごたいめ～ん、だ」

タクシーを降りてナタリー・ポートマンのレオン劇中での役名をつぶやく大峰。ファンというより、信者だな、これは。そして、店の前まで歩いていくと、もう一言大峰はつぶやいた。

「やっぱり、ここか」

殺意をコミット

大峰の「やっぱり」に違和感をおぼえつつも、ボクはバー【おととい】の重厚な扉を開ける。

「いらっしゃいませ、ゲーリー様。今日は随分お早いですね」

マスターが少し驚いた顔でボクを出迎えてくれた。店内にはまだ誰もいない。当然だ。時刻は六時。まだハッピーアワーも終わっていない時間だ。バーで飲むには少々宵の口すぎる。

しかし、早すぎる客にも対応できるよう仕込みは万全にしてあるのが一流のバーというものだ。いつもくるときとまったく変わらずカウンターの中はきちっと整えられており、シェイカーもマドラーもいつ自分の出番がきてもいいように、マスターの手の届く場所でぴかぴかに磨かれた姿で待機している。

「どうぞ、こちらへ」

マスターがカウンター中央にコースターを二枚敷いた。ボクのうしろにいる大峰の気配を感じとっていたのだろう。

しかし、マスターはボクのうしろから店内に入ってきた大峰の顔をみて、「おや」という顔をした。連れがいることは察知しておきながら驚くのは少々おかしいな、とボクは不思議に思った。

「おひさしぶりでございます」

マスターは大峰に対し深々と頭を下げた。ボクは驚いて振り返る。大峰は「おう」と言って軽く手をあげた。なんということだ、大峰はこの店にきたことがあったのだ。この探しても見つからない場所にある隠れ家すぎるバーを知っているなんて。いや、それよりも、いままでここで大峰に出くわさなかったのは本当に幸運だった。ナタリーといっしょに「運命のひと探し」なんてやっているところに大峰が入ってきたらと思うと。想像するだけでぞっとする。どう転んでもボクにとっていい結果になるはずがない。

ボクは腕に鳥肌がたつのを感じながら、カウンターに座った。

「おい！」

途端に大峰に怒鳴られる。

「はい？」

「なにしれっと上座に座ってんだよ。上司が奥だろうが」

言われて初めて気がついた。ボクの方が店に先に入ったから、そのままの流れで奥の席に座ってしまっていた。

「す、すみません」

「そういうのなってないと、上司のオレがほかで恥かくからさ。しっかりしろよ」

「すみません」

これは確かに大峰の言う通りな気もしたので、ボクは素直に謝り、ひとつ手前の席に移った。

ただ、大峰に礼節やマナーを諭されるとなんだかもやっとした気分になる。

「あの頃と同じものでよろしいですか」

マスターが空気を読んだのか、割って入ってくれた。おかげで「だいたいな……」と説教を始めようとしていた大峰の気がそれた。

「おお。『危険な香り』な」

「危険な香り？」

ボクはオウム返す。

「ブランデーをベースにした『スティンガー』というカクテルでございます」

マスターはそう言うと準備万端で出番を待っていたシェイカーを使ってカクテルをつくり始めた。

「マスターにカクテル言葉ってのを教えてもらってから、ちゃんとしたバーで飲むならこの酒って決めてんだよ。なんかかっこいいだろ？　レオンみたいな男にぴったりな感じでさ」

またレオンだ。本当に好きなんだな、あの映画が。マスターがボクにはグレープフルーツジュースを持ってきてくれた。

「少し休憩を入れた方がよろしいかと。まだ夜はこれからですし」

この心遣い。すでに外で飲んできていることを察してのことだ。ボクは自分が女なら運命のひとはマスターであってほしいと思った。

「そうだよ、そういや、オレのマチルダちゃんはまだこねーのかよ」

バー【おととい】に着く前にナタリーには「ＦＩＮＥ」で『いまから行きます』とだけメッセージしておいた。しかし、「既読」はついていたが、その後ナタリーからの返事はなかった。

「おい、ゲーリーちゃんよ、ほんとにくるんだろうな～」

ぎろりと睨みをきかせドスのきいた声ですごむ大峰は、初対面のひとに「システムエンジニいている。

アです」と自己紹介しても、とても信じてもらえないだろうなと思った。チンピラみたいな風貌のオレオレくんでも、まだこれよりは上品だった気がする。

それからしばらく沈黙の中、ボクと大峰はナタリーを待った。マスターは静かにグラスを磨いている。

――耐えられない。

ボクは、気まずい空気に押しつぶされそうになっていた。大峰はスティンガーをおかわりしている。時々「まだかな〜」「おせ〜な〜」とボクに聞こえるように独りごちるのが、プレッシャーになっていた。そして、そのプレッシャーに負けたのか、ボクの胃腸は悲鳴をあげ始めた。

「す、すみません。ちょっとお手洗いに」

「ああ？　またかよ。ほんとゲーリーだな、お前は。ゲイリーに謝っとけよ、ちゃんと」

ここがたとえハリウッドだったとしても、ボクがゲイリー・オールドマンと偶然出会い、なおかつ謝罪の機会を得ることなど万に一つもないだろうが、それどころではない状態のボクは「わかりました」と適当に返事をして、大峰の座る席のすぐ奥のトイレに駆け込んだ。

ガチャ、バタン、ガチャ

ボクがトイレのドアを閉めた瞬間、店の入口のドアが勢いよく開く音がした。

「イエーイ、ゲーリー。ブラック企業の社畜のくせに、こんな早い時間から飲むなんて、何様よ〜」

ナタリーだった。

——タイミング、最悪。

ボクはズボンを下げ、便座とおしりがすでに一体化してしまっている。いますぐ出ることは不可能だ。ナタリーがきても先手を打ってなんとか大峰と変な感じにならないようにしようと思っていたのに、まさかのシチュエーションをしょっぱなからつくってしまった。

「あれ？　ゲーリーは？」

ナタリーがボクを探す声がする。

「ナタリー！　ボク、トイレにいまーす」

ボクは存在証明のために叫んだ。この店にふたりっきりではない。その事実をはっきりさせるために。ただ、これが逆効果だった。

「あんたがナタリーか」

大峰に、いま入ってきた女性がナタリーであることを確証づけることになってしまった。

「ええ、そうだけど。あなたは？」

「オレは、ゲーリーの上司の、え〜と、ああ、そうだ。ジャンです」

——悪ノリだ。

大峰はボクとナタリーが呼び合っているあだ名に乗っかって、映画『レオン』で主役を務めたジャン・レノの名を使ったのだ。こういうノリ、ナタリーは嫌いじゃないんだよな、とボクは心配になった。そして案の定、トイレの外でナタリーの弾む声がする。

「あなた、『レオン』好きなの？」

「もちろん。オレのいちばん好きな映画よ」

「最高！　ワタシ、『レオン』がいちばん好きって言うひとを探してたのよ」

——最悪だ。

ボクはトイレであたまを抱えた。恐れていた事態になってしまった。ナタリーが大峰を気に入り「運命のひと」と言い出すのが、ボクが想定した中でいちばん最悪のケースだった。しかも、ナタリーはまだお酒を飲んでいないはず。となるとノンメモリーにして大峰を忘れさせるという作戦も使えない。とはいえ、これはボクらが先に店にきてしまった時点で実行不可能な手段ではあったが。

「あなた、もしかしたらワタシの運命のひとかも」

よくしらふでそんな台詞が言えるな、とボクはナタリーに呆れながら、なんとかおなかを落ち着かせ、ズボンをはいてトイレを出た。もちろん、こんなときでも、トイレットペーパーの端をきちんと三角に折り、洗面台の水気をきれいに拭き取ることは忘れない。

「ナタリー、ちょ、ちょっと待って」

右の手のひらを前に突き出して、ナタリーと大峰の間に割って入る。

「あら、ゲーリー？」

「おお、ゲーリーちゃん。もういいのか下痢は」

「ゲーリー様、おしぼりをどうぞ」

ナタリーと大峰とマスターが同時にボクに話しかける。そのどれにもボクは反応できないまま、とりあえず、グレープフルーツジュースを一口飲んで、のどを潤した。ここからはボクの拙《つたな》い弁舌でなんとか「大峰運命のひと説」を否定していかなければならない。

「このひと、ボクの会社の上司です」

「それ、さっき聞いた」

確かに。大峰がさっき言っていた。

「で、『レオン』が好きなんでしょ？」

「そうなんです。でも、『レオン』が好きすぎて、まるで主人公みたいに自前の観葉植物を会社に持ってきて、毎日大事に世話してるんですよ」

ボクは大峰に怒られても構わないと覚悟を決め、ナタリーが「引いて」しまうような情報を入れて行くことにした。

「観葉植物？」

ナタリーが驚いている。よし、効果あり。ただ映画が好きなのと、主人公になりきるほどマニアックに「はまる」のとでは印象が違ってくる。たいていの女性は「趣味人」なら許すが、「凝り性」は敬遠する傾向にあるはずだ。情報ソースはネットだが、ボクは間違っていないと思っている。

だが、やはりネット情報はあてにならなかった。

「最高すぎる」

ナタリーが両手を胸の前であわせて感動している。

いいや、ネットのせいではない。一般的な女性の嗜好をナタリーに当てはめること自体がナンセンスだったのだ。非常識なまでの美貌と常軌を逸した価値観を持っている女性、それがナタリーだったのをボクは思い出して、唇をかみ締める。

「もちろん、観葉植物って言っても、そこらのOLがオフィスのデスクに置いてそうな、サボテンやガジュマルとかじゃないわよね」

「あたりまえだろ」

「なんの植物かあてましょうか？」

「お、自信満々じゃねーか。じゃ、いっしょに言うか？」

なんだか会話も弾んでいる。初めて会ったふたりとは思えない。

「せ〜の」

「アグラオネマ！」

ナタリーと大峰。ふたりの声がきれいに揃う。ボクはそんな魔法の呪文は初めて聞いた。あぐらをかいたまま宙に浮かぶ魔法だろうか。ボクは、昔そんな奇跡の写真を残した宗教家を思い出していた。

自分でもわかっている。この思考は現実逃避だ。目の前の直視しがたい事実に心が目をそらしたがっているのだ。

「いいね〜、マチルダちゃん。わかってるね〜」

「あなたもね、ジャン。あと、そのマチルダはやめて。ナタリー・ポートマンは大好きなんだけど、あの役みたいに家族の復讐とひきかえに本当に大切なひとを失ってしまう少女にはなりたくないのよ」

「おっと、そいつはおもしろい捉え方だな。まずはあの少女の境遇に同情するところから入ってくもんじゃねーの？」

「ま、父親は死んでも仕方ないやつだったって考え方はわかるけどね」

「くう、屈折してるね〜。嫌いじゃないぜ、そういう女」

ボクの反理想上司はもうナタリーを「女」呼ばわりだ。ナタリーもそこをいやがるでもなく話を続けようとしている。もうとっくにボクが割って入る隙はなくなっていた。

ふたりは立ったままレオンについて熱く語り合っている。ボクはあきらめてさっきまで座っていた席に戻り、グレープフルーツジュースに口をつける。

「すっかり意気投合しちゃいましたね」

マスターにそう話しかけるも、マスターは「そうでしょうか？」とボクの意見に疑問を呈《てい》してきた。初めて会ったふたりが共通の好みを見つけて喜々として語る姿。そこに「意気投合」を否定するような要素は見当たらなかったのだが。

「マスター……？」

ボクがマスターの反応の真意をつかめないままぼうっとしていると、ナタリーと大峰の会話が少しずつその舵を違う方向にきり始めていた。

「でもよ、なんで父親が死んでも仕方ないなんて言えるんだ？」

「簡単よ。悪事を働いていたからよ」

「因果応報ってやつか？　でもそれ、自分の父親に対しても同じこと言えるか？」

「当然。ただ、ワタシの父は悪事を働いてたくせに、誰からも罰せられることはなかったけどね」

「へえ〜、普通のサラリーマン家庭育ちってわけじゃなさそうだな。ナタリーの親父ってのは何してるひとなんだ？」

　大峰はすでに家族の話にまで踏み込んでいた。「娘さんをボクにください」的な挨拶でもしに行くつもりだろうか。しかし、残念ながらナタリーの父はすでに他界している。悪いうわさもあったひとみたいだが、そんなひとでも、大峰のような人間が娘を娶《めと》るとなったら、草葉の陰から石を投げつけてでも反対するだろう。ボクだって、できるものなら、体当たりしてでもこの場を邪魔したい。でも、できやしない。度胸も覚悟も持ち合わせていない自分が情けない。

「政治家だったのよ。むかし、副首相にまでのぼりつめたわ」

「おお、すげえじゃねえか」

　ここでボクは少しナタリーと大峰の様子に違和感をおぼえた。元特捜部の五十嵐にきかれてもしらをきり通していた父親の話をあっさりと口にしたナタリーにも、「すげえ」と言いながらも、その顔はちっとも驚いているようには見えない大峰にも。

「すごくないわ。汚い金で買った権力ですもの」

「ほほ〜、週刊誌でよく見かける企業の違法献金とか暴力団とかとのつながりか？」

「残念ながら、父はそんなあからさまな団体とつるむほどバカじゃなかったわ」

「でも、政治家がつるむ悪党ってのは大体そんなとこじゃねーのか？」

話が穏やかじゃなくなってきた。もちろん、殺し屋が主人公の映画が穏やかとは言わないが、現実の話で「暴力団」という単語が普通に出てくるとは。一体、このふたりの会話はどこへ向かおうとしているのだろうか。

マスターはふたりの会話が不穏な方向に進みつつあっても表情ひとつ崩すことはない。グラスを磨き終えたマスターは、シャッシャッとリズミカルにアイスピックを動かし「オン・ザ・ロック」用の丸氷を削り出していく。視線はナタリーと大峰に注がれたままにもかかわらず、丸氷は驚くほどきれいな球形だ。マスターは本当に一流のバーテンになるために生まれてきた人間に違いない。いや、一流になるための努力を惜しまないひとというだけなのかも。

「父は暴力団対策法が適用されない半グレたちと組んで詐欺組織から資金を手に入れてたのよ」

大峰のまゆがぴくりと動く。「詐欺組織」のところで反応したように見えたが、気のせいだろうか。ナタリーは続ける。

「暴力団に対しては年々警察の目が厳しくなってたし、汚職摘発を狙う特捜部なんかもそのつながりはとっくにマークしてる。でも、ヤクザの面子《メンツ》や暴力団のルールなんかをまったく気にしないビジネスライクな半グレ集団は目立つことを避け、上手にやってたせいか、その頃まだ警察も特捜も追いきれてなかったのよ」

ここまでナタリーが話すと大峰は「ぱちぱち」と手を叩いた。

「よく調べてんな〜。やっぱり自分の父親とはいえ、悪事は許せなかったか」

「そんな社会正義なんて美人には似合わないでしょ。美人はいつだって自分と恣のためだけに生きるのよ」

「なんだよ、父親に悪党とつるむのをやめてほしかったわけじゃねーのかよ」

「ワタシは愛人の子よ。ママもワタシもその汚い金で暮らしてたんだから文句なんか言えないでしょ」

「じゃ、一体何がしたくてそこまで調べたんだよ」

ナタリーと大峰の会話についていけない。ボクはここに居ていいんだろうか。不本意だが「ここは若いふたりにまかせて」なんて言いながら退席したほうがいいんじゃないだろうか。

「ワタシから『ウンメイト』を奪ったやつへの復讐のためよ」

「ウンメイト?」

――ウンメイト?

ナタリーの発言の中に含まれていた耳慣れないワードに対し、大峰は口に出して、ボクは心の中で、疑問符を付けて聞き返した。しかしナタリーにその「?」に答える気配はない。

「なんだよ、ウンメイトって?」

大峰は改めて言葉の姿勢を正してナタリーに質問をした。ボクも知りたい。「運命のひと」を言い間違えたのかとも一瞬思ったが、ナタリーははっきりと「ウンメイト」と発音していた。

英語だろうか。アメリカ帰りのナタリーにしかわからないレアな英単語なのかもしれない。

「あなたには教えない」

そう答えたナタリーの声にはおよそ体温というものを感じなかった。凍てつく吹雪のような冷たい言葉が大峰に向かって放たれた。ついさっきまでのいい感じの空気をぶち壊しにするようなナタリーの態度に、ボクはますますこの会話の行き着く先が見えなくなってしまっていた。

「そしてやっと見つけたわ、ワタシの運命のひと」

「お、やっぱりオレは運命のひとなんだな。そのウンメイトってやつじゃなくて」

大峰は「ウンメイト」という謎の言葉の解説を求めるのはとりあえず置いておいて、自分が「運命のひと」に認定されたことに対してにやりと不気味に口の端をつりあげた。

――なんてことだ。

ボクはナタリーが大峰を「運命のひと」と明言したことに心から落胆していた。しかし、ナタリーの口から次に出てきたのは、大峰に対する甘い囁きではなく、ボクが「運命のひと」という言葉に抱いていたイメージがナタリーと違っていたことに気づかされる台詞だった。

「安心して。ワタシは『運命のひと』に愛を捧げるつもりはないから」

――ないの？

ボクはきょとんとした。しかし、大峰は当然といった顔をしている。

「ま、そうだろうな」

大峰の声からはさっきまでのふざけた雰囲気がなくなっていた。それなのに顔には不敵な笑みを浮かべたまま、壁際にかけてあった自分のコートの方に近づいた。内ポケットから何かを取り出そうとしている。しかし、それはポケットに入れておくには大きすぎたのか、つっかえてもたもたしている。

「何してるのよ、ジャン・レノさん」

「はは。こいつを使う日がやっときたよ」

振り返った大峰の右手には艶もなく鈍い光を放つL字型の黒い物体が握られていた。一瞬ボクはそれがなんだかわからなかった。目を凝らして、大峰の右手に焦点をあわせる。グリップを握る右手。その五本の指の中でも唯一人さし指は単独行動を許され、カタカナの「ノ」の字のかたちをした部品に第二関節を引っ掛けている。筒状になった先は、しっかりボクらの方に向けられていた。

「け、拳銃?」

ボクの声が裏返っていた。そんなわけないのに。モデルガンに違いないのに。自分の上司が拳銃なんか持っているはずがないのに。しかし、それが大峰のコートから出てきた瞬間、腋《わき》の下に嫌な汗をかいていた。本能が、あれは本物だと警告している。

「モデルガンでしょ?」

ナタリーは平気な顔をして銃口を覗き込む。

――ナ、ナタリー。やめなって。

「しかも、ベレッタ92じゃない。映画に忠実にサプレッサーまで付けて。どんだけレオン好きなのよ、あなた」

「そいつはお互いさまだろ。この銃を見てすぐにレオン愛用のベレッタ92ってわかるやつも、『サイレンサー』のことを『サプレッサー』って言うやつもいままでいなかったぜ」

「いっしょにしないでよ。ワタシの場合は好きでレオンを見まくったわけじゃないんだから」

「ほう。じゃ、なんでだよ」

大峰はにやにやとしながら銃口をくいっとあげてナタリーに答えを促す。ボクもナタリーにすすめられて『レオン』を観たが、本物のジャン・レノは決してこんな気持ちの悪い笑顔は浮かべなかった。忠実に再現されているのは銃だけだ。

「決まってるでしょ。運命のひとを探すためよ」

「おもしれえな。その話、くわしく聞かせてくれよ」

そう言うと大峰はカウンターのいちばん奥、さっきまで自分が座っていた席に戻って、どかりと乱暴に腰をおろした。依然として銃口はナタリーとボクの方を向いている。

「ゲーリー、こっからはちょっと我慢しとけよ」

銃口の先でちょいちょいとトイレのドアを指して、意地悪そうな笑みを浮かべながら大峰はボクに向かって言った。

「ちょっと、ゲーリーにトイレ禁止って、拷問じゃない。ここで死ねって言ってるようなもんよ」

ナタリーはボクのために言ってくれているのだろうが、さすがのボクでもトイレに行けないからといって死んだりはしない。二度とこの店にこられなくはなるかもしれないが。

「うるせーな。そんな状況じゃねえだろって言ってんだよ」

顔は笑っているのに、声は怒っていた。ボクの反理想上司は器用なことをする。

ボクは混乱していた。なぜボクの上司が本物らしき銃を持っていて、さらにその銃をこちらに向けてにやついているのか。

この状況にボクのあたまはまったくついていけてなかった。

「ちょ、ちょっと、大峰さん。なんなんですか、一体」

ボクはおそるおそる反理想上司に尋ねた。情けないことに銃を向けられた弱者の条件反射なのか、両手は軽くホールドアップ状態になっている。

「うるせえな。ゲーリーは黙ってろ！」

「そうよ、ゲーリーは下がってて」

大峰とナタリーの両方に怒鳴られてボクは席をたち、ナタリーの背後にこそこそと隠れた。自分でもかなしくなるほど情けない行動だったが、からだが自然にそう動いてしまったのだ。

「で、ナタリーさんよ。なんで、オレを探してたんだよ？」

「あなたがワタシの人生を狂わせたからよ」

「お前の親父が死んだのは酒の飲みすぎだろ？　オレのせいじゃねーよ」

「父は関係ないでしょ。話聞いてた？」

大峰はそれを聞いてしばしきょとんとしていた。しかし、何かに気づいたようで、にやりと口の端をつりあげると、続いて大げさに笑い始めた。

「ぎゃははは。そういうことか。ウンメイトってのはそういう意味か」

どうやら大峰は謎の単語が指すものがわかったようだった。ボクはすっかり蚊帳《かや》の外に追い出されながらも、話の流れからは置いていかれないように意識を集中していた。

「あの日、あなたがうちにこなければ……」

「ちょっと待った。そもそも、オレがお前のうちに行かなきゃいけなくなったのは、湊総一郎のせいだ」

ベレッタ92の銃口をぐいとナタリーのほうに突き出す大峰。ボクは思わずびくっとなってしまう。ナタリーはもはやその銃がにせものとは思っていないだろうが、少しも動じない。

「どういうことよ？」

ナタリーは銃を向けられているにもかかわらず距離を詰めてぐいと大峰に詰め寄った。

「ちっ！　そっちが話す流れだったろうが。結局質問してきやがって。まあ、いい。オレを探してた理由は大体わかったからな」

大峰はしぶしぶといった感を醸し出していたが、ボクには話したがっているように思えた。ボクの知っている反理想上司は学生時代の悪さを自慢げに「武勇伝」として語るような、そんな男だったからだ。

「まずは、オレが詐欺組織の人間だって突き止めたことはほめてやろう」

誰にでももれなく上から目線のナタリーより、さらに上から目線の大峰。天はひとのうえにひとをつくらずという福沢諭吉の残した言葉がむなしく聞こえる。

大峰は足を組み、せき払いをひとつすると、自分と湊総一郎との関係、そして、ナタリーと接点を持つにいたった経緯を話し始めた。

ナタリーが調べ上げていたように、湊総一郎は、アウトローとして裏社会で力をつけ始めていた詐欺組織と手を組むことで、十分な政治資金を手に入れていたのだ。

見返りは、マネーロンダリングや摘発情報のリーク。そして何より大峰たちにとって大きかったのは、大企業OBや官僚OBの個人情報だった。

「湊から流れてくる名簿で億は稼いだな」

その頃をまるで青春時代の美しい思い出のようにかみ締めながら語る大峰は、アウトローがからだに染み付いてしまっているのだろう。

そして、その大口名簿の仕入先である湊との窓口になったのが、詐欺組織の番頭のひとり、大峰だったのだ。

「オレが湊の担当になれたときは歓喜で小躍りしたね。これでちまちま下町のじじばば騙して小金を稼がなくて済む。番頭から幹部にのしあがるチャンスだってね」

そのときの喜びを表現するかのように、大峰は上半身を小刻みに揺らし、ダンスをするかのようにリズムをとりながらしゃべった。しかし、その動きはほんの三秒ほどで終わり、大峰はぴたりと静止した。同時にベレッタ92の銃口もボクらに向けられた状態で空間に貼り付けられた。大峰は「でもよ」と苦虫をかみつぶしたかのような顔で話を転調させた。

「あのたぬきじじいはとんだもうろく野郎だったんだ」

ふたたび上半身が小刻みに揺れている。しかし、今度は楽し気にリズムを刻んでいるわけではない。湊に対する苛立ちでからだが震えているのだ。

「あのじじいは大の酒好きでな。『しらふのまま寝るなんてかれこれ半世紀前にやめとるわ』と豪語するくらい毎晩アルコール漬けでよ」

「知ってるわ。うちにくる時は必ず何時間もお酌をさせられたから」

ナタリーが口をはさむ。拳銃を構えている人間に対して不用意としか思えない行為だが、大峰はそれを合いの手ととったようだった。

「そう。酒豪の政治家と言えばまだ聞こえはいいが、あいつはたちの悪い酔っ払いだったんだ」

「ノンメモリー」

ナタリーがふたたび口をはさむ。しかし、この単語も「ウンメイト」同様、大峰には理解できない。

「ん？　なんだよ、ノンメモリーって？」

「酔うと記憶をなくすんでしょ？　メモリーをなくすから、『ノンメモリー』」

「ウンメイト」のときと違い、今度はナタリーもちゃんと解説をつけてくれる。話の腰を折られているはずなのに、大峰はクイズ正解者をほめ讃える司会者のようにナタリーに笑顔を向ける。ボクからすれば完全に情緒不安定なひとだ。

「おお！　それだよ、まさに『ノンメモリー』。湊は酒を飲むと必ず記憶をなくす男だったんだ。その『ノンメモリー』ってやつのせいで危機感も反省もねえのか、オレのことを方々で話してやがったんだ」

「最近手に入れた『財布』は、若造のくせにバーなんかに通うやつでな。しかもそのバーの名前が【おととい】だと。そいつ自身は人生をあさっての方向に踏み外しとるくせにな。ぐははは」

ナタリーが湊の口調をまねしたのだろう。老人のような話し方で笑い声まで込みで湊総一郎の発言を再現した。

「そう、その台詞。なんでお前が知ってる?」

「だから、お酒を飲む度に同じ話をするのよ、いま自分が言ったんじゃない」

ナタリーは大峰に対し「バカなの?」といった表情をする。何度も言うが、ボクらはいま大峰に銃口を向けられている。

——刺激するのはやめてくれ、ナタリー。

拳銃を構えつつもころころと機嫌が変わる大峰は、取り扱い注意の劇薬みたいなものだ。その大峰に対し雑な対応しかしないナタリーにボクははらはらし通しだった。

しかし、この三すくみの状態に、新たな参加者が現れた。

「そのせいで大峰様はうちにいらっしゃらなくなってしまったんですね」

マスターだった。拳銃を持っている人間が店内にいるのに、警察に電話をかけるでもなく、避難するでもなく、さきほどと変わらず氷塊から丸氷を削り出す作業を続けている。口調もいつも通り穏やかでよどみない。

「大峰様がいらっしゃらなくなったあと、五十嵐様がよくこられるようになったのも何か関係がありそうですね」

「五十嵐……。あの特捜のオヤジか。そうだよ。湊のじじいがいろんなとこで自分の『金づる』がこのバーに通ってると言いふらすから、探り始めやがったんだ」

元特捜部の五十嵐は湊総一郎の汚職摘発を狙っていたと言っていた。その取り引き窓口の手がかりが【おととい】にあると踏んだのだろう。

「ま、あのオヤジもここにたどり着いたところまではほめてやるが、その先はつかめなかった。当時からここの常連はちょっと普通じゃないのが多かったからな。そいつらをひとりずつ探ってる間にオレはキレイに痕跡を消してどろん、さ」

確かにこの店にはくせの多いお客が多い気がする。

「だから無能な検事やサツなんてどうでもいい。問題なのは、組織の上がオレを疑い始めたことだ」

それは考えられる話だった。政治家とのつながりを得たのはいいが、なぜかそこから自分たち組織の情報が漏れている。リターンは大きくてもリスクも大きいこの案件で、窓口をしている人間を問い詰めたくなるのは至極当然のような気がした。

「湊が酔うと記憶をなくす人間だと言っても信じてくれねぇ。何か余計なことを話して、組織を摘発させ、その上自分だけはちゃっかり名簿を手にしてバックレようとしてんじゃねぇかって言うのさ。この世界、金主《きんしゅ》や幹部に疑念もたれちゃあがっていけねぇ。オレは必死で弁解に努めた。けど、その最中、またもや湊がやってくれたのよ」

機嫌良く武勇伝を語り上げていた大峰の顔が再び怒りでまっ赤になっている。当時、よっぽどつらい思いをしたらしい。そんな状況をもたらした湊総一郎に対しリアルタイムで怒っているのだ。

「オレの大事なアグラオネマをなくしやがったんだ」

アグラオネマ。確か、大峰が会社に持ってきている観葉植物だ。さっき、レオンが劇中で育てていたのと同じ種類だと言っていたのをボクは思い出す。

「あなたがレオン好きって言うのも、父から何度となく聞いたわ」

「あいつ、そんなことまで」

さすがにそのことは大峰も知らなかったようだ。怒りの理由がまたひとつ増えてしまった。こめかみに血管の筋が浮いてきているのがわかる。一年半、ありとあらゆるくだらない理由で反理想上司に怒られ続けてきたボクだったが、こんなに激高している大峰は見たことがなかった。

「でも、あなた、大事って言う割にその観葉植物を取り引きなんかに使ってたでしょ」

大峰がぎょっとした顔でナタリーを見る。

「これは父から聞いたわけじゃないわ。あのひとが、うちに鉢植えの植物を持ってきて忘れてったのよ。ほっとこうと思ったけど、枯らすのも違う気がして、ワタシの部屋に置いて世話をしてたら土の中からどこかのロッカーのカギが出てきたのよ」

『ロッカーのカギ』と言ったところで、ナタリーはまるでそのときのカギを持っているかのように右手で透明なカギをつまみあげる動作をした。そして、その透明なカギが大峰には見えているかのようだった。視線がナタリーの右手に注がれる。

「湊のせいじゃなかったのか……」

さきほどまであの世のどこかに向けられていた怒りの矛先が現世に向け直されたのは、大峰の視線をみれば明らかだった。

「おまえのせいだったのか……」

大峰のこめかみの血管からぴゅーっと血が吹き出そうな勢いだ。目も血走っている。ベレッタ92を持つ手がぷるぷると震えている。力が込められているのだ。

「やっぱりあの日鉢植えを取り返しにきたのね。でも、あなたは鉢植えもカギも取り戻せたでしょ？」

ナタリーは大峰の問い詰めに対し悪びれもせず答える。確かにその当時のナタリーには何ら非はないだろうが、いまこの場においては嘘でも申し訳なさそうにしてほしい。

「ああ、それでなんとか消されずにすんだ」

大峰は当時を思い出してか安堵《あんど》のため息らしきものをついた。沸点ぎりぎりまできていた怒りが一瞬トーンダウンする。しかし、それは、きたるべき大爆発を前にしたカウントダウンの始まりであることにボクはなんとなく気づいていた。

「でもな！」

やはりだ。再び大峰の怒りのギアはトップに入れられた。

「その代わり、オレはでっけえ爆弾を抱えちまった」

――爆弾？

本物の拳銃を持っている男の口から「爆弾」という単語が出てきても、すぐには比喩とは気づかないものだ。ボクは、パイナップルのような手榴弾《しゅりゅう》から、どくろマークが描かれたマンガみたいな爆弾まで、思いつく限りの「爆弾」を想像していた。しかし、その想像はまったくの見当違いらしいということをすぐに空気で気づく。

「その爆弾のせいでオレは普通のサラリーマンのふりしてこいつのいる会社に入る羽目になったのさ。毎日毎日、くだらねえことしか書いてねえ週刊誌を読むだけのつまらねえ日々。あの、スリルと欲望に満ちたひりひりするような毎日を返してくれよ、なあ。おい、なあ」

二度目の「なあ」にボクは一層の恐怖を感じた。

見ると、大峰の目はすでに焦点があっていない。口の端には興奮しすぎているのか、唾液が泡のようにぶくぶくとたまっている。

「ぜんぶ、おまえのせいだったんだな。なあ！」

三度目の「なあ」にはすでに殺意が込められている。

「ふざけるな！」

店内が震えるほどの声で叫んだのは、狂犬のようになった大峰、ではなく、ナタリーの方だった。ボクは背後にいたので表情はみえなかったが、肩が震えている。おそらく恐怖で、ではないだろう。ナタリーの声に恐れや脅えは一切感じられなかったから。

「あなたのせいで、ワタシは、ワタシはね……」

気づけば、ナタリーは右手をふりかぶっていた。その手は拳をにぎっている。大峰を殴るつもりなのだ。拳銃を、レオンの愛用したベレッタ92という、日本では所持しているだけで罪になってしまう本物の拳銃を持った大峰を。鬼のような顔で、銃口をこちらに向けている大峰を、だ。

「ふざけてんのは、おまえだ、このやろう！」

大峰の右手が重そうな拳銃と共に、さらに前に突き出される。拳と拳銃、一文字違いの名前を持つが、ふたつの殺傷能力には雲泥の差がある。

――無理だって、ナタリー！

ボクがナタリーをとめようとしたそのとき、「がちゃり」とバー【おととい】のドアが開いた。

「なんやなんや、今夜は随分にぎやかやな、マスター」

聞きおぼえのある関西弁。振り返るとそこには、拳銃並みの殺傷能力を有した拳を振るう男が立っていた。

不可避のバレット

派手なヒョウ柄のコートに身を包んだ色黒の男は、肌の色とは対照的なまっ白な歯を見せて豪快な笑顔で店に入ってきた。

「舞田さん！」

ボクはすがるような声で彼の名を叫んでいた。一度しか会ったことはなかったが、ボクシングの世界チャンピオンでもある舞田ならボクらを助けてくれる気がしたのだ。

「お、にーちゃんは確か、あんときの……ってことは、あの必殺アッパーねえちゃんも？」

舞田はボクを通り越して店の奥を覗き込んだ。ナタリーも、とんでもない状況に乱入してきた新客の方を振り返っていた。右の拳を強く握りしめ、大峰を殴る気満々のままで。

「なんや、ねーちゃん、今度は必殺ストレートの練習か？　んで、今日ノックアウトされる気の毒な対戦相手は誰やねん？」

舞田はうれしそうにナタリーの奥にいる人物を確認しようとする。

——やっぱり、ダメだ。

さっきまで舞田に助けてもらうつもりだったボクだが、考えてみると、これ以上無関係な人間を危ない目にあわせてはいけない。もはや反理想どころか反社会的な上司であったことが判明したが、部下として大峰の暴走被害を最小限に抑える責任がボクにはあるような気がしてきた。

「舞田さん、今日は別のお店で飲んだ方が……」

大峰の手に持つベレッタ92が舞田に見えないようボクは両手を広げ、舞田と大峰の間に立った。

「あん？　なんや貸切かいな。マスター、外に書いてた？」

「いいえ、舞田様。当店はオープン以来満席になったことも貸切になったこともございません」

確かにこれだけ見つけにくい隠れ家的バーならそうだろうが、ここはマスターに空気を読んでほしかった。いつもは空気どころか少し先の未来まで読んでしまうひとなのに。

ボクが他の言い訳を考えていると、背後から肩をぐいと引っ張られた。

「もしかして、ボクサーの舞田？　ＷＢＣＷＢＡ統一王者の舞田泰三？」

大峰がボクの肩越しに舞田の顔をまじまじと見つめながら尋ねた。

——ああ、なんてことだ。

大峰の方から舞田に近づいてきてしまった。これで、舞田もベレッタ92に狙われる存在になってしまう。

しかし、ボクは不思議に思った。ボクの左肩に置かれているのは大峰の右手だ。さっきまで、拳銃を握っていた方の手だ。ちらりと大峰の左手を確認するが、そこにもレオン愛用の銃はない。

振り向いてナタリーの顔を見ると、彼女もボクの疑問が何なのか気づいたらしく、大峰の腰のあたりに視線をやった。ボクを押しのけて前に踏み出す大峰。ナタリーの視線の先をボクも確認する。ジャケットに隠れてはいたが、そこにはＬ字型の不自然なふくらみがあった。

「わざわざ拳銃をしまってまで」大峰が舞田に近づいていく理由がボクにはわからなかった。

いまなら、ボクとナタリーで背後から襲いかかればなんとかできるかもしれない。

ただ、その思惑はあまりにも一転した大峰の態度でくじかれてしまった。

「マジで⁉　マジで舞田⁉　いや舞田さん⁉　うおおお！　感激。オレ、大ファンなんだよ」

「あ、そうなん？　いや、うれしいわー。オレみたいなおっさんボクサーのファンがまだいてくれてるとは」

「おっさんなんてとんでもない！　いまだ現役で世界のトップにいるあんたはオレら世代の憧れだよ。いやヒーローだよ」

どうやら大峰は舞田のファンらしい。さっきまでの激高も殺意もどこへやら。異常なテンションで舞田に握手を求めている。しかも、両手で。

――まさか、握手のために拳銃をしまったのか？

ボクは助かったという気持ちよりも、逆にこれだけ情緒がころころと変わる大峰の不安定さにさらなる恐怖を感じていた。

「もしよかったらいっしょに飲まないか。ヒーローと酒を飲める機会なんてそうないし、なあ！」

今度の「なあ」は、さっきまでの怒りと殺意が入り交じったものとはまったくの別物だった。

ボクはあまりの豹変《ひょうへん》ぶりについていけず、呆然としていた。

「おお！　うれしいこと言うてくれるやん。マスター、みんなにオレのおごりで一杯。お冷やを。って、違うか。がははは」

「はははは」

舞田の冗談に大峰も笑っている。ボクは目を開けたまま夢を見ていたのだろうか。大峰が自らをアウトローとカミングアウトしたことも、あのベレッタ92も、ナタリーとの過去も、すべて幻だったかのように、いま、バー【おととい】はとても和やかな空気に包まれている。

「では、私から皆様に」

マスターがいつの間につくったのかオレンジ色をしたカクテルを四つカウンターに置いた。

「オリンピックでございます」

「このタイミングで出すってことは、なんか意味があるんだろ、マスター？」

大峰がにたりとした笑みをカウンターの内側に向ける。

「はい。オレンジキュラソーとオレンジジュース、そしてブランデーでつくられたこのお酒は『待ちこがれた再会』というカクテル言葉を持っています」

「なにそれ、カクテル言葉？　酒にそれぞれ意味があんの？　めっちゃおしゃれやん」

舞田も気に入ったようだ。ボクもとりあえずあの胃腸をねじ切られるような緊張感から解放されるならと、場の流れにゆだねることにした。

「ナタリーは、舞田さんのことおぼえてますよね？」

そう言って、となりに座ったナタリーの方を見た。舞田の入店で、いつの間にか席順は奥からナタリー、ボク、大峰、舞田になっていた。拳銃をズボンに差した男のとなりとは落ち着くはずもないが、仕方ない。ナタリーをそこに座らせるわけにはいかないからだ。

「ワタシに負けたひとでしょ？」

ナタリーは、マスターのつくってくれた「オリンピック」には口をつけず不機嫌そうに言い放った。

「はあ、舞田さんがおまえに負けた？　なにふざけたこと言ってんだ」

「ふざけてなんかないわよ。ワタシはおぼえてないけど、KOしちゃったらしいのよね」

「正確には反則パンチによるTKOですけどね」

すかさずボクは訂正コメントをはさむ。

「ま、それでもオレがダウンしたのは確かやな。強烈なアッパーやったで」

「マジで!?　和製タイソンが？　素人の女に？」

「がはは、懐かしい呼び名はやめてーな、恥ずいわ」

「いやいや、否定しねーのかよ、舞田さん？」

「確かに、あのときのナタリー様のパンチは見事な軌道を描いておりました」

マスターまでが会話に参戦してくる。まるで昔からのこの店の常連が、ちょっとした笑えるエピソードを肴に盛り上がっているようだ。

——おかしいよ、こんなの。

ボクの両腕に鳥肌が立っているのがわかる。この違和感しかない状況にからだが寒気を感じているのだ。

「ところで、舞田さん、次の試合は決まったんですか？」

ボクはなるべく穏やかな話のまま時がすぎるよう慎重にテーマを選んで話題をふった。もちろん、手元のスマホで『統一王者舞田泰三、同階級に敵なしか』のニューストピックを読んだ上で、だ。

「ああ、それや、それ。今日この店寄らしてもろたんも、次の試合のことでな」

「舞田さん、二階級統一王者目指すんだろ？」

さすが大ファンと言うだけのことはある。大峰はボクのようにスマホでカンニングしなくても舞田の情報が頭に入っているらしい。

「この前の神威との試合に勝ってから周りがうるそーてな。ちょっと前まではオレに負けて欲しがっとった連中が何言うとんねん思たけど、ま、そこは乗ったろうかと」

「いけるって、絶対。いけるって、マジ絶対」

大峰は興奮しているのか、発言が不良中学生のようだ。

「いや、正直最初は無理やって思ったけどな、無理ってのは自分で決めることやないって言葉を思い出してな」

「ちなみに、それ、ワタシがあなたに言ったんだからね」

ナタリーが横から口をはさむ。さっきから何に対して負けず嫌いを発動しているのか。

「でも、言ったのはおぼえてないですけどね」

ボクも何にムキになっているのか、いちいちナタリーの発言を正しにかかる。

「うるさいわね、おぼえてないけど言ったんでしょ！」

「ま、言ってましたね」

「そや、確かにねーちゃんに言われた言葉や。そのおかげで神威に勝てたようなもんやしな。だから、またここにくればねーちゃんに会って元気もらえるかなぁって」

「それで、本日はご来店を？」

マスターがグラスを磨きながら合いの手を入れる。

「ま、オレにとっての勝利の女神様やからな」

「後ろ髪くらいだったつかませてあげてもいいわよ」

ナタリーがキューティクルたっぷりの艶めいた黒髪をふぁさりとかきあげる。ボクはその仕草と髪からのいいにおいに一瞬うっとりとしつつも、ここまでムキになって守っていたルールを遵守することにした。

「それ、勝利の女神じゃなくて、幸運の女神ですけどね」

「もう、なんなのよ、さっきからいちいち。細かいわね。そんなんだからすぐ下痢すんのよ」

「いま、下痢は関係ないでしょ」

「おいおい、チャンピオンの前でケンカすんなよ」

ついに大峰が仲裁役になってしまった。一体どうなってしまうんだ、これから。

「それでは、これを」

マスターがボクの前にカクテルを出してくれた。これはボクでも見たことがある。居酒屋でも定番のメジャーカクテルだった。

「モスコミュール？」

「はい。モスコミュールには『けんかをしたらその日のうちに仲直りする』というそれはそれは長いカクテル言葉がついているんです」

マスターはナタリーが口をつけずに残した「オリンピック」を下げながら、ナタリーにも同じようなグラスを出した。そして、大峰と舞田には聞こえないくらいの小さな声で「ジンジャーエールでございます」と言った。ナタリーがノンメモリーにならないようにとの配慮であろう。ナタリーも黙ってその意向に従っている。ジンジャーエールを無言で一口。のどがこくりと鳴る。

「マスター、粋やなぁ。でもま、これで仲直りやな。ケンカはあかん。拳闘はええけどな」

「うまい！　ボクサーギャグ」

「がははは」

「だははは」

舞田と大峰はすっかり意気投合して飲み合い、笑い合っている。もしかしたらこのまま今日はお開きになるかもしれない。そんな期待を抱き始めていたとき、バー【おととい】のドアが三たび開いた。

「ちぃース。おひとり様っスけど、大丈夫っスか？」

その声に店内の五人全員が入口に顔を向ける。しかし、そのうち三人は「フーアーユー？」という表情。ボクとマスターだけがその顔におぼえありという反応だった。

「いらっしゃいませ。広瀬様」

そこには、高そうな革のコートに身を包み、以前会ったときよりさらに明るくなった茶色の髪をきっちりセットした広瀬光輝が軽薄そうな笑みを浮かべて立っていた。

「あれ、ここってこんなに混む店でしたっけ？」

相変わらず失礼な発言をする男だ。彼の恋愛に対する覚悟をみてから多少見直したボクだったが、やはりこの手のタイプとは友だちになれる気がしない。しかし、いまはこの手のタイプが大歓迎だった。

陽気な関西弁のボクサー舞田がやってきたことで大峰の様子は一変した。ボクにとってはいい方に。さらに陽気でおしゃべりな広瀬が加入することで、この流れを加速させることができるのではないかとボクは期待した。

広瀬はコートを脱いで舞田のとなりに座った。これでL字のカウンターの長辺がすべてうまったことになる。一列に客がずらり。ボクがこの店に通うようになってから初めてみる光景である。

「あれ、ナタリーさんじゃないスか。ひさぶりっス」

広瀬は、間に座っているボクを含めた男三人を見事にスルーして、いちばん遠くに座っているナタリーに声をかけた。

「誰？」

広瀬との出会いは初回も二回目もノンメモリーだったナタリーは当然顔を見ただけでは彼が

誰だかわからない。

「うっわー、またっスか。三度目のノンメモっスか。オレ、いつになったらおぼえてもらえるんスか」

大げさにショックを受けている広瀬に大峰は喰いつく。

「おいおい、あんた」

大峰の声が低くドスのきいたものになっている。広瀬の加入は失敗だったか。彼の存在が大峰の逆鱗《げきりん》に触れてしまったのかもしれない。ボクは大峰が後ろ手に腰の拳銃をつかまないかはらはらして彼の次の行動を待った。

「そこに座ったら、まずとなりの世界チャンピオンに気づいておどろくところだろうが！」

——そっち⁉

ボクはがくりと拍子抜けした。

「いや、ええって、そんなん」

「いや、よくねえよ、こんなチャラいシャバ僧《ぞう》になめられちゃ〜」

「シャバ僧ってなんスか？」

ボクの角度からは大峰の顔は見えないが、おそらくあのぎろりとした恐ろしい目で睨みつけているであろうに、広瀬はまったく気にするそぶりもない。それどころか誰も求めていないのに、自己紹介を始めてしまった。

「あ、ちゃっス。オレ、広瀬って言いまス。そこの超美人のナタリーさんとはここで会ったが三回目なんスけど、どうやら、また忘れられてるらしいッス」

「ほんとに会ったことあんのか？　そいうナンパじゃねーのか？」

大峰はどうやら広瀬のことが心底気に喰わないようだ。

「リアルに、ガチに、マジっスよ。ほんとに三回目っス」

広瀬も引き下がらない。それはそうだ。事実なのだから。

「え～本当に会ったことあるぅ？」

ナタリーも随分ご無体な仕打ち。

「ごめんなさい。今日はまだノンメモリーじゃないんですけど、前回のことはちょっと……」

ボクはナタリーに代わり広瀬にお詫びと言い訳をする。何度会ってもおぼえてもらえないのはさすがにかわいそうだ。

「あ、探偵さん。いたんスか」

前言撤回。何度会ってもボクの存在に気づかない広瀬に同情する必要はなかった。

「この前は、サンキューでした。おかげでいま、うまくやってます」

そう言うと広瀬はジャケットやズボンのポケットをごそごそと探り、カウンターの上にスマホを置いていく。ひとつ、ふたつ、みっつ、よっつ。

――一台増えてる……。

そのうちの一台をつかみ、ボクの方に振ってみせる。そのスマホは広瀬が前も持っていたキャラクターとのコラボ機種だった。

「それ、まだ持ってたんですか？」

「うん。あの後、ちゃんと話し合って無事解決したっス」

話し合った相手というのは広瀬の勤める広告代理店の副社長の娘さんのことだろう。あのコラボスマホとおそろいのものを持っているという広瀬の婚約者だ。

となると、下着メーカーの女社長とは縁を切ったということなのだろうか。ボクはそのことについてこの場で触れるべきかどうか迷っていた。

「で、で、話変わるんスけど、ナタリーさんは下着のモデルとか興味ないっスか？」

どうやら女社長との縁も切れていないようだ。ボクはホッとしたような、がっかりしたような、なんとも形容しがたい気持ちになった。

「下着のモデル？　なんでワタシが？」

ナタリーが広瀬の方を向いて当然の疑問をぶつける。

「いや、いまオレのクライアントが新ブランドを立ち上げようとしてて、既存のタレントやモデルじゃつまんないって社長が言うんスよ」

広瀬は「また社長が無茶なこと言い出したよ」みたいな顔をしながら説明を続ける。

「誰も知らないけど、誰が見ても憧れる、そんなまったく新しいキャラクターが新ブランドには必要らしいんスよ。知らないっスけど」

――あなたはその会社を担当する広告代理店じゃないのか。

他人ごとのように話す広瀬の態度で、「マクラ営業しかしたことないっス」というかつての発言の真実味が増していく。

「ええやん、下着モデル。ねーちゃんがモデルしたら、かなり注目浴びるんちゃう？　それこそ女の子だけやのーて、オレらみたいなスケベな男どもの人気も出るわな」

舞田はうれしそうに広瀬の提案に賛同した。

「でしょでしょ？　そう思うっしょ？　探偵さんもそうでしょ、絶対」

確かにナタリーの下着姿に興味がわかないと言ったら嘘になる。しかし、それはボクが見てみたいのであって、不特定多数のひとにナタリーの下着姿を見せたいという思いとは相反する。

——あれ？　何を考えているんだ、ボクは。

矛盾をはらんだ思考に一瞬ボクは混乱する。

「ちょっと前だったらやってもよかったけどね」

ナタリーがジャンジャーエールを飲みながら、ひと前で下着姿になることなどなんということはない、という表情で言った。

「ええええ、マジッスか！　ちょっと前だったらって、いまはもうダメなんスか？」

「いまはもうナシかな」

ナタリーの口元が少しほほ笑んだように見えたのはボクの気のせいだろうか。

「カレシっスか？　男っスか？」

「お、ねーちゃん、やっぱり男おるんか？」

広瀬と舞田が急に色めきだつ。ボクもびっくりして思わずナタリーの顔を見つめる。

「違うわよ。そんなんじゃない。いや、そんなもんじゃないの」

男たちの顔に「？」が浮かぶ。それを気にせずナタリーは続ける。

「それに、そういう目立つことしてでも見つけたかった相手はもう見つけたしね」

ナタリーはすっと席を立つと大峰の方に近づいた。

――まさか。嘘だろ。

ボクはもうこのまま今日という日が普通に終わるものだと思い込んでいた。時の不穏な空気も、上司の豹変も、ナタリーの復讐心も、すべてはボクが見た幻だと。明日会社に行けば、いつものように反理想上司に詰《なじ》られ、夜になれば【おととい】でナタリーのメモリーを代役する。そんな日常へのレールがすでに敷かれていると思っていた。

脱線。それも、大峰からではない。ナタリーからのアクションだ。

「なんだよ、せっかくいい気分になってたし、今夜は見逃してやろうかと思ってたのによ」

大峰の声はまだ落ち着いている。「オリンピック」のあとに再び注文した「スティンガー」をちびりとなめるとゆっくりとナタリーの方を振り返った。

「なんやなんや、今度はこっちがケンカか？　マスター、またモスコミュール出したって。って、違うか。がはは」

舞田は冗談を言って場を和ませようとする。

「結構よ。仲直りなんてありえないから」

ナタリーは大峰の顔を見つめたまま冷たく言い捨てた。

「少なくとも、その日のうちにってのはできない相談だな」

「あら、モスコミュールじゃなくて、ブルームーンがよかった？」

ナタリーと大峰の距離が詰まっていく。ボクも立ち上がって、ふたりの間に割って入りたい。しかし、おしりがイスにくっついてしまったかのようにボクのからだは動かない。トイレ以外でこんなに腰が重くなることはいままでなかった。

——立て、立てよ、この！

ボクは自分自身を叱りとばす。しかし、腰が浮かないだけではなく、ひざまでがくがくと笑い始めてきた。

「え〜、このタイミングでケンカはマジかんべんスよ。オレ、まだ乾杯もしてないんスよ。マスター、オレのカミカゼ、まだっスか？」

マスターは無言で透明なカクテルを広瀬に提供する。心なしか雑な置き方だった気もするが、一流のマスターといえども、この空気を感じ取って緊張しているのだろう。それとも、単に広瀬のことが気に入らないいか。

「あざっス」

日本の特攻隊の俗名がついたカクテルを広瀬が掲げ、「かんぱ〜い」と叫ぶも、誰もそれに応じることはなかった。舞田もすでにこれがただのケンカではないことに気づいている。

「組織でのあなたの立場、かなり微妙なんでしょ？」

「おかげさまでな」

見合わせるふたりの顔には笑みが浮かんでいる。いや、貼り付けてあると言ったほうが正しい。感情のまったくこもっていない笑顔のお面がふたつ睨み合っているようだ。

「政治家とのつながりがバレ、いつ爆発するかわからない爆弾を抱え、おまけに、その両方を知る人間についに見つかり……」

「ああ、このままだとオレは消されるな」

「チェックメイトね」

「いいや、それはおまえが生きてここを出られたらの話だ」

「いいえ、もうあなたは詰んでるの」

そう言うとナタリーは自分のスマホを大峰の顔の前に突き出した。

ボクはそっと画面を覗き込む。マイクのピクトグラムが表示されている。

「てめえ、まさか!?」

「そう。チャンピオンさんたちがくる前の会話はぜんぶ録音させてもらったわ。しかも、すでにあるところに送信済み」

しらふのナタリーはすごい。こっそりボイスレコーダーを起動していたなんてまったく気づかなかった。でも、大峰の罪がこれで暴かれるとなっても、この状態の解決にはつながらないのではないだろうか。

——むしろ、こっからが……。

考えるまでもなかった。大峰の顔がみるみる赤くなっていく。いや、赤を通り越して紫色になっていく。

「くそがああああああああああ」

店内のグラスたちが割れてしまうのではないだろうかというくらいの咆哮《ほうこう》が大峰の口から放たれた。

「ちょ、落ち着けって」

舞田が大峰の異常な態度にあわてて駆け寄るも、大峰は舞田の腕を振り払う。

「近づくな、くるぅあ！」

先ほどまで「大ファンだ」「憧れだ」「ヒーローだ」と言っていた人物にこの態度。もはや、理性など彼は必要としていないことがわかる。

大峰は腰に差してあったベレッタ92をつかみ、サプレッサー付きの銃口をナタリーに向ける。

——ああ、もうあれを見ることはないと思っていたのに。

ボクは落胆のため息とともにあたまを抱えた。初見の舞田と広瀬は驚愕の表情だ。

「マジっスか。それ、マジもんスか」

広瀬のおどろきの方向はどこかずれている。恐怖というより自分がドラマの中に入ってしまったかのような高揚感が顔に見える。

「おいおい。チャカなんてぶっそうなもん、レディに向けるもんやないで」

舞田の方も驚きはあったものの、恐怖は感じさせない。チャンピオンのプライドというやつか。いつでも大峰とナタリーの間に割って入れるようにイスをおり、かかとをあげ、ステップを踏めるようにしている。両の拳もあごのところまであがっており、完全にファイティングポーズだ。

「うるせえ、うるせえ、うるせえ。関係ねえやつらがぎゃーぎゃーわめくんじゃねえ。せっかく今日は見逃してやろうと思ってたのによ。もう、許さねえよ。ここにいる全員生きて帰れると思うなよ」

ナタリー、舞田、広瀬、マスター、そしてボクの順に大峰はベレッタ92の銃口を向けていく。

ふたたびナタリーに銃口を向け、大声で叫ぶ大峰。

「もうオレもてめえらも終わりだこのやろう！」

大峰の右手が重そうな拳銃と共に、さらに前に突き出される。

——ナタリー!!

ボクは思わず目をつむり、耳を塞《ふさ》いでしまった。なんとも情けないことか。しかし、聞こえたのは銃声ではなかった。

ジャジャジャジャーン
ベートーヴェンの『運命』だ。【おととい】のBGMでかかっていたわけではない。もっと近いところから聞こえる。

「うるさいわね、何よ、こんなときに」

ナタリーに怒鳴られてボクは音の源が何かを思い出した。

「これだ！」

カウンターに置いてあったスマホをつかむ。電話がかかってきていた。ナタリーからの「FINE」にすぐ気づけるようにマナーモードを解除していたのだ。

「なんでこんなときに限って『運命』なのよ！　ふざけてるの？」

ナタリーが振り返ってボクを叱る。

「ナタリーが設定したんじゃないですか。『うんちばっかりしてるゲーリーにぴったりね』とか言って」

「おぼえてないわよ」

確かに、酔っ払っているときにやられたことだ。それにしてもタイミングが悪すぎる。

「ふざけんなよ、てめえ。早くそのうるせえのをとめやがれ」

大峰が血走った目でボクを睨み、突き刺すようにベレッタ92の銃口をこちらに向けた。

「はい！　もしもし」

「でるんかい！」

舞田のツッコミもごもっとも。ボクはパニックのあまり電話をきらずに通話ボタンを押してしまっていた。

「あ、やっと出た。オレオレ、オレだよ」

またもや聞きおぼえのある声がボクの耳に届いた。ナタリーのおかげで更正したはずのオレオレくんからの電話だった。しかし、いまは「懐かしい声だ」とよろこんでいる場合ではない。

「すみません。いま取り込んでるんで」

「あれ？　おねーさんの声じゃないね。誰？」

「いや、ボクですけど」

「ボクって誰よ？」

なぜオレオレとしか名乗ってない人間に、「誰よ」と詰問《きつもん》されなければならないのか。

「ともかく、きりますよ」

「あれ、オレ、番号間違えちゃった？」

「いや、間違えてはないですけど」

「あ、ほんと？　じゃあ、おねえさんに伝えてくんない。オレ、ちゃんと就職できたって。で、いつか必ず金返しに……」

「いつまでごちゃごちゃ話してんだ、このやろう！」

大峰が銃口を上下に揺らしながらナタリーをよけて、ボクに近づいている。

「は、はい！　すいません」

あわてて通話終了を押そうとスマホの画面をいじろうとした。

ヒュ！

その瞬間、ボクの視線の外で何かが風をきる音がした。

「痛《つ》ぅ」

大峰の叫び声が聞こえたかと思うと、ベレッタ92が鈍い音をたてて床に転がった。

「てめえら、この、やめろ、このやろう」

ボクが顔をあげると、舞田と広瀬が大峰を床に押さえつけていた。

「いや、にーちゃんおーきに。こいつの注意がそれるときを待ってたけど、ナイスタイミングやったわ。電話かけてきたやつにも感謝せんとな」

舞田は白い歯を浮かべにかっとボクに笑いかけてきた。

「お、お、おわ。思わず反射で飛び出ちゃったっス。でもなんスか、この展開。どっきりじゃないんスよね」

広瀬は興奮した顔で店内を見回している。ボクだってどっきりであってほしい。マスターが「どっきり大成功」というプラカードをカウンターの奥から持ってこないかといまでも期待している。

しかし、どっきりなんかじゃないことは大峰の目を見ればわかる。右上半身を舞田に、左上半身を広瀬に押さえつけられ、床にうつぶせにされた状態でも、大峰の怒りは少しもおさまる気配がなかった。

「ちくしょうが。はなせ、このやろう。おまえらから先に殺すぞ、ぐるぁ」

上半身を押さえつけられているので、足をばたばたと暴れさせる大峰。

「いや、この状況じゃさすがに無理っしょ」

「せやな。マスター、警察に電話してく……」

舞田はそこまで言った後、「ぐう」となって右肩を押さえて倒れ込んだ。

「いてえ」

続いて広瀬が鼻を押さえてしりもちをついている。

突然のことに反応ができない。大峰は立ち上がったかと思うと、すぐさま床に転がっていたベレッタ92を拾うと店内にいる全員を牽制しつつ、改めてナタリーに銃口を向けた。

「いったいどうやって？」

大の男ふたりに、うちひとりは世界チャンプに押さえつけられどうやってふりほどいたというのだ。舞田のほうを見ると右肩から血が流れている。

――ナイフ？

両手がふさがった状態で？　どうやって？

「殺し屋の武器がひとつだけのわけねーだろ」

そう言って大峰は自分の右足を指さした。革靴のかかとに鋭利な刃物がついている。隠しナイフというやつだ。本当に映画の中などでしか見たことがない。こんな靴が実在するなど誰が思っただろうか。

「さあ、これで終わりだ、ナタリー」

広瀬は顔面を殴られたらしく、痛みにうずくまっている。舞田も起き上がろうとしているが、右肩からの出血がひどい。マスターはカウンターの中だし、もうナタリーを守れるのはボクしかいない。

「ふたり仲良くあの世でイチャイチャしてな」

大峰の言う「ふたり」が誰を指しているのか考えている余裕はボクにはなかった。両手を広げ、無我夢中でボクはナタリーの前へ飛び出した。ひざの震えも、イスに貼り付いたおしりも関係ない。

「ゲーリー!?」

ナタリーも意表をつかれるほどの、ボクらしくない男らしいアクション。しかし、この行動が大峰の最後の理性の糸を切ってしまったらしい。ボクにはその表情から「ぶちん」と切れる音が聞こえた気すらした。

「何度も邪魔してんじゃねえぞ、このやろう」

大峰の持つ銃の先がまっすぐボクを向いている。ナタリーが『サプレッサー』と呼んでいた付属物の先の小さな黒い穴とボクの眉間とが直線上でつながったことがわかった。

ぷしゅん
派手な発砲音はしない。ここで初めてボクは『サプレッサー』あるいは『サイレンサー』と呼ばれるものが何のために拳銃についているのかを知った。

「にーちゃん!」

舞田の声がする。

「探偵さん!」

広瀬の声も聞こえる。

「ゲーリー!」

ナタリーの叫ぶ声がする。いつもの落ち着きのある大人の女性のしっとりとした声ではない。

あたまの先から出たような、本能から発せられた叫びのようだった。

その声が耳に届いた瞬間、頭部に熱い物を感じる。

――あ、ボク、撃たれたんだ。

その自覚が妙に他人事のようだった。しかし、頭部の熱は、鈍い痛みに変わり、その後、どろりとした液体が顔にへばりつく感触があった。

「ゲーリー！」

ふたたびナタリーの声がする。遠く空の上から呼ばれているようだ。ナタリーの声との距離が離れていくのといっしょに、ボクの意識はゆっくりと遠のいていった。

女子便所のプリースト

波がきていた。

こいつは大きい。いままで経験したことのないほどのビッグウエーブかもしれない。幼い頃よりこの手の波に翻弄《ほんろう》され続け、人生をめちゃくちゃにされてきたボクだが、その過去の経験に照らし合わせても、この波は、たぶん、かなり、ヤバい。

下腹部をさわる。しかし、そこにこの波の元凶はもはやいない。「ざばんざばん」と波頭が崩れるたびにボクのおしりの内側を刺激する。まだ胃腸の方が主《あるじ》であるボクの交渉にも応じてくれそうな器官なのだが、おしりの方はそうはいかない。あいつは残虐非道で、情けのかけらもない。これまで何度となく交渉をこころみたが、その度に地獄をみせられてきた。

――大丈夫。ゆっくり歩けば大丈夫。

救いがあるとすれば、ボクが学校に行くときも、学校にいるときも、そしていま、下校するときもひとりだということ。トイレに行きたくて仕方ない衝動に襲われたとき、友人がそばにいて、夢中で自分に話しかけていたらどうする。想像するだけでぞっとする。その話を遮ってまでボクは「トイレに行かせてくれ」と懇願するのか。そのあと「あいつトイレに必死だったな」と笑われなければいけないのか。そして、それ以後、「トイレに行かせてくれたひと」「トイレに行かせてもらったひと」というカースト制を受け入れなければならないのか。そんなことになるくらいなら友だちなどいらない。ボクはそう思っていた。

――友だちいたことないからわからないけど。

ボクは自嘲気味に「はは」と笑う。もちろん周りに誰もいないことは確認済みだ。

しかし、自分を痛々しいまでに卑下してみても、おしりのやつはほんの少しの温情もボクにかけるつもりはないようだった。大波を予感させる不穏な小波が「ざぶんざぶん」と打ち寄せ続ける。

　でもまだボクには余裕があった。

——大丈夫。あと少しで公園がある。

　学校から家までの通学路でトイレに行けるポイントは七つ。まず、朝なら迷わず使用するコンビニはこの時間、同級生に出くわす可能性が高いため四つともすぐに除外。帰り道なら公園がベターだ。三つある。そのうちひとつは帰り道だと、道路をはさんで向こう側になるので除外。残りふたつ。ひとつはあと十数メートル歩けば右側に見えてくる。最後のひとつは、ボクの住む団地の敷地内にある。ここはできれば避けたい。近所の目もある。いまの時間帯はちょうどママさんたちが幼稚園帰りの子どもたちを遊ばせている頃だ。その中を、おしりをおさえながら高校生にもなったボクが割って入る姿はあまりに滑稽《こっけい》で悲惨だ。勇気を持って除外リストに入れる。

　そうなると、目指す公園、いやトイレはひとつしかない。もうあと十メートルをきっている。ゆっくりと慎重に、かつ、急ぎながら、という相反する指令を脳から受け、ボクの足はパニックになりながら公園に向かっている。

　入口を抜ける。お目当てのトイレは残念ながら公園の奥の方にある。ヤバい。しかし、ここですっとおしりを刺激していた小波がおさまった。

――乗り越えた？

一瞬安堵をおぼえる。

――いや、違う。これは……。

ボクは、駆け出していた。ボクの脳裏に過去の記憶が甦《よみがえ》る。一瞬波がひいたことで油断して、寄っておくべきトイレ休憩をスルーしてしまったあの惨劇を。小三のバス遠足でのことだった。波がひく。それは、ボクのような体質の人間にとっては「回復」ではない。より大きな波がくることの「前兆」でしかないのだ。そのことを思い出していたボクは、大波がくる前に、一気にトイレまでの距離を詰める。

――間に合った。

男子トイレに駆け込む。しかし、そこでボクは愕然《がくぜん》とする。ひとつしかない個室トイレに「使用禁止」の紙が。なんてことだ。

そして、想像もしていなかった事態にうちひしがれているボクに、さらなる追い打ちをかけるように、大波の予感が下腹部からおしりに伝わってくる。もはや一刻の猶予もならない。早く次の手を打たねば。

――仕方ない。

ボクが選んだ最終手段。それは、女子トイレだった。

男子トイレの出入り口で公園をぐるりと見回す。誰もいない。確認後、おそらく自分史上最速に近い動きで、そして、自分史上最高に情けない理由で、ボクは女子トイレにからだをすべりこませた。

ここの女子トイレは個室が二個あった。通学路のトイレスポットはすべてあたまに入っているボクだが、さすがに女子トイレはノーチェックだ。位置関係に少し戸惑う。しかし、当然歩く距離が少しでも短い手前のドアをひいて中に入る。

――ふううううあああああ。

なんとか間に合った歓喜の雄叫びを心の中であげる。トイレットペーパーに手をのばそうとした瞬間、となりの個室にひとの気配を感じた。

――しまった！　誰か入ってたのか。

もらさずにすんだ安堵もつかの間。今度は別の意味での恐怖がボクを襲う。いくら間に合いそうになかったからといって男子高校生が女子トイレに入っていいわけがない。女子トイレに入るくらいなら、潔くもらしてしまえ。世間はきっとそう言う。いや、言うに違いない。ボクは、明日から変態だ。犯罪者だ。

まだ女子トイレに入ったことがバレたわけでもないのに、ボクは警察につかまり事情聴取を受けている自分を想像してしまい、パニックになってしまっていた。そして冷静さを欠いたときほど、ボクは不意の出来事に弱い。

「ひっ、ひっく。ち、ちくしょお、ひく」

となりの個室から泣いている声が聞こえる。ボクと同年代くらいの若い声だ。悔しくて泣いているようだった。

この想定外の泣き声にボクは自分でも信じられない行動に出ていた。

「どうしたんですか？」

言葉を口からはなった瞬間「人生終わった」とボクの中の理性担当の人格が卒倒した。ボクも自分でなぜ声をかけてしまったのかわからない。でも、その泣き声には、どこか放っておけない切なさがあった。それは衝動や本能担当の人格が迷わず声をかけてしまうほどのものだった。

「誰？」

当然の質問がとなりから返ってくる。向こうもとなりにひとが入っていることに気づいていなかったようだ。それだけ泣くことに、いや、泣くのを我慢できないほどの悔しさに感情も感覚も支配されていたのだろう。

「いや、泣いてる声がしたんで気になって」

女子トイレまで入って用を足しておいて、何を恩着せがましいことを言っているんだボクは。

しかし、となりの女性がトイレを飛び出して、交番に駆け込む姿が脳裏に浮かんだ。

となりの女性はトイレを出ようとはしない。代わりに「ごしごし」と何かを乱暴に拭く音がする。おそらく涙を拭っているのだろう。

「いや、泣いてないから」

「いや、泣いてましたよ」

「いや、泣いてないって」

「いや、泣いてたじゃないですか」

ここでボクに意地を張る理由はまったくない。それどころか何のために声をかけたのか、という話だ。ボクはとなりの彼女を慰めたかったんじゃないのか。

「ごめんなさい。泣いてなくてもいいです。でも、ちくしょうって何か悔しいことでもあったんですか。ボクでよければ話してくださいよ」

ボクはトイレの個室の壁越しにお悩み相談を始めてしまった。生まれてこのかた、まともな友だちもおらず、同年代の人間とのコミュニケーションもままならないボクに何ができるというのか。しかし声をかけてしまったボクは、もはやこの女性を慰めてあげねばならぬという強い使命感にかられていた。

「何言ってんの？　トイレの壁越しに？　知らないやつに？」

「でも、教会で懺悔《ざんげ》する場所も個室みたいな感じじゃなかったですっけ。ま、相手は神父さんってわかってますけど」

「知らないわよ、教会なんて行ったことないし。神様なんて信じてないし」

「あ、奇遇ですね。ボクも信じてないんですよ」

「あなたは信じてるって言わなきゃダメでしょ！」

「でも、おなか痛いときに『神様ぁ』って祈っても間に合わなかったり、間に合ったのにトイレットペーパーが切れててまた『神様ぁ』ってなったりするじゃないですか。この世に神も仏もないですよ」

となりで「くくっ」とかみ殺した笑い声がした。

「あなたがそこにいる理由だけはわかった気がする」

「よかった」

「全然よくないでしょうが」

「いや、少し元気になったみたいだから」

「じゃ、ボクはこれで」と自身の使命も果たしたことだし、変態騒ぎに発展する前に退散しようと、ズボンをはいて、個室を出ようとした。

「ちょっと待ちなさいよ」

「へ？」

「へ？　じゃないわよ。まだワタシの悩みを聞いてないじゃない」

「え、ええ。まあそうですけど。でも、悩みを聞くのが目的というより、慰めたかったってのが正直なところで」

「何よ。じゃあ、ワタシの悩みなんてはじめからどうでもよかったってこと？」

「いや、そういうことじゃないですけど」

「じゃ、ちゃんと懺悔室の続きやりなさいよ」

「懺悔するほど悪いことでもしたんですか？」

泣き止んだとたん、ずいぶんと強気な態度に出るとなりの女性をボクはヤンキー的な何かだと推察した。

「懺悔室はあなたが言い出したんでしょ！　乗っかってやったのに、急にひかないでよ」

「すみません」

茶髪にピアスで超ミニのスカート。そんな姿を想像してしまったボクは急に萎縮《いしゅく》してしまい、あわてて謝る。そもそも、泣いている女性がすべて可憐《かれん》でか弱く救いの手を求めていると思い込んでいるボクこそ間違っている。変態扱いよりもひどい仕打ちが待っているかもしれない。

ボクはごくりと唾を飲み込んだ。

「でで、な、何があったんですか、迷える子羊よ」

「神父ってそんな感じなの？」

「知りません。教会行ったことないんで」

「じゃ、いいよ、無理して役作りしなくても。普通に聞いてよ」

「はい、すみません」

「なんでいちいち謝んの？」

「あ、すみません」

「もう」

となりから大きなため息が聞こえる。しかし、怒っている感じではない。

「ワタシね、そこの中立《ちゅうりつ》女子に通ってんの」

声で予想した通り、ボクと同じ高校生だった。しかし、中立女子とは。「ちゅうじょ」はこのあたりでいちばんのお嬢様学校だ。お嬢様に特別な幻想を抱いていたわけではないが、となりの女性はとてもお嬢様という雰囲気のしゃべり方ではなかっただけに、やはり少しがっかりした。

「ちょっと聞いてんの？」

「はい！　聞いてます」

ボクのイメージするお嬢様はこんな威圧的な声は出さない。きっとこの子はお嬢様学校でもいじめっ子の部類に入るタイプだ。そうに違いない。

「ワタシね、学校でいじめられてて」

「うん、そうだと思ってました。って、え、そっち？」

逆をつかれて、ボクはやったこともないノリツッコミ的なことをしてしまった。

しかし、彼女は気にせず続きを話している。

「ワタシ、学校で浮いててさ」

それはわかる気がする。

「お嬢様ってタイプでもないし」

ボクは激しく頷いた。

「愛人の子だし」

ボクは「わかるわかる」と首を振ろうとしたのを止めて聞き返す。

「愛人の子？」

「そう。結構有名な政治家の二号さんの子。ま、ほんとに二号かどうかわかんないけどね。三号かも知れないし、四号かも。ま、ともかくそういう生まれと育ちなのに、お嬢様学校にきてんのが、由緒正しき生まれの同級生たちには我慢ならないみたい」

「そんなことで？」

ボクは思わず本音が出てしまっていた。正妻の子ではないというだけでいじめられるというならボクはどれだけひどい仕打ちを受けなければならないのか。

「そんなことって。普通に考えてもいじめられる要素十分でしょ」

「へえ、お嬢様学校だとそうなんですね」

「何よ。そうは思ってないって感じね」

「いや、そんなことはないんですけど……」

声の感じで見透かされてしまった。なかなか鋭い。正直、ボクは親のことでいじめられるということにぴんときていなかった。授業中にトイレに行ってからかわれたり、遠足中にもらしてそれ以降半径二メートルに誰も近づかなくなったり、自分のうちのトイレがいちばん落ち着くからという理由で帰宅部になったらバカにされたりというのなら経験もあるし、理由もわかる。しかし、実の親がいるのに、そのことでいじめにまであうというのはひどすぎる気がした。

「はっきり言いなさいよ」

トイレの壁が「ドン」と鳴った。向こうから叩かれたのだ。強気で短気で暴力的。学校で浮いているのは出自のせいではないだろうとボクは思っていた。

「いや、こういうことを自分から言うのもあれなんですけど……」

「なによ、ワタシと違って家庭円満、毎日笑顔。ついでに犬まで飼ってますっての？」

「違いますよ。金魚は飼ってましたけど……。そういうことじゃなくて、ボク、父が四人、母が三人いて」

「は？」

となりの女子高生が聞き返してくる。

「だから、父が四人、母が三人いましてって……」

「いや、それは聞こえたわよ。どんだけ壁薄いと思ってるの」

そう言われると、ボクは途端にさっき用を足したときにその音がとなりの女子に聞こえていたかもしれないことに気づき顔が赤くなる。

「そうじゃなくて。意味がわからないって言ってるの。パパが四人？　ママが三人？」

「ええ。ボクが生まれたあと、両親はすぐに離婚しまして、母はボクを育てながら新しい男性と再婚しました。でも、ボクが保育園に通うようになると、母は別の男のひとといなくなって、新しい父がボクを引き取って育ててました。小学校にあがる前くらいかな。新しい母が家にやってきて、しばらくは平和な毎日でした。でも、母のおなかに弟ができると、まじめだった父が派手な女性を好きになってしまってそのまま家出。その後、母と弟と三人で暮らしてたんですけど、中学に入る頃に三番目の父ができました。でも、結婚するときにすでに別の女性との関係を持っていたんですね。それに腹をたてた母は弟だけ連れて実家に帰ってしまいました。そして、その父がつきあっていた女性が自動的にボクの三番目の母になりました。でも三番目の父は結婚生活とか家族とかいうものに向いてないタイプのひとらしくて、ある日『たばこを買ってくる』と言い残したまま帰ってこなくなりました。で、さみしがりやの母は、誰でもいい、くらいの勢いで男を探してきて、それが四番目の父です。でも、この四番目がすぐ手の出るひとで。母は毎日のように殴られていました。いつしか、それが周囲にもばれて、警察と役所が介入。父は逮捕され、母は心を病んで施設に入れられました」

「ちょ、ちょ、ちょっと待って」

となりの強気な女子高生があわてていた。それがなんだか少しボクには愉快でもあった。

「それマジで言ってるの？　嘘でしょ？」

「証明するものは持ってませんが、神に誓ってホントです」

「信じてないものに誓うんじゃないわよ」

「じゃ、あなたに誓って」

「なに初対面の人間信じてんのよ」

という台詞の割に声はまんざらでもなさそうだ。すっかり元気になったようで、慰めるという当初のボクの目的はとっくに果たされたような気もするのだが、とりあえずこの懺悔ごっこは向こうの気が済むまで続けるしかないか。

「ちなみに、いまは三番目の母の親戚のとこで暮らしてます」

「なによ、勝ったと思わないでよね」

「どういうことですか？」

「だから、自分のほうが不幸だからって勝ったと思わないでよ」

どうやらとなりの女子には不幸自慢をしていると思われてしまったらしい。

「ごめんなさい。そういうつもりじゃなくて。何が言いたかったかっていうと、ボクはそんな家庭で育ちましたけど、家族のことでいじめられたことなんかないよってことなんです。ま、しょっちゅうおなか壊してトイレに行くことでいじめられたりはしましたけど、それは自分のことですから。親とは言え、自分以外のことで他人にとやかく言われることなんてないとボクは思いますよ」

「あなた、なんか声やしゃべり方の感じの割に強いのね」

——強い？

そんなこと生まれて初めて言われた。「うじうじしている」「目をみて話せ」「下手《した て》に出すぎて気持ち悪い」そんなことなら何度となく言われてきたが、「強い」なんて言われたことはなかった。

「ど、どうも」

なんと返していいかわからず、ボクは曖昧なお礼を述べた。

「でも、ワタシは負けないから」

いったい誰と勝負しているというのだろうか、この女子は。でも、強気がこの子の生きる力なのなら、そこは否定するべきではないのだろう。

「いいじゃないですか、その気持ちで。学校でも強気のままでいればいいんですよ」

ボクがそう言うと、向こうからまたごしごしと顔を乱暴に拭く音がする。

「ハンカチ貸しましょうか？」

「そんな、うんちくさいハンカチなんていらないわよ」

「ひ、ひどい！」

ボクは善意を巴投げでふっとばすような返しに思わず声を出して嘆いた。

「ははは。ごめんごめん。でも、ハンカチは大丈夫。そもそも泣いてないし」

「いや、泣いてましたよ」

ボクは、となりに聞こえないくらいの小さな声でつぶやいた。そして、なんだか少しおかしくなって、「ふふ」っと、これまた息を吐き出す程度の音量で笑ってしまった。

となりの個室のドアが開く音がする。続いて「ドンドン」とボクの入っている個室のドアを叩く音。

「ねえ、出てきてよ」

出て行った瞬間、「このひと変態です」と叫びだしたりしないかボクはその女子に確認をとった。

「しないわよ。ねえ、顔を見せて。トイレの外で待ってるから」

ボクはゆっくりと個室を開け、女子トイレから出た。

そこに、茶髪でピアスのヤンキー風女子高生はいなかった。公園の真ん中に中立女子高の制服を着た少女が腕組みをしたまま仁王立ちしてこっちを見つめている。勇ましいポーズにもかかわらず女性らしいスタイルのよさは一目瞭然。スカートから伸びた長い足。露出しているわずかな部分からもわかる肌の美しさ。凝視はできなかったが、ちらりと確認した顔は高い鼻を中心に線対称に整っていて美術の授業で習う絵画や彫刻のようだった。ボクは思わずあたりを見回してしまう。「アレ」のはずがない。ボクがさっきまで壁越しに話していた人物があんな芸術作品のような美少女のはずがない。

「なにきょろきょろしてんのよ。ここにはワタシしかいないでしょうが」

「嘘だー」

ボクは思わず叫んでしまっていた。この世の中には信じられないものがたくさんある。神様とか、親子の絆とか、自分のおなかとか。でも、今日新たに信じられないリストに追加されたものがある。「美少女の中身」だ。

「なにが嘘なのよ。ねえ、あなた名前は？」

「え？　名前。えと、いまの名字は……」

「ああ、いい、いい。ワタシが勝手に呼び方決めるわ。あ、そうだ。ゲーリーでどう？」

「ええ？　ゲーリー？　それ、ボクが下痢してトイレにいたからですか？」

目の前の美少女の外見に騙されるところだった。この女子高生は、強気で短気で暴力的でおまけに失礼な女性だった。

「ま、それもあるけど、このまえ父にすすめられて見たＤＶＤで、イケてる悪役が出ててさ。その役者の名前が確か『ゲーリー・オールドマン』って言うのよ」

聞いたことのない名前だ。そもそも映画などあまり見ない。特に洋画に関しての知識などほとんどなかったボクは、たとえそれが実在しない俳優だとしても信じるしかない。

どうせ二度と会うこともないだろうと思ったボクは適当に返事をした。

「いいですよ、それで」

「よかった。じゃ、ワタシはナタリーって呼んで」

「それも、俳優の名前ですか？」

「そ。同じ映画に出てたヒロイン役の女優。『ナタリー・ポートマン』っていうの。その映画がデビュー作で、すごい倍率のオーディションを勝ち残ったんだって」

「ナタリー」と名乗った美少女は、両目の下がまだうっすらと赤かったが、すっかり上機嫌になっている。

「女優になりたいんですか？」

この子ならきっとなれる、というか、この子が望んでなれないのなら、日本の芸能界はどうかしているとボクは思いながら聞いた。

「いいえ」

あっさりと否定するナタリー。

「ワタシは、愛するひとに一生添い遂げるのが夢なの」

もっと大それた夢を持つ権利があなたにはあると思うけど、とのどまで出かかった言葉を飲み込む。

「で、ゲーリー。時間は今日と同じくらいでいいかな？」

「え？」

ナタリーが何を言っているのかわからない。

「だから、明日から、毎日、この時間に、ここで待ち合わせでいいよね？」

「はい？」

「『だから』と接続詞をつけて説明されたが、まったく理解は深まらなかった。

「明日から毎日会うってことですか？」

「そう言ってるじゃない」

「なんで？　ボクとあなたが？」

「ナタリーとゲーリーが、ね。そんなの決まってるじゃない。ワタシとあなたが『ウンメイト』だからよ」

「ウンメイト？」

ボクは聞き慣れない言葉の意味がわからなかったのでおうむ返しで質問した。もしかしたら「中女」ではすでに習っている英単語なのかもしれないが、進学校でもなんでもないボクの通う高校では聞いた事もないワードだった。

「わからない？」

ナタリーはずんと大またでボクに近づいてくる。目の前に立つと、さらにぐっと自分の顔をボクの顔を近づける。

――近い近い。

ボクは思わず顔をそむける。近くで見たら「粗《あら》」が見つかるかと思ったが、間近で見ても完璧な美人で、ただでさえ女性と普段接点のないボクは、ナタリーを直視することができなかった。

「ちょっと、何、目をそらしてんのよ。ひとと話すときは目を見てって教わったでしょ」

「は、はい」

ナタリーの顔と間合いをとるために、背中を反らしてボクは彼女の顔を見つめた。肌に一点の曇りもない。化粧なんてしていないだろうに、毛穴すら見えない。目は少し茶色がかっていて、見るものすべてを吸い込んでしまいそうな引力を持っていた。鼻はボクの遠近感が狂ってしまったのではないかと思うくらいしゅっと高くこちらに向いている。そして、本当にボクと同じ高校生ですか、と思うくらい色気に満ちた唇が今度はゆっくりと動いてボクに話しかける。

「同じクラスに通う仲間がクラスメイト。ひとつ屋根の下に暮らすひとたちはルームメイト。なら、トイレで運命的に出会ったふたりは『ウンメイト』じゃない？」

「ああ、なるほど。『運命』と『うんち』の両方がかかってるんですね。さすが、センスあるぅ」

とはならなかった。説明は受けたが、一文字も理解にはつながらなかった。

――ゲーリーってあだ名といい、このひとのセンスはちょっとずれてるんだな。

ボクはただただ呆れていたのだが、無言を納得と彼女は捉えたらしい。満足そうに頷いて、くるりとパリコレモデルのようにターンをした。

「じゃあ、明日から、よろしくね。ゲーリー」

こちらを見ずに右手を軽く振ると、ナタリーはボクの住む団地とは逆方向へと歩き去っていった。残されたボクはしばらく呆然と公園の真ん中で立ち尽くしていた。


それから、毎日の放課後、ボクは公園でナタリーと会うことになった。

男子高校生と女子高校生が公園で待ち合わせ。という一文は、それだけで「せいしゅん」とルビがふれてしまうような甘酸っぱくも青臭い行為だ。しかし、ボクとナタリーの間にそんな雰囲気は微塵もなかった。

基本的にはナタリーが学校であった不平不満をボクにもらす。聞き役として「うんうん、わかるわかる」と相槌《あいづち》をうちながら、一言二言その場で思いついた意見を適当に述べる。そんなことでも彼女の心を癒す効果はあるようだ。気分がすっきりしたナタリーはにこにこしながら家に帰り、ボクはついでのように公園のトイレで用を足して帰る。それが、ナタリー&ゲーリー、ふたりの「ウンメイト」の逢瀬《おうせ》の内容だった。


ときにナタリーが弱気になっていることもあった。

「もう、イヤ。あんな陰険なやつら。いままでのこと水に流して仲良くしようって言ってんのに、完全に無視。もう、歩み寄るなんて無理！」

「無理かどうかは自分で決めちゃだめですよ」

「なんでよ？」

「相手が『無理しないで』って思っちゃうくらいがんばってはじめて無理かどうかの選択肢が生まれるんですよ」

「ワタシはまだがんばってないって言うの？」

「いいや、まだ、がんばれるんですよ、ナタリーなら」

「わかった」


少しずつクラスメイトとも会話ができるようになったナタリー。日々話す内容の登場人物も多様化してきた。

「なんで女子高生って恋愛の話しかしないんだろ。今日も、ふたりから告白されててどっちにしようか迷ってるんだけど、どうしたらいい？　ってきかれたの。そんなの自分の胸に聞いてみればすぐにわかることなのに」

「そうとも言い切れないんじゃないですか？」

「なんでよ？」

「単純に自分の好きなひとを選べばいいってわけでもないんじゃないですか。相手の好き、もあるわけだから。告白された以上は、その想いに全力で応える義務はあるでしょ？　だったら、選ばないほうにも責任を負うと考えたら、直感だけで即決っていうのは少し乱暴ですよ」

「ふ〜ん。そういうもんかな。でも、優柔不断に見られたりしない？」

「そう思うひとは、そのひとを好きになる資格がなかったんですよ」

「ゲーリーってなんか恋愛マスターみたいだね」

——そんなわけないだろ。

同世代の友人もおらず、ひとりの時間が多いボクは自然、本やネットに触れる時間が増える。そこに存在する先人や先輩たちの言葉をすくい取って適当につないでいるだけだ。自分の経験から話していることなどなにひとつない。

それでも、ナタリーにはボクの言葉が役に立っているようだった。学校に行くのも前ほど苦痛ではなくなり、公園で語る話も不平不満の割合よりも、たのしかったことやうれしかったことのエピソードが多くなってきていた。

ボクとしても何てこたえていいのかわからない愚痴よりも、無責任に「いいですね」と相槌が打てるハッピーエピソードのほうがありがたい。そろそろ懺悔室の神父もお役ごめんかな、と思い始めていた頃、ナタリーがとんでもないことを言い出した。

「今日これからうちにこない？」

「うんうん、うちね。いいですね。って、え？」

いつものように惰性で相槌を打っていたボクは完全に不意をつかれてしまっていた。

「だから、今日ワタシんちにこない？」

「なんでですか？」

当然の疑問だと思うが、ナタリーにはその疑問こそが疑問だったようだ。

「なんでってなんでよ？　今日うちに誰もいないからじゃない」

「からじゃない」と言われてもまったく理由になっていない。家に誰もいないからなんだというのだ。だから誰にも見られずボクを……詰《なじ》る？　嬲《なぶ》る？　殴る？　出てくる選択肢がすべて不穏なものしかない。最後には「殺す？」というものまで浮かんできて「まさか」とボクは笑って打ち消す。

しかし、となりを見るとナタリーは真剣な顔でボクを睨んでいる。これはあながち「殺す」もあるかも。ボクは背筋に嫌な汗をかいていた。

「断る権利は？」

ダメもとでボクは聞いてみた。当然「あるわけないじゃない！」と返されると思っていたのに、ナタリーの反応は意外なものだった。

「いやなの……？」

さみしそうな、哀しそうな、切なそうな顔をしている。なんだ、この表情は。見たことがないナタリーだ。しゅんとしていても美少女なのには変わりはないけれど。

「うちにこない？」

同じ表情のまま、ナタリーがもう一度尋ねてきた。ボクのあたまの中から「詰る」「嬲る」「殴る」「殺す」の選択肢が消えていく。代わりに「ＹＥＳ」の文字が。ボクは無言で頷いていた。

「やった！」

ナタリーは座っていたベンチから飛び上がって喜び、即座にボクの手をとって、ひっぱった。

「じゃ、行こう。善は急げだ」

これからすることが本当に「善」なのかボクは確認したかったがやめておいた。ボクの手をひいて走るナタリーの背中がとてもうれしそうだったからだ。

いつもの公園から十分ほど行くと豪邸と言って差し支えない家の前でナタリーは立ち止まった。

「さ、どうぞ」

――どうぞ、と言われても。

ナタリーの勢いに押されてここまできてしまったが、本当に入ってしまっていいものか、ボクは思い悩んでいた。一歩足を踏み込んでしまったが最後、二度ともとの生活には戻れないのではないか、そんな予感がしていた。そして、ボクのそういう予感は悪いほうにだいたい当たってしまうのだ。

「何してんのよ、早く入んなさいよ」

門を抜け、玄関のカギを開けていたナタリーが、道路で立ち尽くすボクのところまで戻ってきて再び手をひく。

ボクは半ば強引に、ナタリーの家にひき込まれた。後悔がないわけではない。本名も知らない人間の家に入ってしまっていいものだろうか。しかし、その反面で心は期待に躍ってもいた。ナタリーの家に。そんな経験ができる男子がこの世に何人いるだろうか。きっとボクはいま自分の実力とはまったく関係のない部分で「特別な人種」の仲間入りをしようとしているのではないだろうか。

大きな玄関のはしっこに脱いだスニーカーをちまっとそろえると、案内されるがまま二階にあるナタリーの部屋に入った。

——女子の部屋……。

思わず「ごくり」と生唾を飲み込んでしまい、その音がナタリーに聞こえなかったかが気になる。当然ナタリーの部屋なのでファンシーだったりガーリーだったりはしないだろうと思っていたが、案の定、シンプルなレイアウトだった。

勉強机と本棚とベッドと観葉植物を置いた丸テーブル。以上。それだけで説明できる部屋なのだが、広さがボクの住む団地の2DKすべてを足したくらいあり、その広すぎる余白空間に変な違和感を感じる。きくと着るものは別の部屋にまとめているそうだ。

——こりゃ、お嬢様のなかでもレベルが違うな。

驚きを通り越して呆れているボクに、ナタリーは座るように言った。「どこに?」という顔をすると「ここ」という感じで、ナタリーは自分が腰掛けているベッドの横をぽんぽんと叩く。

——ベッドは、ちょっと……。

しり込みをしていると、ナタリーが少し怖い顔になって「ぽんぽん」と叩くおとを「ぼんぼん」と強くする。早くしないとベッドからありえない音が響いてきそうだ。ボクはおとなしくナタリーの横に座った。

「ワタシ、遊園地に行ったことがないの」

突然何を言い出すんだろう、この子は。でも、よく考えてみるとボクも行ったことがない。友だちはいないし、家族でどこかに、という機会もあり得なかった。

「奇遇ですね。ボクもですよ」

「じゃあ、今度いっしょに遊園地行こう」

「いいですよ。ナタリーが行きたいならついて行きますよ」

はしゃぐナタリーの勢いで心にもないことを口走ったわけではない。生まれも育ちも外見も何もかもが違うボクとナタリーの「遊園地に行ったことがない」という小さな共通点がなぜだかうれしく、ボクはあっさりと合意してしまったのだ。

「うれしい。じゃあ、キスして」

「はい？」

ナタリーの接続詞はいつもおかしい。前後がつながっていないのだ。「遊園地に行こう」→「いいよ」→「キスして」はいろんなものをすっとばしている。

「ちょっと待ってくださいよ。ナタリー。なんでキスなんですか？」

「なんでってなんでよ？」

また質問に質問で返してくる。

「だって、百歩譲って遊園地にふたりで行くのがデートだとして、だとしたらそっから告白というイベントがあって、そのあとにキスとか、なんとかがあるのでは？」

「なんとかって？」

いま気にするところはそこではない気がする。

「なんとかは、その、なんとかです」

「ああ、セックスとか？」

ボクは顔がまっ赤になる。ベッドに座っている状態でそんな単語が出てくると、健康な男子高校生としてついからだが反応してしまう。

「そうか、そうか。そっちもあったね」

そっちとはどっちだろうか。キスですらまだ早いという話をしたのだ。しかも、それ以前にボクとナタリーはつきあっていたのか？　ボクは告白したおぼえもないし、彼女からされたおぼえもない。そもそも、ボクは愚痴の聞き役として呼び出されていただけではなかったのか。

「ゲーリー、あれ、持ってる、あれ？」

「あれ？」

「あれんときにあれするあれ！」

接続詞の誤用の次は指示代名詞の濫用ですか。日本語が乱れている。そして、ボクのあたまのなかもいい具合に乱れている。

「コンドーム」

思い出した！　といわんばかりに両手を叩いて叫ぶナタリー。ボクはぎょっとした顔になる。

ナタリーの思考はボクが追いつけないスピードでどんどん先に駆けていく。

「その顔は持ってない感じね。わかった。ちょっと買ってくる。ゲーリーは服脱いで待ってて」

そう言うとナタリーはボクの制止も聞かずに部屋を飛び出していった。

――おなか痛い。

あまりの展開に心だけならずおなかも乱されたのか、ボクの胃腸は「ぐるるる」とイヌが相手を威嚇《いかく》するようなうなり声をあげ始めた。ボクは階段を下りてトイレを探す。ひと様の家でトイレを借りるのは非常に申し訳ない気持ちになるが、仕方ない。ボクのおなかをいまうならせているのは、ここの家人だ。

玄関からのびた廊下の奥にトイレを見つけ、とりあえず腰を落ち着ける。ボクはどうしていまこんな状況になっているかを必死で考えた。考えれば考えるほどおなかが痛くなる。緊張と興奮が入り混じった感情が胃腸をちくちくと刺激する。

がちゃり

そのとき、玄関の重そうなドアが開く音がした。

――ナタリー？

ついさっき飛び出て行った割に早く帰ってきた。意気込んで行ったけれども、恥ずかしくて買えなかったのだろうか。いや、ナタリーはそんな女性ではない。欲しいものを対価を支払って買うことのどこに恥があると絶対に思っていそうだ。となると。そもそもコンドームがどこで売っているか知っていて、最短ルートで買ってきたのだろうか。それはそれでイメージが崩れる。

一階の部屋のドアを乱暴に開ける音がする。足音も不機嫌さを隠さない「どすどす」としたものだ。あんなにうれしそうにしていたナタリーの軽やかな足取りとは思えない。怒りを床に叩きつけるような足音はいくつかの部屋を乱暴に出入りし、やがて階段をのぼっていった。

ボクはトイレを出て階段の上をうかがう。ナタリーではない気がする。さきほどまでの興奮は一気にさめ、この家に入る前のいやな予感が全身をじっとりと包む。

——誰だ？

そっと階段に足をかける。泥棒だろうか。この豪邸だ。狙っているやつがいてもおかしくない。いや、もしかしたらナタリーのお父さんかもしれない。今日はこない日だと言っていたけど、予定が変わったのかも。だとしたら逆に不審者はボクのほうだ。その場合の言い訳を考えながらボクはゆっくりと階段をのぼる。

ナタリーの部屋のドアが開いたかと思うとジャンパーにジーンズのラフな格好の男性が出てきた。どう見ても有名な政治家という感じではない。「お父様、私、娘さんの友人で」という挨拶をする必要がなくなったことを確信する。

その男は腕にナタリーの部屋にあった観葉植物を抱えていた。

「あ、その鉢植え」

間抜けなボクは思わず声に出してしまっていた。当然男は階段をのぼりかけているボクに気づく。

「誰だ、てめえは？」

威圧的な声。怒りと焦りに満ちた表情。明らかに冷静な状態ではないことが見てわかる大量の汗と高潮した顔。「ヤバい」と思いながらもボクはその男の顔から目が離せなかった。脳内に植木鉢を抱える男のモンタージュができあがっていく。

男のほうは顔を見られたことが何よりの失態だったのか、ボクを捕まえようと近寄ってくる。ボクは逃げようとする。男は手に持っていた鉢植えをボクに投げつけてきた。よけられない。鈍い音がして、ボクの頭部に衝撃が走る。同時に体勢を崩し、階段から転げ落ちてしまった。受け身もとれず階段の角の部分に何度もあたまを強打する。

左目の上辺りにどろりとした液体の感触がある。おそらく血だろう。あお向けに倒れたボクの上に男が覆いかぶさろうとする。手には投げつけたのをわざわざ拾ってきたのか鉢植えを持っている。

——そんなに大事ですか、その鉢植え。

ボクはそう心の中でツッコミながらも、意識が朦朧《もうろう》としてくる。そのとき玄関の外でナタリーの無邪気に叫ぶ声がした。二階にまで聞こえるように腹の底から出しているであろう声量。これでは近所のひとにも丸聞こえだ。

「ゲーリー、コンドームは薄いのがいいのー？　厚いのがいいのー？　つぶつぶのもあったけどー」

その声に男はあわてた。とりあえずはこの場を去ったほうがいいと判断したのだろう。どこかの部屋に飛び込んだ。窓から逃げるつもりらしい。

ふたたび重厚な音がして玄関があく。

「ゲーリー⁉」

ナタリーの驚いた声がする。でもボクは起き上がるどころか指一本動かせないでいた。おでこの上を流れる自分の血の温度だけが感じられる状態だった。

「ゲーリー、どうしたの、ゲーリー。しっかりして」

ナタリーがボクを抱き起こそうとする。

「ゲーリー、ゲーリー、お願い、誰か。誰か助けてー」

ナタリーが他人に助けを求める姿は新鮮だった。自分の意識が遠のきながらもボクはのんきにそんなことを感じていた。

ほおに熱いものが落ちる。血ではない。ナタリーの涙だ。

「今度こそ絶対泣いてますよね」

ボクはこんなときなのに勝ち誇ったように少しにやけて言った。しかし、その言葉を発した直後、ボクの目の前はまっくらになってしまった。

唇にファースト

ボクは【nudiustertian】と書かれた小さな看板が掛かったドアの前に立っていた。

――よかった。ちゃんと営業している。

ボクがバー【おととい】にくるのは一ヵ月ぶり。大峰に銃で撃たれたあの日以来だ。

退院したあとすぐにこようと思ったのだが、自分が大峰をあの店に連れて行ってしまった張本人でもあり、大峰がナタリーやボクに殺意を抱く要因になっていたことを思い出したこともあり、なかなか訪れる勇気が出ないでいた。

不思議なことに発砲事件で病院に担ぎ込まれたにもかかわらず、その後入院中に警察らしきひとたちがボクを訪ねてくることはなかった。血のつながった家族も親しい友人もいないボクを見舞ってくれていたのはナタリーただひとりだけらしい。

しかし、そのナタリーも、ボクが意識を取り戻したあの日以来会っていない。

◆

「今度こそ絶対泣いてますよね」

ボクが頭を包帯でぐるぐる巻きにされた状態で目を覚ましたときの第一声はそれだった。なぜなら、ベッドの横に目をまっ赤にし、つらそうにボクを見つめるナタリーの顔があったから。

「ゲーリー？　気がついたのね、ゲーリー！」

ナタリーは叫び、ボクの目の前まで顔を近づけてくる。やっぱり瞳は充血し、目の周りも少し腫れている。

でも、その顔は、ボクがさっきまで見ていた美少女ナタリーとは少し違っていた。もちろん、美しいことに変わりはなく、それどころか女子高生の瑞々《みずみず》しさに大人の色気まで備えた完全無欠の美人だ。しかし、そのレベルアップに明らかな時間経過を感じ、ボクは戸惑って変な反応になってしまった。

「あ、あれ？　だれ？」

「嘘でしょ、ゲーリー。またなの。お願い、やめて。ワタシを忘れないで」

ボクが目を覚ました瞬間の歓喜の表情が一転、悲痛にゆがむ。信じていないと言っていたはずの神様に祈る仕草までしている。

目が覚めたばかりで現実感のなかったボクの思考が徐々にクリアになってくる。目の前にいるのは、九段下のトイレで出会い、広尾のバーで運命のひと探しにつきあわされ、目黒のラブホで一晩をともにすごした、この世のものとは思えない美貌とこの世の理《ことわり》を無視した性格をあわせもつ女性、ナタリーだ。

「泣いてましたよね、ナタリー」

そして、高校の帰り道、公園の女子トイレで出会い、毎日愚痴を聞かされ、ある日突然家に連れ込まれた、強気で勝ち気で暴力的で、でも、天使のような外見と純粋すぎる中身を持った女の子、ナタリーの十年後だ。

「ゲーリー、ワタシがわかるの？」

ベッドにあお向けになったままなので、できる限り大げさにボクは頷いた。

ナタリーは、両手で顔の下半分を覆い「信じられない」という仕草をする。普段のナタリーなら絶対にしないであろう乙女のポーズ。赤くなった目にふたたび涙がこみあげようとしているのがわかる。ナタリーは泣いている顔を見られるのがいやなのか、イスの上でからだを回転させボクに背を向けてしまった。

　ボクはそんなナタリーがなんだかかわいくて、小刻みに震える背中に、意地悪な声をかけてしまう。

「やっぱり泣いてますよね」

「泣いてない！」

　ナタリーがボクに背を向けたままはっきりと否定する。

「いや、泣いてるでしょ」

「泣いてないったら」

「泣いてますって」

「泣いてるわけないでしょ」

「いや、だってすでに涙声だし」

「美人の目には泣くなんて機能は搭載されてないの」

「潤んだ瞳も美人の条件でしょ」

　あたまを拳銃で撃たれたと言うのに、何ら後遺症などなく言葉がすらすらと出てくる。むしろ撃たれる前よりコミュニケーションがスムーズになっていると感じるくらいだ。

「女が泣くときは負けたときだけよ」

「何にですか？」

「知らないわよ。何かによ」

「じゃ、ナタリーはボクにまた負けましたね」

そこまで言うと、ナタリーはすっと立ち上がって、そのまま振り返ることなく病室を出ていってしまった。

「え、あ、ちょっと、ナタリー……？　ナタリー！」

呼び止めるも、ナタリーは戻ってこない。それから入院中、彼女は二度とボクの病室を訪れてくれることはなかった。ベッドから起き上がれるようになってから「ＦＩＮＥ」でメッセージを送ってみるが、すべて「既読スルー」されてしまっていた。

そういうわけで、ボクは高校時代に失った記憶が甦ったことをナタリーに伝える機会もなく退院することになってしまった。


退院の前日、思わぬ人物がお見舞いにきた。

「意識が戻られたんですね、よかった」

ボクの意識が手術後も戻らなかったことは担当のお医者様から聞かされていた。頭部の傷は塞がったのだが、なぜだか意識は回復しなかった。「一生眠ったままだったかもね」という言葉にぞっとしたのをおぼえている。

そんなボクの意識回復を喜んでくれているのは、上下まっ白なスーツを着た椎堂実篤だった。

そして、椎堂の横にはおなかの大きな女性が立っていた。

「妻です」

椎堂はそう紹介してくれた。ボクはその女性が何者か知っている。椎堂が家族以外で最初に神通力を使って治した女性で、椎堂が教祖の宗教法人「椎のお堂」の幹部。そして、椎堂の初めての女性《ひと》だ。

「このチカラが役に立ってよかったです」

椎堂はボクの方ではなく、横にいる女性と、その女性のおなかの方に視線をうつしながら言った。

「え？　でもチカラはなくなったんじゃ……」

ボクはバー【おととい】でのやりとりを思い出していた。ボクの下痢症を治せなかったのは置いておいたとしても、彼は確かにチカラを失ったと言っていた。その理由も赤面しながらだが教えてくれた。その女性と男女の契りを交わし、童貞ではなくなったからだと言っていたではないか。

「ええ、確かに私のチカラはなくなりました」

椎堂はボクの顔をやさしく見つめながらうれしそうに言った。

「でも、私のチカラは完全に消滅したわけではなかったんですよ」

椎堂が何を言いたいのかボクにはわからない。

「私のチカラは次の世代に受け継がれていたんです」

そう言うと、椎堂は女性のおなかを慈《いつく》しむようにさすった。

「はい？」

戸惑わずにはいられなかった。おなかの中の子？　まだこの世に出てくる前の存在が、ボクを救ったというのか。

「あなたたちに会ったあと、私は教団のために、困っているひとのために、いま一度自分に何ができるかを考え始めたのです。妻がすでに妊娠していることを知らされたのはそのときでした」

実篤がチカラを失ったあとも、ケガや病気の治癒を懇願するひとはあとを絶たなかった。何もできないとは思いつつも、せめて話を聞こうと、身重の妻といっしょに相談者に対応していた。すると、みなが「からだが軽くなった」「痛みが消えた」「足が動く」と言って帰って行くのだそうだ。

実篤にチカラを発動した実感はない。しかし、現実に相談者の痛みは消えている。いくつかの検証をしてみた結果、それが、妻のおなかにいる子どものチカラだという結論に至ったようだ。

にわかに信じられる話ではなかったが、椎堂が奥さんとおなかの子どもといっしょにボクが意識を失っているときに病室を訪ねてくれたのは事実のようだ。

「でも、なぜ椎堂さんがこの病院に」

「本当に偶然でした」

ボクは黙って頷いた。ただ、「偶然」という言葉をもはやまったく信用していなかったが。

聞くと、椎堂の奥さんがこの病院の産科に通っているらしかった。ボクのお見舞いにきていたナタリーとロビーで出会い、声をかけたのだという。最初は自分のことをまったくおぼえていなくてびっくりしたと椎堂は言っていた。ボクは「ノンメモリーなんですみません」とナタリーの代わりに謝った。椎堂は笑って、気にしていないと言った。

「そのときのナタリーさんの顔がつらそうで。何か力になれることはありませんかとお尋ねしたんです」

ナタリーには椎堂のチカラどころか、椎堂と出会ったこと自体の記憶もなかったはずだが、ともかく藁《わら》にもすがりたい気持ちだったのだろう。椎堂夫妻、いや、椎堂一家をボクの病室にまねき、治療をお願いしたのだという。

「頭部の損傷でしたので、いつもより念入りにやらせていただきました」

椎堂と奥さんはそう言うと「ふふふ」と向き合って笑った。

「もう大丈夫ですよ、と言ったあとのナタリーさんのお顔。ねえ、あなた」

「そうですね、あのひとのあんな表情が見られたのは、私たちも救われた気分でした」

「どういう意味ですか？」

「このチカラがあってよかったと改めて思わせてくれる、そんなお顔でした」

ナタリーがどんな顔をしたのかをふたりは教えてくれなかった。「きっとご自分で見ることができますよ」と残して、病室を出て行った。ボクは「ありがとうございます」と伝えるべきか迷ったまま、結局言えなかったことを少し反省していた。

一階の売店に行って炭酸ジュースを買う。目黒のラブホテルでチューハイとビールを混ぜてカクテルをつくっていたナタリーを思い出す。ボクは無性にナタリーに会いたくなった。その瞬間、スマホが振動する。手に取ると「FINE」にナタリーからコメントがきていた。

『おとといきやがれ』

ボクは、強めの炭酸に少々むせながらも、一気にジュースを飲み干した。マスターのカクテルもしばらく飲んでいない。

明日、退院したらすぐバー【おととい】に行こう。そう心に決めた。

◆

ドアを開けると、ナタリーがいつもの席に座ってオン・ザ・ロックのウイスキーを飲んでいた。もちろん、舐めるように、ではない。ぐびぐびと浴びるように、だ。

——これは、今日も確実にノンメモリーコースだな。

ボクは覚悟をして一歩足を踏み入れた。

「おかえりなさいませ、ゲーリー様」

マスターが「いらっしゃい」ではなく「おかえりなさい」と迎えてくれた。なんだか、胸がぐっと熱くなる。迷惑をかけてしまったのはボクの方なのに。マスターのやさしさが身にしみる。マスターに出会えて本当によかったとボクは心から思った、

——それは、ナタリーにも感謝しないとな。

ナタリーに「ありがとう」と言いたくて、カウンターの真ん中に進む。「いや、その前におひさしぶりかな」と、挨拶の出だしを考えていると、ナタリーにぎろりと睨まれる。

「遅い」

そう一言吐き捨てて、空のロックグラスをマスターに突き出す。

「ゲーリー様をお待ちして、もう三杯目なんですよ」

マスターはほほ笑みながらナタリーからグラスを受け取る。

「待ってないわよ、こんなやつ」

「こんなやつはないでしょ。それに、ナタリーが呼んだんでしょうが」

「呼んでないわよ。ゲーリー、あなた日本語知らないの。『おととい きやがれ』は二度とくるなって意味でしょうが」

「ま、正しい日本語ならそうでしょうけど」

「何よ。ワタシの日本語が正しくないって言うの！」

今日は妙に最初から突っかかってくる。ウイスキーの飲みすぎじゃないのか。ボクはナタリーの相手をしながら、そっととなりに座る。

「だって、アメリカ帰りなんでしょ？」

「イエス！　オフコース！」

ナタリーはわざと棒読みの英語で答え、そして少し笑った。よかった。待たせたことへのお怒りは少しおさまったようだ。ボクはナタリーが穏やかな表情になったことを横目で確認してから、マスターに声をかけた。

「マスター。この前はすみませんでした」

「この前？」

マスターは少し思い出すような仕草をしたあと、ボクの前にコースターを敷き、その上にグレープフルーツジュースをことりと置いた。入院あけにいきなりお酒はきついだろうという配慮からに違いない。

「ああ。先日の一件ですね。どうぞお気になさらず」

「で、でも。ボクの上司が、いや、もう上司じゃないですけど。大峰がとんでもないことを」

退院前に会社に電話をすると大峰は懲戒解雇になっていた。もともと、資金繰りが怪しかったうちの社長に融資話を持ちかけ、その見返りとして強引に入社したらしい。「おたくの社員である大峰孝史《たかし》は先日都内で暴力事件を起こし起訴されています」と事件のあと警察が会社にきたらしい。うちの会社も会社で「いいえ、業務態度を理由に、先日すでに解雇を言い渡しております」と白々しい嘘をついて余計な影響を被《こうむ》るのを回避した。

「ここにも、警察がきたんじゃないですか？」

当然だ。会社にきた警察は「暴力事件」と言っていたらしいが、そんな程度のものではない。「発砲事件」なのだ。そうそうお目にかかれる事件ではないのだ。

「ええ。いらっしゃいましたよ。でも、それはナタリー様がお呼びしたんです」

「え？」

ボクはナタリーの方を見る。

「ゲーリー。お店に迷惑をかけたことを謝りたいのはわかるけど、その前にあなたが撃たれたときのこと、気にならないの？　普通ならそっちから聞かない？」

そう言われてはじめてボクは自分が大峰に撃たれて意識を失ったあとの、ことの顛末《てんまつ》を何も知らないことに気がついた。ボクは包帯こそとれていたが、まだガーゼで覆っている傷口をそっとさわった。

「あの距離で撃たれてそんな傷だけで済むわけがないでしょ」

確かに、椎堂ジュニアのチカラが効いたのかどうか以前に、ボクがあの至近距離で撃たれて即死ではなかったことには理由がありそうだ。

ナタリーはちらりとマスターの手元を見た。マスターはナタリーのオン・ザ・ロックのおかわり用にアイスピックで丸氷を削り出している。

「あの男がゲーリーを撃とうとした瞬間、マスターが持っていたアイスピックを投げつけたのよ」

どうやら、それで銃口がそれ、銃弾はボクのあたまを貫通することなく、表面をかする程度で済んだそうだ。

「申し訳ありません。発砲するまえに阻止するつもりだったのですが。年のせいか、反応速度が落ちていたようです。そのせいでゲーリー様にお怪我を。本当に申し訳ありません」

カウンターの中でマスターが深々とあたまを下げる。

「ちょ、ちょっとやめてくださいよ、マスター。マスターのおかげでこうして命拾いしたんですから。ボクがお礼を言ったり謝ったりはわかりますけど、マスターがあたまを下げるのはおかしいですよ」

そう言うとマスターは顔をあげ、にっこりとやさしくほほ笑みかけてくれる。

「本当に、ゲーリー様はおやさしいですね。ね、ナタリー様？」

「そう？」

ナタリーはマスターの言葉に同意はしない。

「で、右手にアイスピックが刺さったあいつは、多勢に無勢と悟ったのか店から逃げ出したの」

右手を負傷し、銃を落とした状態で、舞田、広瀬、そしてマスターを相手にするのは難しいと判断したのだろう。怒りで我を失っていた割に、引き際に関して冷静なのはアウトローの特性だろうか。

「残念ながら五十嵐様が警察を連れてここに駆けつけたのは大峰様が店を出られた後でした」

「五十嵐？　五十嵐ってあの、元特捜の？」

マスターはゆっくりと首肯《しゅこう》する。

「あの夜、ナタリー様が大峰様との会話を録音していたのはおぼえてらっしゃいますか？」

ボクは頷く。忘れるはずもない。それがベレッタ92が火を吹くことになった文字通り「引き金」だったのだから。

「その録音データを送った先が五十嵐様です」

ノンメモリー状態だったナタリーが五十嵐の連絡先などおぼえているわけがない。どうやって五十嵐のアドレスを知ったのか、そのことがボクには不思議だった。

「五十嵐様とナタリー様が初めてお会いになった夜。お酒をご馳走いただきましたよね?」

それはおぼえている。「エル・ディアブロ」という名のカクテルだ。

「あのカクテルには『気を付けて』という意味が込められております。五十嵐様は、ナタリー様にあぶないことに首をつっこみすぎないように注意を促していかれたのです」

「で、目黒のラブホから帰って鞄の中みたらコースターが入ってて、その裏に五十嵐の連絡先が書いてあったの。記憶にないし、気持ち悪かったけど、『あなたの運命を狂わせたやつはオレが絶対捕まえる』って書いてあったから、一応登録しといたのよ」

「あの方はナタリー様のお父様、失礼、元お父様でしたね。湊様の摘発を進めていたときに大きな詐欺組織の存在にも気づかれたようでした。湊様の罪を明るみに出すことはできませんでしたが、たくさんのひとの人生を狂わせている詐欺組織は何としてでも壊滅に追い込みたい。それが、閑職につかされたあともずっと思い続けてきたことだったようです」

マスターがめずらしく他のお客のことをよくしゃべる。

「って、説明しといてくれって五十嵐のやつが言い残していったのよ、さっき」

「さっき?」

ボクがくる前に元特捜の五十嵐がバー【おととい】にきていたらしい。ナタリーはボクの質問はスルーして、事件の日の話を続ける。

「あの、チャラ男が大活躍だったのよ」

チャラ男と言えば広瀬だろう。しかし、あの状況で広瀬に何ができたと言うのだろう。意識を失っていたボクが言うのもなんだが。

「広瀬様は顔面を殴打された状態にもかかわらず、素晴らしいアイデアを思いつかれたのです」

素晴らしいアイデアと軽薄チャラ男の広瀬がボクには結びつかず首をかしげた。

「ゲーリー様が発見された『マルウェア』でしたか、あの違法アプリが入ったスマートフォンを大峰様のポケットにどさくさにまぎれて忍ばせておいたそうなのです」

ボクは広瀬の二股騒動で、婚約者に入れられた違法アプリのことを思い出していた。

「なるほど！　あのアプリなら、持ち主の居場所をGPSで突き止めることができる」

「お店に到着された五十嵐様にすぐそのことを知らせ、場所を探知しました」

「で、ゲーリーが撃たれてから二時間くらいで捕まえたらしいわよ」

ナタリーは「二時間はかかりすぎでしょ」と憎々し気に言いながら、ロックグラスをあおった。

「五十嵐様は大峰様を逮捕し、その後、大峰様の供述から組織の幹部逮捕に至ったと、先ほどわざわざご報告にいらしたんですよ」

マスターはあの反理想上司、ではなく、反社会的男の大峰にもずっと「様」をつけている。一度でもこの店でお酒を飲んだひとはすべてお客「様」なのだろう、マスターの中では。

「組織壊滅の原因になったとあっちゃあ、あの男、刑務所から出てきても生きてる心地がしないでしょうね。きっとどこにいても命を狙われるだろうから」

あんな男でも一年半いっしょに仕事をした上司だ。ボクは少し気の毒な気もしていた。しかし、記憶が戻ったいま考えると、大峰はボクを見張るために詐欺組織の番頭という素性をかくしてうちの会社に潜入していたということがわかる。

大峰は十年前の事件が起きたあと、ボクの記憶がなくなったことを知り安心していたのだろうが、ナタリーが帰国して事件のことを探り出した。大峰の耳にもそのうわさが入り、真っ先にボクの記憶復活を疑ったわけだ。会社に潜入しボクの記憶が戻っていないことを確認しつつ、その後も、万一に備えてボクの動向を監視し、周囲の人間関係もチェックしていた。チームメンバーを辞職に追い込んだり、ボクのプライベートな時間を奪ったりしていたのは、反理想上司だからではなく、マンツーマンで見張るのに効率的な環境をつくるためだったのだ。

そして、ナタリーが大峰を探していたのと同様、大峰もナタリーを探していた。ボクという存在を軸にふたりはお互いを探していたのだ。そういう意味でならナタリーと大峰はまさに「運命のひと」同士だったと言える。

「やっぱり、あの『運命のひと探し』は、大峰のことを探してたんですよね？」

「運命の恋人」探しだと思ってつきあってきた男漁りは、自分の運命を狂わせた男を探して糾弾するためのものだったという事実を、ボクはナタリーに直接確認しておきたかった。

「そうよ」

ナタリーはあっさりと答える。

「なんで、『運命のひと』なんて、紛らわしい言い方を……」

「だってシステムエンジニアのあなたに『復讐の相手探し』は荷が重いでしょ」

――恋人探しでも重いけど。

話の腰を折らないよう、心の中でボクはつぶやく。

「でも、だとしたら、本当によくたどり着きましたよね、大峰まで」

「ほんと、大変だったわよ」

ナタリーは丸氷をからんと鳴らし、ウイスキーをのどに流し込んでから大きなため息をついた。

「だって、手がかりが『詐欺組織の番頭』で『おとといの常連』ってことと『レオンのファン』ってことと『アグラオネマの持ち主』ってことしかなかったんだから」

父、湊総一郎が酔ってもらしたこれらの情報だけでナタリーは大峰を探し出すつもりだったのだ。しかも、事件発生から十年もの時を経たあとで。

「ほんとはすぐにでも探し出してやりたかったのよ。でも、ワタシが犯人を見つけようとしていることを父に気づかれて、無理矢理留学させられたの」

ナタリーの性格だったら、その場で湊と縁を切って飛び出しそうなものだが、母親のこともあり、従うしかなかったようだ。

「ママを支えられるだけのお金を手に入れて、父が死んで、やっと日本に戻ってこれたのよ。でも、あの男を探し始めてすぐにワタシは壁にぶちあたったの」

「壁？」

「ノンメモリー」

「ああ！」

ボクは即座に納得してしまった。

「こんなことで父と本当に血がつながっていることを実感するとは思わなかったわ」

吐き捨てるようにナタリーはつぶやいた。確かに、ここ、バー【おととい】で大峰につながる有力な情報を手に入れたとしても、ノンメモリーのせいで翌日にはきれいさっぱり忘れてしまう。ただでさえ少ない手がかりの中犯人を探すのに、これでは一向に捜索の成果が出ない。

「そこでゲーリー、あなたの登場よ」

「メモリー役として？」

「正解！」

ナタリーはグラスを持っていない左手の人さし指と親指を立てて、ボクの顔を「撃つ」まねをした。かすり傷で済んだとはいえ、本物の拳銃で撃たれた人間にするジェスチャーとしては少々刺激が強すぎる。

加えて、「メモリー役として」というところにボクの決心が揺らぎそうになる。

今日ボクはナタリーにあることを告げようと心に決めてきた。それは、ボクが失っていた高校時代のナタリーとの思い出を取り戻したということ。お酒を飲んでノンメモリーになるナタリーのメモリー役のはずのボクが、実はノンメモリーだったというのはなんとも皮肉な出来事だ。

ナタリーはボクと出会ってから、ボクの記憶のことについては言及してこなかった。これは、ボクの記憶が戻ることはないとあきらめていたのか、おぼえていないことを話してボクを混乱させまいとしたのか。ナタリーの性格からしてそのどちらでもないような気はしたが、事実、ナタリーは初対面のふたりとしてずっと接してくれていた。

記憶が戻ったことを告げると共に、ボクはナタリーに言いたいことがあった。

「マスター。ポートワインってありますか？」

マスターは一瞬意外そうな顔をしたが、すぐににこやかな笑みを浮かべ、奥の方から瓶を持ってきてくれる。ワイングラスにあざやかなルビー色をした液体が注がれる。ポートワインはポルトガル産のブランデーを加えてつくる甘口のワインだ。ここにくる前にネットで調べておいた。もちろん、カクテル言葉も。

「ご武運を」

マスターがボクにだけ聞こえるくらいの小さな声で囁いて、空になったグレープフルーツジュースのグラスとワイングラスを交換してくれる。

ポートワインのカクテル言葉は「愛の告白」。そう、ボクは今日、ナタリーに愛の告白をしようと決めていた。

「ナタリー」

「ん？」

彼女は「ベスト横顔ニスト」で殿堂入りを果たしたであろう横顔から、これまた「正視できないほどの美しい顔ランキング」で堂々の一位をかざった顔をボクの方に向ける。

「ボク、遊園地に行ったことがないんです」

「あら、奇遇ね。ワタシもないわよ」

ここまでは事前にシミュレーションした想定問答集通り。ここからだ。

「明日、いっしょに行きませんか、遊園地」

ナタリーはきょとんとしている。反応がない。

——やはり、ちゃんと言わないと伝わらないか。

遠回しに表現するのはやめだ。ボクはストレートに愛の告白をすることにした。マスターはボクらから少し距離を置いた場所でグラスを磨いている。邪魔にならないようにとの配慮だろう。

「ナタリー。ボク、あ、あなたのことがす、す、好きです」

おそらくボクの顔はまっ赤になっているだろう。頬が熱くなっているのが自分でもわかる。

しかし、ナタリーの反応はこれまたなし。ふたたび横顔に戻って、残り少なくなっていたウイスキーを飲み干している。

「ねえ、マスター。アメリカンレモネードちょうだい」

「はい。かしこまりました」

悪い方の想像が当たってしまったことに愕然とし、ボクが落ち込んでいると、マスターが赤と白の二層に分かれた美しいカクテルをナタリーに供した。

ナタリーはそれをくいと一口で飲み干すと、グラスを置いた右手でそのままボクの胸ぐらをぐいとつかんだ。

強引にナタリーの方に引き寄せられる。顔が近い。まつげの本数を数えられそうな距離だ。さらにナタリーの顔が近づいてくる。ナタリーの瞳の中に映るボクを発見する。「殴られる」という予感からくる恐怖で顔がひきつっている。しかし、ボクが映った瞳はさっとまぶたで隠された。「なぜナタリーはボクを殴るのに目をつむったんだろう」そんな疑問があたまをよぎった瞬間、ボクの唇にやわらかく、あたたかいものが触れた。ワインの渋みとレモンの酸味が口の中にほのかに感じられた。

「ファーストキスがカクテルの味なんて、大人になったわよね、ワタシたちも」

「え？」

ボクは自分がいま何をされたのかやっと気づいた。そっと指で自分の唇をさわってみる。まだナタリーの唇の感触が残っているように思えた。

「え？　って、まさかファーストキスじゃないってことはないでしょうね。もしファーストじゃなかったら、殺す」

それでボクが殺されてしまったら犯罪史上類をみない動機ということになるだろう。しかし、幸いなことにボクが殺されることはない。

「もちろん、ファーストキスです」

あわてて答えると、ナタリーは満足げな顔をして、マスターにクレジットカードを渡している。

「じゃあ、ゲーリー、部屋で待ってるから」

「え？　帰るんですか？」

愛の告白はしたが、まだ肝心の記憶が戻った話はしてない。それにいまからナタリーの部屋に行ってボクは何をすればいいんだろう。

「コンドームは、ゲーリーが買ってきてよね。薄いのでも、厚いのでも、つぶつぶがついているのでもなんでもいいからさ」

そう言うと、ボクが呼び止めるのもきかず、「マスター、またねー」と挨拶をしながら、バー【おととい】を出て行った。

残されたボクはしばし呆然としていた。マスターが「ゲーリー様の分もお会計はいただいておりますから」と告げにきた。ボクは離れていたとはいえ、ことの一部始終を確認していたマスターに照れ隠しの意味も含めて自嘲気味に笑いながら言った。

「思い切って告白しましたけど、きっと明日の朝になったら忘れてるんですよね。でも、しらふのときに面と向かって言う勇気はまだなくて。今日のは予行演習ってとこですかね。初めてナタリーがノンメモリーでよかったたって思いましたよ」

言い訳じみたことを早口でまくしたてる。「ふふふ」と笑いながらマスターはゆっくりとした口調でボクの意見をやんわりと訂正した。

「ナタリー様はおそらく今日のことをおぼえていると思いますよ」

「え？」

「ナタリー様は最後に頼んだカクテル以外、今夜は一滴もお酒を飲まれておりませんから」

「で、でも、ウイスキーをロックで……？」

「あれは、ウーロン茶でございます」

意味が分からない。酒好きのナタリーがバーにきてお酒を飲まないなんて。しかもわざわざウーロン茶をウイスキーのロックグラスに入れて飲むなんてこと。ボクの顔に「意味不明」と書いてあったのだろう。マスターが答えてくれた。

「きっと今日はゲーリー様から大事な話があるはずだから、とおっしゃっていましたよ」

――まさか⁉

「マスター、さっきナタリーが頼んでたカクテルって……？」

「ああ、アメリカンレモネードですね」

「カクテル言葉があったりします？」

「はい、ございますよ」

「聞いてもいいですか？」

「『忘れられない』がアメリカンレモネードのカクテル言葉でございます」

――やっぱり！

ナタリーはボクの記憶が戻ったことに気づいていたんだ。ナタリーがほぼしらふだと知り、そしてさっきの告白もばっちりメモリーしていることを知り、ボクは恥ずかしさという感情でからだすべてを支配されたかのように、全身から熱を発していた。覚悟はしてきたもののどこかで「ノンメモリー」を期待し、告白は何度でもやり直せると甘くみていたのだ。

両手でまっ赤になった顔を覆ってカウンターに突っ伏すボクの頭上からマスターの声が聞こえる。

「ナタリー様が最初にこの店にこられたとき、すでにゲーリー様のお話をされていましたよ。自分には大切なひとがいるんだが、そのひとは自分のことをきれいさっぱり忘れてしまっていると。そのひとを探して、今度こそ結ばれるために日本に帰ってきたと」

ナタリーが帰国したもう一つの理由。ボクの心が震えるのがわかった。

——やっぱり告白してよかったんだ。

顔をあげると、マスターがボクの目を見つめている。話にはまだ続きがあるようだった。

「日本に戻ってきてすぐ、まだホテル暮らしだったナタリー様は、ゲーリー様を探して都内を回っているときに、偶然九段下の駅でゲーリー様を見かけたらしいですよ。そのときは声をかける間もなく見失ってしまったようで。でもナタリー様はゲーリー様なら必ずまた九段下にくる。しかもトイレを使うはずだと信じて、九段下駅直結のマンションをお借りになりました。それから、毎日夜はここへきて常連のお客様とお話されて、翌朝は九段下のトイレに張り込む、という生活を続けてらっしゃいました。それでちゃんとゲーリー様にお会いできたのだから、恋する女性の想いというのは叶うものなんですね」

マスターが自分で言っておいて少しロマンチックすぎたと感じたのか、せき払いをひとつしてグラス磨きに戻った。

ボクがよくおなかを下す人間とはいえ、毎度九段下で途中下車をするわけではない。確率で言えば、数パーセントもないだろう。そんな確度の低い再会を彼女は偶然に頼らず必然にした。

――はやく行かなきゃ。

ついさっきまでいっしょにいたのに、ボクは一分一秒でも早くナタリーに会いたくなっていた。【おととい】から広尾の駅までにコンビニかドラッグストアがあることを思い出しながら、ボクは帰り支度を始めた。

「お忘れものはございませんか？」

マスターはグラスを磨きながらボクに尋ねた。

「大丈夫です」

ボクはそう言って店の外に出た。もうこれ以上忘れるものなどあるはずもない。

【おととい】のドアを背に腕時計を見る。あと数時間で「明日」がやってこようとしていた。

いつの日かふたりで思い出すであろう、「忘れられない」特別な明日が。

九段下でラスト

波がきてしまった。

ナタリーの待つマンションまであと少しなのに。厚めのコンドームだって顔をまっ赤にしつつもなんとか買ったのに。九段下の駅まではちゃんとたどり着けたのに。

——でも、あきらめない。

今夜のボクは「やれやれ」と自分のおなかの弱さを悲観するだけでは終わらない。なんとしても無傷で、ズボンもパンツも無垢《むく》なままでナタリーのところに行くのだ。

電車のドアをするりと半身で抜け出したボクは、「シュー、シュー」と息を吐きながら、モデルモードで「だれでもトイレ」を目指す。

——よし、使用中のランプはついてない。

「開」ボタンを力強く押す。しかし、そこで無駄に力んだのがよくなかった。大きく盛り上がった波頭の頂上が少し崩れかけた。下腹部ではなく、おしりのほうに危機感が走る。ボクはトイレのドアの前で立ち止まり、目をつむる。精神統一だ。おしりに全神経を集中する。「命をかけろ」と括約筋の兵士たちを鼓舞する。

——おさまった。

なんとか波は乗り切った。ボクの下半身が歓声をあげているのがわかる。「よくやった、よくやった」とボクは城主として兵士たちにねぎらいの声をかける。そして、ゆっくりと目をあけた。重い自動ドアもすでに全開になっている。

「やっぱり、ここにきたわね、ゲーリー」

そこには、嵐を乗り切ったボクを祝福してくれる女神がいた。折りたたみ式のベッドに腰掛け、マスターよりも慈愛に満ちたやさしいほほ笑みをボクに向けている。

「ナタリー!?」

驚きのあまりおなかの波も完全にひいてしまった。そして、おなかが正常に戻ったことで、あたまも冷静になれたのか、ボクは落ち着きを取り戻し、室内に一歩足を踏み入れた。「閉」ボタンを軽く押下する。きっとこれはボクの人生を決めるスイッチに違いない。

「この出会いは『ウンメイ』ですかね?」

ボクは、自分でも信じられないような気障《きざ》な台詞を吐いていた。ポートワインの効力はまだ持続中なのだろうか。背後でドアが完全に閉まる気配がする。

「さあね。『ウン』の尽きかもしれないわよ」

——両方だろうな。

吸い込まれそうな黒い瞳をしっかりと見つめ、ボクは、目の前の「ウンメイト」をぎゅっと抱きしめた。

第2回

本のサナギ賞　審査員

未発売の作品を書店員が審査・投票し「世に出したい」作品を選ぶ「本のサナギ賞」。第2回は365作品の応募があり、55名の審査員によって最終選考が行われました。大賞に選ばれた本作(旧題:『アメリカンレモネード』)は、審査員からの選評・ご意見を参考に著者が改稿を重ね、発売しています。

一清堂　上尾店　円谷美紀　様
今井書店　吉成店　髙木善祥　様
岩瀬書店　YB福島西店　半澤裕見子　様
ヴィレッジヴァンガード　西武福井店　丸山知子　様
栄文堂書店　石引秀二　様
オリオン書房　ノルテ店　澤村綾乃　様
オリオン書房　高野大輔　様
紀伊國屋書店　徳島店　吉田咲子　様
廣文館　新幹線店　遠藤隆也　様
サガミヤ　デュオ店　山下聡子　様
さわや書店　フェザン店　松本大介　様
三省堂書店　営業企画室　内田剛　様
ジュンク堂書店　松山店　海田良二　様

ジュンク堂書店　芦屋店　長谷川陽平　様
TSUTAYA　中万々店　山中由貴　様
蔦屋書店　熊本三年坂店　山根芙美　様
椿書房　小島将臣　様
東西書房　葛西店　鈴木将太　様
日本出版販売株式会社　竹山涼子　様
NET21　第一書林　大熊恒太郎　様
浜書房　サンモール店　小林太一　様
明屋書店　サンロードシティ熊本店　宮本亜希　様
平坂書房　モアーズ店　井上昭夫　様
フタバ図書　GIGA上安店　新竹明子　様
BOOKSなかだ　掛尾本店　熊田明浩　様
BOOKSなかだ　掛尾本店　S　様

ご協力ありがとうございました!

文華堂 湘南台店
平安堂 長野店
丸善 横浜ポルタ店
みどり書房 福島南店
みどり書房 桑野店
未来屋書店 岡山店
明正堂 アトレ上野店
明文堂書店 富山新庄経堂店
明文堂書店 金沢野々市店
焼津谷島屋 アピタ大仁店
焼津谷島屋
谷島屋 呉服町本店
有隣堂 伊勢佐木町本店
B書店
B書店
J書店
M書店
匿名希望 5名

駒野谷愛子 様
町田佳世子 様
柳幸子 様
浅田三彦 様
東野徳明 様
岡本恵理 様
櫻井邦彦 様
野口陽子 様
瀬利典子 様
矢田裕子 様
中野道太 様
M 様
佐伯敦子 様
M 様
T 様
K 様
N 様

特別審査員

ダ・ヴィンチ編集部 様

(株)東北新社
大屋光子 様

日本テレビ放送網株式会社
奥田誠治 様

(株)博報堂
川下和彦 様

(株)ディスカヴァー・トゥエンティワン取締役社長
干場弓子

ウンメイト

発行日　2016年6月20日　第1刷

Author　百舌涼一《もずりょういち》

Illustrator　スケラッコ
Book Designer　bookwall

Publication　株式会社ディスカヴァー・トゥエンティワン
〒102-0093　東京都千代田区平河町2-16-1 平河町森タワー11F
TEL　03-3237-8321(代表)
FAX　03-3237-8323
http://www.d21.co.jp

Publisher　干場 弓子
Editor　林 拓馬

Marketing Group Staff
小田孝文　中澤泰宏　吉澤道子　井筒浩　小関勝則　千葉潤子　飯田智樹　佐藤昌幸
谷口奈緒美　山中麻吏　西川なつか　古矢薫　米山健一　原大士　郭迪　松原史与志　中村郁子
蛯原昇　安永智洋　鍋田匠伴　榊原僚　佐竹祐哉　廣内悠理　伊東佑真　梅本翔太　奥田千晶
田中姫菜　橋本莉奈　川島理　倉田華　牧野類　渡辺基志　庄司知世　谷中卓

Assistant Staff
俵敬子　町田加奈子　丸山香織　小林里美　井澤徳子　藤井多穂子　藤井かおり
葛目美枝子　竹内恵子　伊藤香　常徳すみ　イエン・サムハマ　鈴木洋子　松下史
永井明日佳　片桐麻季　板野千広

Operation Group Staff
松尾幸政　田中亜紀　福永友紀　杉田彰子　安達情未

Productive Group Staff
藤田浩芳　千葉正幸　原典宏　林秀樹　三谷祐一　石橋和佳　大山聡子　大竹朝子
堀部直人　井上慎平　塔下太朗　松石悠　木下智尋　鄧佩妍　李瑋玲

Proofreader　鷗来堂
DTP　アーティザンカンパニー株式会社
Printing　共同印刷株式会社

ISBN978-4-7993-1908-6